Miss Marple's Erben

Joachim H. Peters

Miss Marple's Erben

Zehn kriminelle Geschichten aus Bad Oeynhausen

Verlag topp+möller
Detmold 2013

Bibliografische Information Der Deutschen Bibliothek
Die Deutsche Bibliothek verzeichnet diese Publikation in der Deutschen Nationalbibliografie; detaillierte bibliografische Daten sind im Internet über http://dnb.ddb.de abrufbar.

ISBN: 978-3-936867-45-9

Erste Auflage 2013

Verlag und Gesamtherstellung: topp+möller, Detmold
Lektorat: Volker Maria Neumann

Vorwort

Mochten wir sie nicht alle, diese liebenswerte etwas schrullige, alte Dame aus England? Die, die stets zum richtigen Zeitpunkt das Richtige konnte?

Ob es das Morsen von einem alten Segler Richtung Küste zu Mr. Stringer war, ob es das klassische Fechten oder gar das präzise Schießen war, das sie noch aus ihrer Jugend beherrschte – all diese Eigenschaften hat die Autorin stets zum richtigen Zeitpunkt aus dem Hut gezaubert. Nein, es war nie albern, wir haben Miss Marple diese Eigenschaften abgenommen, so wie wir dem kriminalisierenden Pfarrer Braun seine außergewöhnliche Analysefähigkeit abnehmen.

Joachim Peters vermag es, eben solche Figuren zu entwickeln, sie reihen sich nahtlos in die bekannten großen Namen ein. Sowohl der wunderbare Alois Rosenhöfer aus dem ersten Krimi der Reihe Bäder-Krimi „Moorbad“ als auch die beiden alten Damen Wilma Schnittenfittich und Alwine Bußmann aus dem jetzt vorliegenden zweiten Band in der Reihe „Miss Marple's Erben“ sind der Beweis dafür. Der inzwischen legendäre Koslowski aus den Lippe-Krimis hat es bereits seit Jahren in die Herzen und Köpfe der Krimileser geschafft.

Das Krimi-Debüt von Joachim Peters liegt gerade einmal vier Jahre zurück und die Entwicklung, die Peters in den wenigen Jahren im Verlag topp+möller genommen hat, ist beispielhaft. Einen Autoren mit so viel Potential bei seinem Erstlingswerk zu betreuen, hat gerade aus heutiger Sicht nicht nur sehr viel Freude bereitet, sondern ist für einen Verlag, der hauptsächlich regionale Literatur herausgibt, im wahrsten Sinne des Wortes ein Glücksgriff. Unter den vielen eingesandten Manuskripten, die unser Verlag erhält, diejenigen von Joachim Peters tatsächlich verlegt zu haben, erfüllt mich auch ganz persönlich mit großer Freude.

Jochen Ehrhardt, Dozent und Verlagsleiter

Ruhet in Frieden

Manchmal sind es nicht die großen Probleme, die uns bewegen, sondern die kleinen Dinge, die unser Leben bestimmen. Für Wilma Schnittenfittich ging es zum Beispiel darum, sich für eine von zwei Möglichkeiten zu entscheiden. Und diese Entscheidung musste sie in strömendem Regen, vor einem frisch ausgehobenen Grab, auf dem Friedhof von Bad Oeynhausen treffen. Entweder ihrer Freundin Alwine den Regenschirm in die Hand drücken und sich nass regnen lassen, oder in zwanzig Sekunden im Unterrock dastehen. Ein völlig unmögliches Unterfangen, mit der einen Hand den Schirm zu halten und mit der anderen zu versuchen, den rutschenden Rock hochzuziehen. Zumal dieser zwiebelschalenartig von mehreren anderen Kleidungsstücken bis hin zu ihrem dicken Wintermantel überdeckt war. Wilma Schnittenfittich war so mit ihrer Garderobe beschäftigt, dass sie den Worten des Pfarrers keine Aufmerksamkeit mehr schenken konnte. Das war schade, denn man sagte Pfarrer Justus Berger nach, dass er die weitaus besten Predigten im weiten Umkreis hielt. Und heute würde er sich ganz bestimmt besonders anstrengen, denn die Verstorbene war eines der Schäfchen seiner Gemeinde gewesen, die ihm besonders am Herzen lagen.

Wilma spürte, dass der Zeitpunkt der Entscheidung nahte. Jetzt hieß es beherzt handeln. Mit dem Ellbogen stieß die kleine, dicke Endsechzigerin ihrer Freundin Alwine Bußmann diskret in die Seite. Doch erst ein zweiter, kräftigerer Ellbogenstoß zeigte Wirkung. Alwine stand mit leicht offenem Mund und leicht schräg gelegten Kopf da, die kurzen, dunklen Haare mit einer durchsichtigen Plastikhaube gegen den Regen geschützt. Alles in allem sah das ziemlich dämlich aus, fand Wilma. Andächtig lauschte ihre Freundin der Predigt des Pfarrers.

Als sie sich endlich davon losreißen konnte, blickte sie auf ihre Freundin Wilma herab. Die beiden Frauen unterschieden sich nicht nur durch Gewicht und Aussehen, sondern vor allem durch ihre unterschiedlichen Körpergrößen. Wilma klein und pummelig, zusätzlich von Gott mit ein paar ausgeprägten O-Beinen gestraft. Alwine groß, schlank und mit einer für ihr Alter erstaunlich sportlichen Figur. Wenn man die beiden vor sich herlaufen sah, erinnerten sie an das Komikerpaar Pat und Patachon.

Zwei Frauen, wie sie nicht unterschiedlicher sein konnten. Wilma Schnittenfittich, in Bad Oeynhausen geboren, Witwe des Oberfinanzsekretärs Hartmut Schnittenfittich, war lebenslang Hausfrau gewesen und hatte es als ihre Hauptaufgabe angesehen, dem Finanzminister des Landes Nordrhein-Westfalen einen gesunden und arbeitsfähigen Mitarbeiter zu erhalten. So wie es im Landesbeamtengesetz vorgeschrieben war. In den 44 Dienstjahren ihres Mannes hatte es keinen Tag gegeben, an dem sie ihn nicht mit tadelloser Kleidung, gefüllter Butterbrotdose und einer Thermoskanne voller Kamillentee ins Büro entlassen hatte. Vermutlich hatte diese fürsorgliche Betreuung dafür gesorgt, dass er in all seinen Dienstjahren nur zwei Tage wegen einer Zahnwurzelresektion gefehlt hatte. Wilma erinnerte sich noch genau daran, wie er bei seiner Pensionierungsfeier dafür von seinem Chef gelobt worden war. Ebenso wie für seine treue und unermüdliche Pflichterfüllung und die Mitarbeit am internen Formular N 1542/7.

Sein Chef stellte damals deutlich heraus, wie viel er für die Behörde geleistet hatte, und dass er maßgeblich daran beteiligt gewesen war, dass die Bürger Bad Oeynhausens pünktlich ihre Steuern zahlten. Hartmut Schnittenfittich hatte auf diese Art und Weise kontinuierlich dafür gesorgt, dass immer wenigstens etwas Geld in der Kasse des Landes Nordrhein-Westfalen war.

Einen ganz besonderen Beitrag zur Verbesserung der Finanzsituation leistete er jedoch dadurch, dass er drei Tage nach seiner Pensionierung äußerst sozial verträglich an einem

Herzinfarkt verstarb. Von Wilmas jetzigem Standort aus gesehen, lag ihr Mann nur fünf Reihen weiter hoch und sieben Gräber nach rechts versetzt.

Alwine Bußmann war gebürtige Rheinländerin und ebenfalls alleinstehend. Aber dafür hatte nicht Gevatter Hein gesorgt, sondern der Familienrichter. Als Wilma sich nach der Scheidung erkundigte, wie es ihrer Freundin erging, gab diese freimütig zu, dass sie diesen Schritt bereits ein Jahr früher hätte machen sollen. In diesem Falle wäre sie nur eine Woche mit Walter Knoche verheiratet gewesen. Was auch dazu geführt hätte, dass sie nur ein Jahr den Namen Bußmann-Knoche führen musste. Sie hatte keinen Hehl daraus gemacht, dass es für eine humanistisch ausgebildete Oberstudienrätin vollkommen unmöglich war, mit einem Naturwissenschaftler verheiratet zu sein. Bis heute konnte sie sich nicht erklären, wie es zur dieser Ehe hatte kommen können. Sollte die Liebe sie tatsächlich kurzfristig blind gemacht haben?

Auf jeden Fall war die Verbindung bereits vor etlichen Jahren geschieden worden, und Alwine Bußmann weinte ihrem Exmann keine Träne nach. Ihr Gehalt als Oberstudienrätin hatte es ihr ermöglicht, bis zur Pensionierung ein sorgenfreies Leben zu führen, sich fast täglich Sport in einem exklusiven Fitnessstudio und lange Reisen zu gönnen. Jetzt genoss sie bereits seit acht Jahren ihre Pension und widmete sich ganz ihren Hobbys, zu denen auch das Lesen gehörte.

Das Lesen, insbesondere das von Kriminalliteratur, war es auch gewesen, was die beiden so unterschiedlichen Frauen zusammengebracht hatte. Zum ersten Mal hatten sie sich vor zirka zehn Jahren auf einer Sitzung des Fördervereins der Stadtbücherei Bad Oeynhausen getroffen. Der Zufall sorgte dafür, dass beide einen Platz nebeneinander einnahmen und der einen Papier sowie der anderen Schreibstifte fehlten. Über das gegenseitige Aushelfen mit dem Notwendigen entwickelte sich ein angeregtes Gespräch, und die beiden Frauen stellten fest, dass sie in Agatha Christie dieselbe

Lieblingsschriftstellerin hatten. Eine weitere Übereinstimmung war, dass sie sich begeistert auf die kleinen Krimis in den Zeitschriften stürzten und es bislang noch keinem Autor gelungen war, die Identität des Täters bis zum Schluss vor ihnen geheim zu halten.

Was die beiden voneinander unterschied, war die Tatsache, dass die Ehe von Alwine Bußmann kinderlos geblieben war, während Wilma Schnittenfittich eine Tochter zur Welt gebracht hatte. Diese lebte, zusammen mit ihren beiden Zwillingen Lasse und Tom, seit etlichen Jahren in Detmold. Alwine Bußmann ging fast täglich ihrer sportlichen Leidenschaft nach und joggte, während Wilmas körperliche Aktivitäten eher aus Stricken und dem Lösen von Kreuzworträtseln bestanden. Alwine genoss abends gerne das eine oder andere Glas trockenen Rotweins, während Wilma zusätzlich zum Wein noch für Süßigkeiten aller Art schwärmte.

Die Tatsache, dass beide alleine lebten, und ihre gemeinsame Arbeit im Förderverein der Bücherei sorgten dafür, dass sich zwischen den beiden unterschiedlichen Frauen eine echte Freundschaft entwickelte. Selbst mehrere gemeinsame Urlaube hatten diese nicht zerstören können. In ihren Bekanntenkreisen war es schon selbstverständlich, dass man die beiden immer zusammen einlud. Und während sich Wilmas Bekanntenkreis eher mit solch profanen Dingen wie Nierensteinen, Sonderangeboten und Rentenerhöhungen beschäftigte, sprach man in Alwines Umgebung eher über Heinrich Böll, den Nahostkonflikt oder den Hermannslauf. Aber vermutlich waren es genau diese Unterschiede, die dafür sorgten, dass die beiden Frauen es bereits so lange miteinander aushielten.

Eingeschränkt wurden die gemeinsamen Einladungen in letzter Zeit allerdings dadurch, dass sich ihre Reihen altersbedingt allmählich lichteten. Die Einschläge kamen immer näher, formulierte es Alwine einmal treffend. Das Lesen der Todesanzeigen war mittlerweile genauso interessant geworden wie das der Schlagzeilen. Und eine dieser Todesanzeigen hatte dafür gesorgt, dass sie an diesem kalten und regnerischen Januarmorgen hier auf dem Friedhof an der Oberbecksener Straße standen.

Vor ihnen, in dem Sarg, der auf zwei Bohlen über dem offenen Grab schwebte, lag ihre Freundin Henriette Lüders. Verstorben mit 75 Jahren, was heutzutage kein Alter war, wie Wilma fand. Vermutlich war Henriette an gebrochenem Herzen gestorben. Ihr Ehemann, ein begüterter, ehemaliger Fabrikbesitzer, war vor mehr als einem Jahr plötzlich spurlos verschwunden. Von einem Besuch bei Pfarrer Justus Berger war er nicht nach Hause zurückgekehrt. Sämtliche Suchmaßnahmen der Polizei verliefen im Sande. Selbst der Einsatz von Hubschraubern mit Wärmebildkameras und das Schnüffeln von Polizeihunden erbrachte keinen Hinweis darauf, wo er abgeblieben war. Man vermutete, dass der herzkranke Mann sich verlaufen hatte und möglicherweise irgendwo tot im Gestrüpp lag.

Wirklich erstaunlich, dass man seine Leiche nie fand. Ein Gewaltverbrechen konnte man zwar nicht ausschließen, aber es gab keinen dringenden Verdacht. Eine Entführung erschien unwahrscheinlich. Lüders war zwar reich, schwer reich, aber es gab keine Forderungen von möglichen Entführern. Nach Angaben seiner Ehefrau hatte der sozial und christlich eingestellte, ehemalige Fabrikbesitzer auch keine Feinde. Pfarrer Berger hatte er seinen üblichen wöchentlichen Besuch abgestattet, und nichts hatte darauf hingewiesen, dass er sich unwohl gefühlt oder Angst gehabt hatte. Zumindest war Berger nichts Dergleichen aufgefallen.

Und nun, etwas über ein Jahr später, war auch seine Frau Henriette gestorben. Der Hausarzt hatte Herzversagen festgestellt. Eine Diagnose, die man so oder so deuten konnte. Vielleicht hatte es einen medizinischen Defekt am Herzen gegeben, vielleicht war es aber ein seelischer Kurzschluss gewesen. Über den Verlust ihres geliebten Mannes war sie nie so recht hinweggekommen. Vor allem deshalb, weil sie nichts über seinen Verbleib wusste.

Immer und immer wieder hatte sie Suchanzeigen in den Zeitungen geschaltet und sich auch an den lokalen Rundfunk gewandt. Leider erfolglos. Neben Gesprächen mit Alwine und Wilma waren ihr die Unterhaltungen mit Pfarrer Berger ein großer Trost. Bei ihm wusste sie nicht nur ihre Seele in guten Händen, sondern auch ihr gesamtes Vermögen, welches der Pfarrer nach dem Tod des kinderlosen Ehepaares erben würde. Ihr und ihres Mannes Wunsch war es, dass das Erbe bedürftigen Menschen zu Gute kam. Und davon gab es, wie ihnen Pfarrer Berger versicherte, leider auch in Deutschland noch jede Menge.

Der Nieselregen, der in diesem Moment auf den Friedhof niederging, hatte dafür gesorgt, dass Wilmas Frisur sich langsam auflöste, aber sie schaffte es, den rutschenden Rock in den Griff zu bekommen. Vollkommen unpragmatisch hatte sie ihn unter dem Mantel einfach umgekrempelt und ihm so größeren Halt verschafft. Dankbar nahm sie den Schirm von ihrer Freundin zurück. Hatte sie etwa abgenommen, oder war der Stoff ausgeleiert?

„Hast du gesehen, was die Brinkmann für ein schickes, schwarzes Kostüm anhat?“, wollte Alwine von ihr wissen. Dabei deutete sie dezent mit dem Kopf in Richtung einer jungen Frau, die etwas abseits des Geschehens unter einem großen, schwarzen Regenschirm wartete.

„Ich finde es immer erstaunlich, dass die so gebräunt ist“, sagte die Oberfinanzsekretärswitwe. „Früher waren die Bestatter ja immer so blass wie ihre Kunden. Und überhaupt war das ja auch ein Männerberuf. Könntest du dir vorstellen, tote Menschen anzufassen?“ Wilma Schnittenfittich schüttelte sich.

„Auf jeden Fall macht sie ihren Job ganz gut, denn ich habe gehört, dass sie wohl jede Menge Aufträge bekommt. Und das, obwohl sie ihr Geschäft erst seit zwei Jahren hier in Bad Oeynhausen hat.“

„Woher kommt sie denn?“ Wilma schüttelte sich mit der Hand den Regen aus den Haaren.

„Ich habe gehört, aus Bad Pyrmont“, flüsterte ihr Alwine zu, verstummte dann aber, da Pfarrer Berger am Ende seiner Trauerrede angelangt war.

Er nickte zu der Bestatterin hinüber, die den wartenden Sargträgern nun ihrerseits ein Zeichen gab. Die drei unter dem Sarg verlaufenden Seile wurden angehoben, der Totengräber zog die Bohlen darunter weg, und langsam senkte sich der Sarg mit Henriette Lüders in die nasskalte Erde.

Nachdem Pfarrer Berger ein letztes Gebet gesprochen und eine Schaufel Erde auf den Sarg geworfen hatte, defilierten die Trauergäste am offenen Grab vorbei. Während Wilma ein kleines, mitgebrachtes Sträußchen ins Grab warf, griff Alwine zur Schaufel. Wieder eine weniger, dachte sie traurig und zerdrückte eine Träne. Dann hakte sie sich bei ihrer Freundin ein, und beide verließen die mit Kunstrasen abgedeckten Bretter vor dem Grab. Eine weise Vorsichtsmaßnahme von Fritz Willumeit, dem Friedhofsgärtner. Ohne diese Bretter und den Kunstrasen hätte bei diesem Wetter die Gefahr bestanden, dass der glitschige Boden den einen oder anderen Trauergast mit in die Grube beförderte. Galant erfasste Willumeit Alwine am Arm und half den beiden Damen bei ihrem letzten Schritt zurück auf den befestigten Weg.

„Vielen Dank, Herr Willumeit!“ Alwine lächelte den alten Friedhofsgärtner dankbar an. „So nett wie immer.“

„Ja, und nicht nur zu den Toten, sondern auch zu den Lebenden“, bestätigte ihre Freundin Wilma.

Willumeit blickte verlegen zu Boden. „Ich hoffe, die gnädige Frau ist mit meiner Arbeit zufrieden.“

„Sehr zufrieden, Herr Willumeit. Sehr zufrieden. In diesem Jahr haben sie sich mit der Grabbepflanzung meines Mannes selbst übertroffen. Schade, dass er es nicht mehr sehen kann. Mein Mann schätzte gute Arbeit.“

Willumeit konnte mit so viel Lob schlecht umgehen und trat verlegen von einem Fuß auf den anderen. „Leider habe ich aber schlechte Nachrichten.“ Offensichtlich fiel es ihm schwer, sich zu weiteren Worten durchzuringen. „Es ist mein Rücken.“ Mit treuen Dackelaugen blickte er von Alwine zu Wilma. „Also es ist so, dass mein Arzt mir nahe gelegt hat, in Rente zu gehen. Das ständige Bücken und das Heben der schweren Särge würde mein Rücken nicht mehr lange mitmachen.“ Bedauernd zuckte er mit den Achseln. „Irgendwie tut es mir leid, dass ich meinen Beruf nun aufgeben muss. Einen schöneren Arbeitsplatz als hier auf dem Friedhof könnte ich mir nicht vorstellen. Immer an der frischen Luft und in ruhiger Umgebung. Und ich kann mich auch nicht daran erinnern, dass es jemals Beschwerden gab.“

Kein Wunder, dachte Alwine, wenn der Großteil der Kundschaft für immer zum Schweigen verurteilt war. Ihr schoss ein Gedanke durch den Kopf und nur mit Mühe schaffte sie es, nicht lautlos zu lachen. Sie stellte sich gerade vor, dass Willumeit sich woanders vorstellte und als Referenz angab, dass er hunderte, wenn nicht gar tausende Menschen unter sich gehabt hatte.

„Das ist sehr schade, Herr Willumeit, aber ich kann verstehen, dass Sie aufhören möchten. Mit Rückenschmerzen ist auch wirklich nicht zu spaßen.“ Verständnisvoll legte Wilma ihre Hand auf Willumeits Oberarm. „Mein Mann hatte auch häufig Rückenschmerzen, die kamen wohl vom langen Sitzen im Büro.“

„Es gibt Tage, da geht es ja noch ganz gut, aber dann gibt es welche, da geht es fast gar nicht mehr. Heute ist mal wieder so einer. Sie glauben ja gar nicht, wie schwer der Sarg heute war. Auch meine Kollegen haben beim Aufladen des Sarges auf den Rollwagen schnaufen müssen.“

„Wie lange machen Sie denn noch?“, wollte Wilma wissen. Möglicherweise musste sie sich schon bald um einen neuen Pflegedienst für das Grab ihres Mannes bemühen.

Ihre Freundin sah dabei den Friedhofsgärtner mit schräg gelegtem Kopf nachdenklich an.

„Ich denke, mit Anfang der Sommerferien ist Schluss. Ich muss vorher noch meinen Nachfolger einarbeiten, und alle Gräber will ich ja auch nicht unbedingt aufgeben."

Wilma wurde hellhörig. „Darf ich darauf hoffen, dass auch das meines Mannes darunter ist?"

Willumeit nickte. „Ihres und noch vier andere möchte ich noch weiter pflegen. So als kleines Zubrot." Er blickte zum offenen Grab hinüber, an dem als Letzte Pfarrer Berger und die Bestatterin Brinkmann standen. Als der Pfarrer sich umwandte und Willumeit zunickte, verabschiedete sich dieser höflich von den beiden Frauen. „Entschuldigung, aber die Pflicht ruft, meine Damen. Bei diesem Regen ist es besser, das Grab möglichst schnell wieder zu schließen, bevor es vollläuft." Artig gab er den Damen die Hand und schlurfte dann los.

Alwine und Wilma wandten sich um und machten sich ebenfalls auf, den Friedhof zu verlassen.

„Renn doch nicht so!", verlangte die kleine, pummelige Wilma. „Wir sind doch hier nicht auf der Flucht." Mit den sportlich ausgreifenden Schritten ihrer einen Kopf größeren Freundin konnte sie regelmäßig kaum Schritt halten. „Du musst doch nicht so rennen. Das Wichtigste, was es zu beachten gibt, wenn man zu einer Beerdigung geht, tun wir doch gerade."

Die schlaksige Wilma blieb stehen und sah ihre Freundin überrascht an. „Und das wäre?"

Mit schelmischem Lächeln blickte Wilma sie an. „Wir sind auf dem Rückweg wieder mit dabei."

***

Kriminaloberrat Hans-Jürgen Kellermann balancierte seine Teetasse und das Sahnekännchen vorsichtig über den Flur. Zum wiederholten Male nahm er sich vor, sich endlich einen eigenen Wasserkocher fürs Büro zu kaufen, um dort selber in aller Ruhe seinen geliebten Earl Grey aufbrühen zu können. Aber einmal mehr als er es sich vorgenommen hatte, hatte er es wieder vergessen. Daher blieb ihm auch heute nur der Weg in die Teeküche des Kriminalkommissariats.

„Morgen, Earl", begrüßte ihn einer seiner Mitarbeiter im Vorbeigehen.

„Guten Morgen, Walter", erwiderte Kellermann und drückte mit dem Ellbogen die Klinke seiner Bürotür herunter.

Kellermann war 60 Jahre alt, hager, grauhaarig und trug einen dicken, an den Enden gezwirbelten Schnurrbart. Seine Vorliebe für Tweedjacken mit Lederflecken an den Ellbogen trug dazu bei, dass er einem englischen Landadeligen nicht unähnlich sah. Hätte er sich ein kleines Stöckchen unter den Arm geklemmt, wäre er ebenso gut auch als pensionierter Master Sergeant der britischen Streitkräfte durchgegangen. Einer, der heute Rosenbüsche in Form brachte, wo er früher Rekruten gedrillt hatte.

Was dem Ganzen noch die sprichwörtliche Krone aufsetzte, war, dass Kellermann ein ausgesprochener Fan Großbritanniens war. Sehr zum Leidwesen seiner Ehefrau verbrachten Kellermanns fast jeden Urlaub im britischen Cornwall. Nicht selten wochenlang im strömenden Regen. Wobei Frau Kellermann einmal leidgeprüft äußerte, dass sie nicht überrascht sei, wenn ihnen eines Tages mal König Arthur oder Merlin höchstpersönlich gegenüberstehe.

Kellermann stellte die Teetasse auf seinem Schreibtisch ab und sah aus dem Fenster. Der Regen der letzten Tage machte aus diesem Januar wahrlich keinen richtigen Wintermonat, sondern wirkte eher wie eine Parodie des Aprils. Sein Blick wanderte hinüber zum Kalender, und in Gedanken rechnete er aus, wie viele Tage es noch bis zum Urlaub waren. Missmutig erinnerte er sich, dass seine Frau sich in diesem Jahr durchgesetzt hatte und sie nach Mallorca fliegen würden. Noch einmal Cornwall, und sie würde sich scheiden lassen, hatte sie gedroht. Mürrisch hatte Kellermann mit ihr zusammen das Reisebüro aufgesucht und mit ansehen müssen, wie man ihn für einen Aufenthalt in Cala Ratjada buchte. Nur seine an britische Gelassenheit erinnernde Beherrschung hatte dafür gesorgt, dass er nicht schreiend aus dem Reisebüro gestürmt war.

Aber es gab auch einen Trost. Mit Erreichen seines 62. Lebensjahres würde seine Tätigkeit als Kommissariatsleiter und Kriminalbeamter enden und damit längeren und ausführlicheren Besuchen Cornwalls nichts mehr im Wege stehen. Notfalls auch alleine, dachte Kellermann grimmig.

Kellermann goss einen kleinen Schuss Sahne in den Tee und betrachtete gedankenversunken, wie sie bizarre Muster in sein Lieblingsgetränk zauberte. Dieser Augenblick größter Entspannung wurde durch ein vehementes Klopfen an seine Bürotür rüde gestört. Verärgert unterbrach der Kriminaloberrat seine geheiligte Prozedur. „Herein!“, schnauzte er und ließ sich gleichzeitig in seinen Bürosessel fallen.

Sein Mitarbeiter Robert Feuerborn betrat mit einer dicken Akte unter dem Arm das Büro. „Guten Morgen, Sir“, grinste er seinen Chef an. „Wie war die Nacht im Castle Kellermann?“

Der Angesprochene verzog missmutig das Gesicht. „Feuerborn, deine Witze sind mindestens genauso alt wie deine unmodernen Hemden.“ Kellermann griff zur Teetasse und blies vorsichtig hinein. Wieder entstanden neue Muster.

Feuerborn blickte etwas irritiert an sich herab. Zugegeben, Farbe und Muster seiner Hemden entsprachen nicht dem aktuellen Trend, doch er war auch nicht bereit, sich dem Diktat der Mode zu unterwerfen. Dem Spruch, dass Mode so hässlich sei, dass man sie jedes Jahr neu machen müsse, konnte er nur zustimmen.

Er wuchtete die mitgebrachte Akte mit so viel Schwung auf Kellermanns Schreibtisch, dass etliche Blätter den Segelflug antraten. Was ihm wiederum einen erneuten Rüffel seines Chefs einbrachte.

„Weißt du, was das ist?“, wollte Feuerborn wissen.

Kellermann sah ihn über den Rand seiner Teetasse böse an. „Ich würde sagen, eine Unverschämtheit. Was soll dieser Papierkram auf meinem Schreibtisch?“

„Du bist hier der Boss, du musst entscheiden, ob wir diese Akte hier nun schließen können.“ Feuerborn ließ sich in einen von Kellermanns Besucherstühle fallen. Ohne zu fragen, legte er seine Füße auf den anderen. „Das, was du da vor dir hast, ist die Akte Lüders. Wie du vielleicht gelesen hast, ist gestern die Frau des vermissten Fabrikbesitzers Heinrich Lüders beerdigt worden. Sie war die letzte Angehörige.“ Feuerborn verschränkte die Hände hinter dem Nacken. „Und ich habe mir überlegt, ob wir den Fall Lüders damit nicht abschließen können. Er ist ja nie wieder aufgetaucht, nicht mal als Leiche.“

Kellermann schlürfte von seinem Tee und schloss genießerisch die Augen. Dann stellte er die Teetasse vorsichtig ab und beugte sich vor. Mit beiden Händen schob er den Aktenstapel in Richtung seines Kollegen Feuerborn. „Mein lieber Robert, diese Vermisstensache läuft immer noch. Wer weiß denn, ob wir es hier nicht mit einem Kapitalverbrechen zu tun haben? Auch wenn wir dafür bislang noch keine Anhaltspunkte haben.“ Mit süffisantem Gesichtsausdruck lehnte sich Kellermann zurück. „Und nun schnapp dir diesen Stapel Altpapier und schlepp ihn zurück in dein Büro!“

Missmutig stand Feuerborn auf und griff nach der Akte. „Vielleicht ist das gar keine Vermisstensache, vielleicht hätte man eher eine Verpisstenanzeige aufnehmen müssen.“

Kellermann schüttelte seufzend den Kopf. „Robert, du hast das Gemüt eines Fleischerhundes, und nun mach, dass du an die Arbeit kommst.“

Mit missmutigem Gesichtsausdruck schob der Kriminalbeamte ab. Da er die Arme voller Papier hatte, zog er die Bürotür mit der Ferse zu. Krachend fiel sie ins Schloss.

Kellermann grinste zufrieden und griff erneut zur Teetasse. Während er den Earl Grey in kleinen Schlucken genoss, schweiften seine Gedanken noch mal zum Fall Lüders ab. Sonderbar war diese Sache schon, aber wo sollten sie mit ihren Ermittlungen noch ansetzen? Der Fall war schon damals schnell in eine Sackgasse geraten, und dort steckte er auch heute noch.

***

„Noch ein Tässchen?“ Mit fragenden Gesichtsausdruck und der Kaffeekanne in der Hand stand Wilma vor dem Wohnzimmertisch. Dankbar hielt ihr Alwine ihre Kaffeetasse entgegen. „Woher weißt du das denn?“, wollte sie von ihrer Freundin wissen, während die ihr Kaffee nachschenkte.

„Das habe ich beim Friseur gehört. Melanie hat es mir erzählt. Die wiederum hat es von ihrer Tante Inge, und die weiß es von ihrem Mann Horst. Der hatte Nierensteine.“ Als Alwine Bußmann sie fragend ansah, stellte Wilma die Kaffeekanne auf das Stövchen zurück und ließ sich in den blauen Ohrensessel plumpsen. „Also, Horst hatte Nierensteine und überhaupt Probleme mit den Nieren, und deswegen hat ihn sein Arzt auch zur Kur nach Bad Dürrheim geschickt. Und dort hatte er ihn gesehen.“

„Also war Pfarrer Berger auch in Bad Dürrheim?“

Wilma Schnittenfittich nickte und griff nach der Gebäckzange. Nachdem ihre Freundin dankend den Kopf geschüttelt hatte, lud sie sich selber mehrere Plätzchen auf den Teller. Wohlwissend, dass sie ihrer Figur nicht zuträglich waren. Aber für Süßkram wäre sie bereit zu töten.

„Aber, dass Pfarrer Berger dort zur Kur war, ist doch allgemein bekannt“, setzte Alwine nach.

„Ja schon, aber hast du auch gewusst, dass die Brinkmann, diese Bestatterin, zum gleichen Zeitpunkt dort war?“

Überrascht sah Alwine Bußmann von ihrer Kaffeetasse auf.

„Und Horst hat angeblich sogar gesehen, wie die beiden Arm in Arm durch den Kurpark geschlendert sind.“ Wilma steckte sich eine schokoladenüberzogene Waffel in den Mund. „Aber die beiden haben ihn nicht bemerkt“, erläuterte sie kauend.

„Arm in Arm? Das klingt ja fast nach einem Liebespaar.“ Alwine Bußmann blickte nachdenklich aus dem Fenster. „Wer hätte das gedacht? Unser seriöser Herr Pfarrer, der doch so gar kein Faible für das weibliche Geschlecht hat.“

Erstaunt hielt Wilma inne, sich ein weiteres Plätzchen in den Mund zu stecken. „Du glaubst, dass er …?“

„Schwul ist? Nein, nur macht er den Eindruck, als ob ihn die holde Weiblichkeit nicht berührt. Typ eingefleischter Junggeselle.“

„Naja, Pfarrer sind eben auch nur Menschen.“ Alwine fuhr fort, den Umsatz der Gebäckindustrie anzukurbeln.

„Da hast du recht, aber warum tun die beiden hier so, als würden sie sich nur beruflich kennen?“

„Vielleicht möchte der Herr Pfarrer nicht, dass der Eindruck entsteht, dass er nicht mehr vertrauenswürdig sei. Denk doch nur daran, was ihm die Lüders nun vermacht haben!“

„Aber das ist doch alles Geld, was er wieder für die Armen ausgeben soll.“ Interessiert betrachtete Wilma einen Keks, der die Form einer Muschel hatte.

„Ach komm, weißt du denn überhaupt, um wie viel Geld es sich dabei handelt? Wer kann denn schon wissen, ob der Herr Pfarrer auch wirklich alles seinem Bestimmungszweck zuführt.“

Das Muschelplätzchen hatte noch für drei Sekunden Schonfrist, denn es verschwand erst nach Wilmas nächstem Satz im Mund.

„Aber wenn man einem Pfarrer nicht mehr trauen kann, wem dann?“

„Glaub mir, wenn du es, so wie ich, jahrelang mit Schülern zu tun gehabt hast, wirst du da sehr skeptisch. Angefangen von Schummeleien bei Klassenarbeiten über falsche Entschuldigungen bis hin zu gefälschten Unterschriften auf Zeugnissen.“ Alwine schnaufte verärgert. „Ich traue jedem nur noch so weit, wie eine Schildkröte springen kann.“

„Ich weiß nicht, so ein Pfarrer hat doch eine ganz besondere Vertrauensstellung. Denk doch nur mal darüber nach, dass ihm Heinrich Lüders schon zu Lebzeiten sein gesamtes Vermögen für einen wohltätigen Zweck versprochen hat.“

Alwine zupfte an ihrem goldenen Ohrring. „Genau, und plötzlich war er verschwunden. Und der Letzte, der ihn gesehen hat, war Pfarrer Berger.“ Nachdenklich kratzte sie sich am Kinn. „Gehen wir mal von einem Gewaltverbrechen aus, dann müssen wir uns die Frage stellen, wem hätte das Verschwinden oder der Tod von Heinrich Lüders genützt?“

Aufmerksam hatte ihre Freundin zugehört. „Henriette war da wohl die Erste. Als Ehefrau wäre sie Alleinerbin gewesen.“

Alwine Bußmann winkte ab. „Hast du vergessen, die beiden haben sich sowieso alles geteilt, warum hätte Henriette ihn umbringen sollen? Außerdem hat sie ihn geliebt. Sogar abgöttisch. Daher ist es ja auch kein Wunder, dass sie dieses Leid nicht überlebt hat. Nein, wir müssen weitersuchen.“

Satt und zufrieden schob Wilma den leeren Plätzchenteller in die Mitte des Tisches. „Damit wären wir automatisch wieder bei Pfarrer Berger. Vorausgesetzt, wir unterstellen ihm, dass er an das Vermögen der Lüders wollte.“

„Genau, nehmen wir an, dass Pfarrer Berger etwas mit dem Tod von Heinrich Lüders zu tun hat, dann musste er nur noch warten, bis Henriette stirbt, um an das Erbe zu gelangen. Wobei ja alle Welt ahnte, dass sie Heinrichs Tod nicht lange verkraften würde. Quod esset demonstrandum." Alwine ließ kurz die Oberstudienrätin durchblitzen.

Wilma lehnte sich zurück und faltete die Hände über dem Bauch. „Das würde bedeuten, dass er Heinrich Lüders aus dem Weg geräumt und die Leiche hat verschwinden lassen. Also ehrlich, ich kann mir das nicht vorstellen. Ein Pfarrer!" Sie stemmte sich aus dem Sessel hoch. „Wie wäre es mit einem Likörchen?"

Alwine hatte ihr kaum zugehört, erst auf wiederholte Nachfrage winkte sie ab. „Mir gehen gerade zwei Überlegungen durch den Kopf. Erstens: Wenn es Berger war, wo ist die Leiche? Und zweitens, wie konnte er sie so lange verstecken?"

Wilma hatte das Barfach des altdeutschen Wohnzimmerschrankes geöffnet und blickte nachdenklich auf eine Batterie von Flaschen. Dann griff sie beherzt nach dem Danziger Goldwasser und einem Glas. Nachdem sie sich ordentlich eingeschenkt hatte, drehte sie sich um. „Prost! Auf deine kriminalistische Spürnase." Sie trippelte zu ihrem Sessel zurück. „Und ich stelle mir die Frage, wenn er der Mörder ist, hat er es alleine getan, oder hat ihm jemand bei der Beseitigung der Leiche geholfen?"

Alwine war aufgestanden und lief nun ruhelos im Zimmer auf und ab. Als sie stehen blieb, fiel ihr Blick auf einen Kalender. Auf dem aktuellen Blatt sah man einen sonnendurchfluteten Hochwald. Wie Finger aus Licht stachen die Strahlen durch das Blätterdach. Minutenlang verharrte Alwine vor diesem Bild, während Wilma sich mit der Vernichtung des Danziger Goldwassers beschäftigte.

Plötzlich drehte sich ihre Freundin abrupt um. „Sag mal, wo würdest du einen Baum verstecken?"

Alwine blickte sie mit offenem Mund an. „Wie kommst du denn jetzt darauf?"

Wilma tippte vehement auf das Kalenderblatt. „Ich würde ihn zwischen vielen anderen Bäumen verstecken. Da fällt er nicht auf."

„Da gebe ich dir Recht, aber was hat das mit diesem Fall zu tun?"

Alwine stellte sich vor ihr in Positur und stemmte die Hände in die Hüften. „Gehen wir mal davon aus, dass unser Herr Pfarrer, im wahrsten Sinne des Wortes, eine Leiche im Keller hat und sie loswerden muss. Was wäre der beste Platz, um eine Leiche zu verstecken?"

Die kleine, pummelige Oberfinanzsekretärswitwe runzelte nachdenklich die Stirn. „In Anlehnung an dein Beispiel würde ich sagen, zwischen vielen anderen Leichen."

„Genau, und wo findet man die?", fragte die ehemalige Oberstudienrätin triumphierend.

„Entweder im Leichenschauhaus oder auf dem Friedhof", beantwortete Wilma ihre Frage.

Alwine nahm ihre Wanderung durch den Raum wieder auf. „Ich glaube schon, es würde auffallen, wenn ein Pfarrer nachts mit einer Schaufel und einer Leichenkarre auf dem Friedhof herumfahren würde. Deine erste Alternative scheint mir da viel logischer."

Verständnislos schaute Wilma zu ihr hoch. „Aber wie sollte Pfarrer Berger an ein Leichenschauhaus kommen. Ich denke mir mal, die Leute da würden auch merken, wenn sie plötzlich eine Leiche zu viel hätten."

Wieder unterbrach Alwine ihre Wanderung. „Zwei Dinge sind interessant. Zum einen die Beobachtung von diesem Horst in Bad Dürrheim und zum anderen eine Äußerung, die gestern auf dem Friedhof gefallen ist." Ohne eine Frage Wilmas abzuwarten, fuhr sie fort. „Nach dem Vorfall in Bad Dürrheim dürfen wir ja wohl davon ausgehen, dass sich der Pfarrer und die Bestatterin gut kennen. Und sie hätte sicherlich die beste Möglichkeit, eine Leiche zu verstecken."

Vehement fuhr ihr Wilma in die Parade. „Ja, aber trotzdem müssen sie die irgendwann loswerden."

Triumphierend blickte ihr ihre Freundin in die Augen. „Weißt du noch, was der alte Willumeit gestern gesagt hat?"

„Klar, dass er nicht mehr arbeiten kann, weil sein Rücken kaputt ist."

„Nein, er hat gesagt, dass der Sarg extrem schwer war und sie Mühe hatten, ihn auf den Sargwagen zu wuchten. Außerdem hat er vermutet, dass Henriettes Leiche sehr schwer gewesen sein müsse. Aber du kennst doch Henriette, wenn die mehr als 55 Kilo gehabt hat, will ich eine Flasche Schnaps auf Ex trinken."

„Apropos Schnaps, möchtest du auch noch ein Goldwasser?" Flinker als erwartet, sprang Wilma aus ihrem Sessel und war in wenigen Schritten wieder am Barfach.

Ihre Freundin wehrte ab. „Hast du eigentlich Henriettes Leiche im Sarg noch einmal gesehen?", wollte sie von Wilma wissen, die soeben ihr Glas füllte.

„Nein, der Sarg war schon geschlossen."

„Kannst du mir dann sagen, warum er, gefüllt mit einer 55 Kilo leichten Toten, so schwer war?"

Alwine Bußmann starrte sie fassungslos an und bemerkte überhaupt nicht, dass sie dabei immer weiter eingoss und das Goldwasser bereits über die Klappe des Barfaches lief. Erschreckt zuckte sie zusammen und sprang einen Schritt zurück. Ihr Blick wanderte zwischen der Goldwasserpfütze und ihrer Freundin hin und her. „Oh, mein Gott, du meinst also wirklich, die beiden hätten...?"

Ihre Freundin reichte ihr zwei Papierservietten vom Wohnzimmertisch. „Wenn du mich fragst, dann passt alles."

Während Wilma die Überschwemmung bekämpfte, fasste Alwine noch einmal die Überlegung zusammen. „Gehen wir mal davon aus, dass Pfarrer Berger plötzlich die Gier überkommt, als er erfährt, wie hoch der Betrag ist, den er an die Bedürftigen verteilen soll. Das Gehalt eines Pfarrers dürfte vermutlich nicht für große Sprünge ausreichen. Dazu kommt seine heimliche Liaison mit der Bestatterin." Wieder begann sie im Raum auf und ab zu tigern. „Gehen wir weiterhin davon aus, dass Pfarrer Berger Heinrich Lüders das Lebenslicht ausgeblasen hat, dann fand er in der Bestatterin Brinkmann die ideale Komplizin. Sie verstecken Lüders Leiche, vermutlich schön tiefgefroren, in ihrem Bestattungsunternehmen, und als Henriette stirbt, kommt für sie der große Tag. Zum einen würde demnächst der Rubel rollen, zum anderen war nun die Gelegenheit gekommen, sich der Leiche von Lüders zu entledigen. Man packt einfach beide in einen Sarg, schraubte diesen sofort zu und begräbt sie zusammen."

Wilma Schnittenfittich schüttelte sich bei dem Gedanken. „Du hast recht, es gab niemanden, der einen Anspruch darauf gehabt hätte, Henriettes Leiche noch einmal zu sehen. Es gibt ja keine Angehörigen."

„Siehst du, es passt alles zusammen." Zufrieden lächelnd griff Alwine Bußmann zu ihrer Handtasche. „Auf auf, meine Beste, wir sollten uns zügig auf den Weg machen."

Etwas begriffsstutzig blickte Wilma sie an.

„Wir müssen zur Polizei, denn wenn man diese Theorie beweisen will, muss das Grab wieder geöffnet werden."

Wilma stellte die Schnapsflasche zurück in den Schrank. „Bist du sicher, dass der Kriminaloberrat uns überhaupt zuhören wird?", fragte sie skeptisch.

„Unserem lieben Freund Kellermann wird wohl nichts anderes übrig bleiben!"

***

Kopfschüttelnd blickte der Earl aus dem Fenster seines Büros. Wenn ihn etwas noch mehr nervte, als beim Genuss seines Tees gestört zu werden, dann waren es die beiden Hobbydetektivinnen Alwine Bußmann und Wilma Schnittenfittich. Verächtlich schnaufend dachte er daran, wie oft die beiden älteren Damen ihm schon diverse Kriminaltheorien unterbreitet hatten.

Sein Pech war, dass er sich von ihnen, nach einem Vortrag vor dem Förderverein der Stadtbücherei, noch zu Kaffee und

Kuchen hatte einladen lassen. Wie hypnotisiert hatten sie ihm bereits während seines gesamten Referats an den Lippen gehangen und ihn nachher in privater Runde mit unzähligen Fragen gelöchert. Ganz Gentleman alter Schule, hatte er höflich jede noch so abstruse Frage beantwortet und dann versucht, sich mit dem Satz, „wenn Sie mal was auf dem Herzen haben, dürfen Sie mich gerne aufsuchen," Ruhe zu verschaffen.

Ein Irrglaube. Denn seitdem verging wohl kaum ein Monat, in dem die beiden Grazien nicht in seinem Büro saßen und ihm ihre Theorien zu unterschiedlichen Mordfällen, zum Teil sogar weltweit, auftischten. Ab und zu war es Kellermann zwar gelungen, sich verleugnen zu lassen, aber ebenso oft hatten sie ihm im Treppenhaus den Fluchtweg versperrt.

Kellermann drehte sich um und blickte auf den Stapel Fotos, die der Polizeifotograf auf dem Friedhof von Bad Oeynhausen gemacht hatte. Ein leichter Schauder lief ihm über den Rücken. So ein geöffnetes Grab war kein schöner Anblick. Egal, wie lange es zuvor geschlossen gewesen war. Neben dem Stapel Fotos lagen die Aussagen der beiden Damen. Widerwillig musste sich Kellermann eingestehen, dass sie in diesem Falle einmal recht gehabt hatten. Wie waren sie nur auf die Idee mit der Doppelbelegung des Sarges gekommen?

Der Earl erinnerte sich mit großer Schadenfreude daran, wie schreckensbleich die Gesichter von Pfarrer und Bestatterin ausgesehen hatten, als die Kriminalpolizei sie zur Exhumierung bestellt hatte. Noch bevor der Sarg geöffnet wurde, war Pfarrer Berger zusammengebrochen und hatte alles gestanden. Dass er Heinrich Lüders im Affekt getötet hatte, als der ihm damals eröffnet habe, dass er sich einen anderen Nachlassverwalter suchen würde, weil er von seinem heimlichen Verhältnis zu Ursula Brinkmann gehört habe. Ihm seien einfach die Sicherungen durchgebrannt. Berger hatte sich schon neben seiner Geliebten am Strand von Jamaika in der Sonne liegen gesehen. Und seine einzige kirchliche

Aufgabe hätte noch darin bestanden, den lieben Gott einen guten Mann sein zu lassen. Auch Brinkmanns gezischte Drohungen, „endlich seine verdammte Schnauze“ zu halten, konnten ihn nicht mehr davon abhalten, alles zu gestehen. Es sprudelte förmlich aus ihm heraus.

Die beiden Hobbydetektivinnen hatten tatsächlich in allen Punkten recht behalten. Nachdem Berger Lüders im Garten des Pfarrhauses mit einem Knüppel den Schädel eingeschlagen hatte, landete die Leiche in einer Tiefkühltruhe im Bestattungsunternehmen Brinkmann. Berger gab sich alle Mühe, das Leid der Witwe möglichst täglich aufzufrischen und die arme Frau damit in den Tod zu treiben. Maximal hätten sie nach dem Verschwinden von Lüders aufgrund seines hohen Alters nur fünf Jahre warten müssen, bis er für tot erklärt worden wäre. Dann wäre die Witwe an der Reihe gewesen, aber der Tod war ihnen dabei hilfreich entgegengekommen. Bestatterin und Pfarrer schienen nicht nur einen guten Draht in den Himmel zu haben.

All das wäre niemanden aufgefallen, wären da nicht Alwine und Wilma gewesen.

Und so sah sich Kellermann seiner unangenehmsten Aufgabe gegenüber. Er musste die beiden anrufen und eingestehen, dass sie recht hatten.

***

„Wer war denn am Telefon?“, fragte Wilma. Sie saß am großen Esstisch in Alwines puristisch und modern eingerichteter Wohnung.

Ihre Freundin hantierte in der Küche herum und hatte dort auch telefoniert. Mit dem Telefonhörer in der einen und einem Geschirrtuch in der anderen Hand kam sie ins Esszimmer. „Das war der Kriminaloberrat. Er wollte sich nur bedanken und uns bestätigen, dass wir in allen Punkten recht gehabt haben.“ Alwine wischte gedankenverloren mit dem

Geschirrtuch über die Anrichte. „Aber mir kam es vor, als ob ihn das große Überwindung gekostet hat."

„Würdest du als Polizist gerne zugeben, dass zwei Laien einen Kriminalfall gelöst haben, an dem du schon mehr als ein Jahr erfolglos herumgedoktert hast?" Wilma kramte in ihrer Handtasche nach dem kleinen Döschen, in dem sie ihren Süßstoff aufbewahrte.

„Da hast du vermutlich recht. Auf jeden Fall wird jetzt eine Stelle als Pfarrer frei, und das Bestattungsunternehmen Brinkmann wird wohl demnächst auch einen neuen Besitzer bekommen."

Alwine eilte in die Küche und kehrte mit zwei Kaffeetassen zurück. Sie nippte bereits an dem starken, schwarzen Gebräu, während ihre Freundin noch mit spitzen Fingern versuchte, endlich ihre Süßstofftabletten aus dem Döschen zu kramen.

„Kommen Heinrich und Henriette jetzt eigentlich jeder in einen Sarg, oder legen sie sie wieder zusammen?" Endlich war es ihr gelungen, die kleinen, weißen Tabletten im Kaffee zu versenken.

„Wie kommst du denn auf solche Ideen?" Alwine blickte sie entgeistert an.

„Na, wo sie nun doch schon eine Zeitlang zusammengelegen haben. Auf dem Grabstein stehen nachher doch auch beide Namen."

Kopfschüttelnd stand Wilma auf, öffnete die Tür der Anrichte und holte eine Flasche Osborne Veterano heraus. Der spanische Brandy würde ihre Freundin hoffentlich von diesem makaberen Thema ablenken. „Ich glaube, wir haben uns einen kleinen Schluck verdient. Immerhin haben wir einen Mord aufgeklärt."

„Genau", bestätigte Wilma, „und so klein muss der Schluck gar nicht sein."

Eiskalt in Bad Oeynhausen

Es war Februar, und der Winter hielt nicht nur Bad Oeynhausen, sondern ganz Nordrhein-Westfalen fest in seinem eiskalten Würgegriff. Die Temperaturen waren seit Wochen so tief im Keller, dass den Enten fast die Füße auf dem Eis der Teiche anfroren. Ein Großteil der Bad Oeynhauser Bevölkerung lag mit Erkältung oder Grippe im Bett, der andere Teil schleppte sich mit tropfenden Nasen und geröteten Augen zur Arbeit. Die diesjährige Grippewelle hatte auch vor der Tür der Polizeiwache in der Blücherstraße nicht Halt gemacht. Die Grippe zeigte auch keine Spur von Respekt vor Uniformträgern, denn die erwischte es ebenso wie die Kriminalbeamten. Auf fast jedem Schreibtisch stapelten sich neben den Ermittlungsakten Berge von unbenutzten Papiertaschentüchern, während die gebrauchten die Mülleimer zum Überquellen brachten.

Was aber für die Kollegen der Kriminalpolizei noch nerviger war als ständiges Husten und Niesen, war die Tatsache, dass ausgerechnet ihr Chef, Kriminaloberrat Kellermann, bisher davon verschont blieb. Und das führte er einzig und allein auf den Genuss seines geliebten Earl Grey Tees zurück. Niemand konnte ihn davon überzeugen, dass es lediglich Glück war, dass er sich noch keinen Virus eingefangen hatte. Nein, Kellermann blieb fest davon überzeugt, dass der schwarze Tee mit dem Limettenaroma ein Wundermittel war.

Doch so ein Wundermittel hatte auch seine Nachteile. Aufgrund des hohen Krankenstandes blieb die große Masse der Arbeit an den wenigen noch gesunden Kollegen hängen – und damit auch an Kellermann. Neben all den Akten, randvoll gefüllt mit Kleinkriminalität, lag jedoch noch ein dicker Brocken auf seinem Schreibtisch. Ein Fall, der ihm erhebliches Kopfzerbrechen bereitete. Er mochte es nicht, wenn irgendwelche Punkte in den Ermittlungen ungeklärt blieben.

Täter, Opfer, Motiv und Tatwaffe. Alles schön säuberlich ermittelt und in der Ermittlungsakte abgeheftet. So wie es auch in diesem Fall geschehen war.

Der Täter war ermittelt, das Opfer bereits in der Gerichtsmedizin und das Motiv eines der ältesten der Welt: Habgier. Soweit, so gut. Es fehlte jedoch die Tatwaffe. Das Opfer war eindeutig erstochen worden, doch von der Waffe keine Spur. Kellermann hatte mit seinen Kollegen jeden Winkel abgesucht, aber nichts gefunden. Seit Tagen zerbrach er sich den Kopf, wie es dem Täter gelungen sein könnte, die Waffe verschwinden zu lassen. Vor allen Dingen, da es dazu kaum Gelegenheit gegeben hatte.

Wütend klappte Kellermann die Akte zu und stand auf. Seine Überlegungen drehten sich im Kreis wie der sprichwörtliche Hund, der sich selbst in den Schwanz beißen will. Es war zwar noch nicht Mittagszeit, doch der Kriminaloberrat entschloss sich, heute einmal die wohlverdiente Pause vorzuziehen. Ihm rauchte der Schädel. Er musste mal raus an die frische, kalte Luft, vielleicht gelang es ihm dort, einen klaren Gedanken zu fassen. Er angelte sich seine Barbour-Jacke vom Garderobenhaken. Nachdem er noch einen Schal umgebunden hatte, zog er aus den Jackentaschen die dick gefütterten Handschuhe und schlüpfte hinein. Jetzt noch die warme Wollmütze auf den Kopf, und raus aus dem Büro mit seiner stickigen Heizungsluft.

Draußen auf der Blücherstraße sog Kellermann gierig die frische Luft ein. Eine Wohltat. Er vergrub die Hände in den Jackentaschen und stapfte los.

***

Nach einem halbstündigen Spaziergang stand der Kriminalbeamte vor dem Restaurant Don Pedro und las die Speisekarte. Wenn er schon nach Spanien in den Urlaub musste, dann wollte er wenigstens informiert sein, was man da so aß. Kellermann betrat das Restaurant und suchte sich einen Platz nahe dem Fenster. Der Kellner brachte ihm die Speisekarte, nahm seinen Getränkewunsch entgegen und dackelte wieder ab. Der Earl überflog die ersten Seiten mit den Tapas und blätterte weiter, bis er bei den Fleischgerichten ankam. Recht schnell fiel seine Wahl auf eine Art Grillteller mit einer Wurst, deren Namen er nicht kannte. Egal, öfter mal was Neues. Zufrieden klappte er die Karte wieder zu und winkte der Bedienung. Nachdem er mit einem Mineralwasser und der Kellner mit seiner Bestellung versorgt waren, saß der Kriminaloberrat still am Tisch und grübelte vor sich hin. Dieser Mordfall ging ihm nicht aus dem Sinn.

Seine Gedankengänge wurden unterbrochen, als es im Restaurant plötzlich dunkler wurde. Das lag jedoch nicht am Ausfall der Beleuchtung, sondern an der Tatsache, dass zwei Personen, die unmittelbar vor seinem Fenster standen, ihre Nasen an die Scheiben drückten. Gleichzeitig legten beide die Hände rechts und links an den Kopf, um das Licht abzuschirmen um besser ins dunkle Lokal schauen zu können.

Kellermann kannte diese beiden Gesichter nur zu gut. Er überlegte den Bruchteil einer Sekunde, ob er nicht lieber unter den Tisch rutschen sollte. Doch im selben Moment erkannte er die Hoffnungslosigkeit dieses Unterfangens. Der Blick aus einem der Gesichter war auf ihn gerichtet, und die faltige Stirn glättete sich in dem Moment, in dem er erkannt wurde. Freudig aufgerissene Augen, dann das Anstoßen der Nachbarin und unübersehbare Fingerzeige in seine Richtung. Jetzt hatte ihn auch Alwine Bußmann erkannt und schob ihre Freundin Wilma Schnittenfittich umgehend in Richtung Eingangstür.

Kellermann seufzte ergeben, da ihm klar war, dass sich sein Traum von einem ungestörten Mittagessen soeben in Rauch aufgelöst hatte. Er überlegte, wie oft sie ihn in der letzten Zeit mit unzähligen Theorien über ungelöste Kriminalfälle traktiert hatten. Besonders schlimm war, dass sie im

Falle des getöteten Fabrikbesitzers Lüders recht gehabt hatten und der Fall dadurch gelöst werden konnte. Kellermann war sicher, dass dieses Anfängerglück, wie er es nannte, sie in der Annahme bestärken würde, dass alle ihre Theorien richtig seien. Und so schloss er gottergeben die Augen, als die beiden so unterschiedlichen Frauen an seinen Tisch kamen.

„Sieh da, unser verehrter Kriminaloberrat Kellermann.“ Wilma Schnittenfittich strahlte über das ganze Gesicht, beziehungsweise den Teil, den der Kriminalbeamte zwischen Strickmütze, Schal und Ohrenwärmern erkennen konnte. Diese Kleidungsstücke waren zwar nicht alle Ton in Ton, sahen aber sehr warm aus.

Ihre Freundin Alwine Bußmann hingegen war wie immer modisch und sportlich gekleidet, doch schien ihre Bekleidung mehr auf Aussehen als auf Wärme ausgelegt zu sein. Zwei rot gefrorene Ohren und eine ebensolche Nase belegten dies in anschaulicher Form. „Was für ein schöner Zufall“, bekannte Alwine und zog bereits einen Stuhl an Kellermanns Tisch zurück. „Sie gestatten doch, oder?“ Ohne eine Antwort abzuwarten stellte sie ihre Handtasche auf den Tisch und begann, aus ihrer Jacke zu schlüpfen. „Was ist denn, Wilma? Willst du hier im Mantel stehen bleiben?“

Ihre pummelige Freundin schüttelte lächelnd den Kopf und begann, sich aus ihrem Zwiebellook zu schälen.

Mit einer Mischung aus Erstaunen und Anerkennung beobachtete Kellermann, wie viele Kleidungsstücke man übereinander anziehen konnte. Nachdem alle am Garderobenständer hingen, hätte Wilma nur noch ein Strich in der Landschaft sein dürfen. Doch es hatte den Anschein, als ob sich ihre Figur vor und nach dem Ausziehen kaum verändert hatte. Jetzt wusste Kellermann, was manche Frauen mit dem Satz „Das trägt so auf“ meinten.

Etwas umständlich schaffte es Wilma, sich neben ihrer Freundin auf einen Stuhl plumpsen zu lassen. „Haben Sie schon etwas gegessen, oder kriegen Sie noch was?“, wollte sie neugierig wissen und erntete dafür von ihrer Freundin einen Ellbogenstoß.

„Nein, ich habe vorhin erst bestellt. Eine Fleischplatte, wenn Sie auch das wissen wollen.“

„Eine gute Wahl, aber ich werde wohl Fisch nehmen. Fisch ist sehr gesund. Vor einiger Zeit habe ich gelesen, dass er Stoffe enthält, die gut für das Gehirn sind.“ Wilma konnte sich jedoch beim besten Willen nicht erinnern, in welcher Zeitschrift das gewesen war.

„Wenn das stimmt, dann müssten manche Leute täglich einen ganzen Walfisch essen.“ Alwine zwinkerte Kellermann zu und machte eine leichte Kopfbewegung in Richtung ihrer Freundin.

„Haben die denn hier Walfisch?“ Wilma blätterte interessiert in der Karte.

Der Kriminalbeamte goss sich schmunzelnd noch einen Schluck Wasser ein. „Ob sie Walfisch haben, weiß ich nicht, ich habe was von Seezunge gelesen.“

Wilma blickte ihn mit schief gelegtem Kopf an. „Seezunge? Das klingt lecker, die nehme ich. Und du?“ Sie reichte ihrer Freundin die Speisekarte hinüber, doch diese wehrte ab.

„Ich nehme nur einen gemischten Salat. Ich muss auf meine Figur achten.“

Kellermann musterte sie skeptisch. Wenn es im Umkreis von hundert Metern einen Menschen gab, der nicht auf seine Figur zu achten brauchte, dann war es Alwine Bußmann. Die pensionierte Oberstudienrätin hatte für ihr Alter noch eine extrem sportliche Figur und garantiert kein Gramm Fett zu viel auf den Rippen. Ganz im Gegensatz zu ihrer Freundin.

„Und was macht das Verbrechen in Bad Oeynhausen? Tobt es?“ Alwine hatte sich zurückgelehnt und die Hände auf dem Tisch gefaltet. „In letzter Zeit scheint es recht ruhig geworden zu sein. Mal abgesehen von diesem Mord im Bonifatius-Stift.“

Es war schon erstaunlich, wie präzise diese Frau den Finger in eine offene Wunde legen konnte, dachte Kellermann. Bis vor einer Sekunde hatte er diesen unglückseligen Fall verdrängt, nun war er mit einem Schlag wieder präsent.

Sein Gesichtsausdruck schien seine Gedanken verraten zu haben, denn Alwine hakte nach. „Wenn ich die Berichterstattung in der Zeitung richtig verfolgt habe, scheint der Fall ja wohl noch nicht aufgeklärt zu sein, oder?“ Abwartend blickte sie Kellermann direkt in die Augen.

Der Kriminaloberrat wünschte sich, wie in den Raumschiff-Enterprise-Filmen, augenblicklich von hier weggebeamt zu werden und in Stonehenge wieder aufzutauchen. Dieser Fall machte ihm schon genug zu schaffen, da konnte er auf die neugierigen Fragen dieser beiden Hobbydetektivinnen gut verzichten. Doch der Earl sah mit seinem Schnurrbart, dem Rollkragenpullover und der Tweedjacke nicht nur aus wie ein Gentleman, er benahm sich auch so. „Wenn Sie die Presse aufmerksam studiert haben, dann dürfte Ihnen nicht entgangen sein, dass es uns gelungen ist, den Täter noch im Gebäude festzunehmen.“

„In was für einem Gebäude?“, fragte Wilma Schnittenfittich etwas geistesabwesend, während sie in ihrer Handtasche kramte. Schließlich förderte sie ein großes Knäuel Wolle zutage, dessen Faden in einem Strickwerk mit zwei Nadeln endete. Das Ganze hatte große Ähnlichkeit mit einem Schal. „Es stört Sie doch hoffentlich nicht, oder?“, fragte Wilma mit einem leutseligen Augenaufschlag. „Das wird ein Schal für meine Tochter, wer weiß, wie lange dieser grausige Winter noch anhält.“ Ohne Zustimmung abzuwarten, setzte sie ihre Lesebrille auf und begann, mit den Nadeln zu klappern.

„Gnädige Frau, meine Kollegen von der Schutzpolizei, die als Erste am Tatort waren, haben den Täter im Heizungskeller des Bonifatius-Stifts festgenommen. Er hatte wohl gehofft, unerkannt durch den Keller zu entkommen. Doch eine verschlossene Ausgangstür hat ihm einen Strich durch die Rechnung gemacht."

Der Kellner erschien und unterbrach das Gespräch. Die beiden Damen bestellten, und nachdem sie wieder alleine am Tisch waren, nahm Alwine den Faden wieder auf.

„Das Ganze soll doch wohl so etwas wie ein Raubmord gewesen sein, wenn man den Medien trauen kann", vermutete sie.

Kellermann nickte. „Doch, doch, das stimmt. Der Täter, ein junger Mann, hat seinen Onkel in dessen Zimmer erstochen. Vorausgegangen war wohl ein Streit um Geld. Der junge Bursche war im Bonifatius-Stift erschienen, um seinen Onkel anzupumpen. Wir vermuten, dass er Geld für Drogen haben wollte. Sie müssen wissen, er ist für uns kein unbeschriebenes Blatt."

Wilma unterbrach das Stricken und blickte den Kriminalbeamten über den Rand ihrer Brille hinweg an. „Und weil er kein Geld bekommen hat, hat er ihn getötet?"

„So sieht es wohl aus. Die Tatortaufnahme ergab, dass der Onkel in seinem Bett umgebracht wurde. Todesursache war ein Stich mitten ins Herz. Zuvor hatte es anscheinend eine Art Handgemenge gegeben. Wir vermuten, dass der Onkel seinem Neffen das Geld nicht geben wollte und dieser versucht hat, an das Portmonee in der Nachttischschublade zu gelangen." Kellermann nahm einen Schluck Wasser, um seine Stimmbänder zu ölen. „Als der Onkel dies verhindern wollte, muss dabei wohl die Blumenvase, die auf dem Nachttisch stand, umgefallen sein. Auf jeden Fall war das Bett nass."

„Und er hat ihn im Bett getötet?", wollte Alwine wissen. Neugierig beugte sie sich vor, stützte die Ellenbogen auf den Tisch und legte das Kinn auf die Hände.

Kellermann nickte. „Ganz genau. So wie es aussieht, hat er ihn mit der linken Hand aufs Bett gedrückt und mit der rechten zugestochen. Und das mit einem langen, spitzen Gegenstand."

Angewidert blickte Wilma ihn an. „Herrje, und das beim eigenen Onkel. Haben die Menschen denn heute gar keinen Anstand mehr?“ Sie schüttelte ungläubig den Kopf und widmete sich dann wieder ihrer Strickerei.

„Und wie ging es dann weiter?“ Alwine war immer noch sehr neugierig. Morde und ihre blutigen Details faszinierten sie. Bei gruseligen Krimis im Fernsehen schlug sie zwar öfter einmal die Hände vor die Augen, wenn es besonders blutrünstig wurde, doch hier konnte sie nicht genug bekommen.

„Der Neffe schnappte sich dann die Brieftasche seines Onkels aus der Nachttischschublade und flüchtete. Gerade in dem Moment, als er das Zimmer verlassen wollte, stieß er in der Tür mit einer Altenpflegerin zusammen, die sich gerade nach dem Wohl seines Onkels erkundigen wollte. Die Frau wurde zur Seite gestoßen und der Täter flüchtete den Gang hinunter in Richtung Treppenhaus.“

Kellermann schob sein Glas zur Seite, da soeben sein Essen serviert wurde. Er schüttelte die gefaltete Serviette auseinander und legte sie sich auf den Schoß.

„Mahlzeit!“, wünschte Wilma und beugte sich neugierig vor. „Sieht sehr lecker aus, hoffentlich schmeckt es auch.“

Der Kriminaloberrat bedankte sich artig und griff zum Besteck. „Der Aufmerksamkeit und der schnellen Reaktion dieser Altenpflegerin haben wir es zu verdanken, dass wir den Täter so schnell festnehmen konnten.“ Er schob sich den ersten Bissen in den Mund. Nachdem er gekaut, geschluckt und anerkennend genickt hatte, fuhr er fort. „Sie registrierte schnell, was hier geschehen war, und informierte den Portier im Eingangsbereich. Dieser wiederum verriegelte sofort die Eingangstür und alarmierte meine Kollegen. Als der Täter sah, dass er auf normalem Wege das Haus nicht verlassen konnte, versuchte er es durch den Keller.“

„Wie in der Zeitung stand, muss es ja wohl ein Glücksfall gewesen sein, dass eine Streifenwagenbesatzung zufällig in der Nähe gestanden hat“, merkte Alwine an.

Kellermann nickte mit vollem Mund. „Genau, vor allem in Anbetracht der Tatsache, dass die Personaldecke in sämtlichen Polizeidienststellen des Landes mittlerweile dünner als die Schneedecke ist. Die Kollegen waren auf jeden Fall sofort zur Stelle und konnten den Täter samt Beute im Keller verhaften. Er muss sich dabei so gefühlt haben wie ein in die Enge getriebenes Tier."

„Wie kommen Sie darauf?", wollte Wilma wissen, ohne die Produktion des Schals zu unterbrechen.

„Entschuldigen Sie bitte dieses unappetitliche Detail, meine Damen. Aber die Kollegen berichteten mir, dass er sich dabei in die Hose gemacht hat."

Alwine schüttelte ungläubig den Kopf, während Wilma leise in sich hinein kicherte.

„So was kann man sich eigentlich nur schwer vorstellen", dachte die ehemalige Oberstudienrätin laut nach. „Da ersticht der Neffe seinen eigenen Onkel wegen ein paar lächerliche Kröten und bei der Festnahme durch die Polizei macht er sich in die Hose."

Kellermann hatte seine Fleischplatte bereits zur Hälfte verspeist. „Da muss ich Ihnen recht geben. Der junge Mann war, wie bereits angemerkt, kein unbeschriebenes Blatt. Diverse Körperverletzungen, mehrere Diebstähle und zweimal Straßenraub hatte er bereits auf seinem Konto. Dazu eine ungezählte Menge von Betäubungsmitteldelikten."

„Von was?" Wilma blickte von ihrem Strickzeug auf und zwischen ihren Gesprächspartnern hin und her.

„Rauschgift, meine Liebe. Drogen. Haschisch, Heroin und was es da sonst noch so alles gibt." Die von Alwine gemachte Handbewegung sah aus, als ob sie sich selber eine Spritze setzen wollte.

„Tja, soweit ist alles klar. Der Täter leugnet die Tat zwar, aber die Aussage der Altenpflegerin und die Tatsache, dass man die Beute bei ihm gefunden hat, sprechen eine eindeutige Sprache." Mit genervtem Gesichtsausdruck knallte Kellermann plötzlich das Besteck derart laut auf den Teller, das Wilma erschreckt zusammenzuckte. „Entschuldigung, gnädige Frau, aber mir gehen gerade die Pferde durch."

„Was für eine Laus ist Ihnen denn auf einmal über die Leber gelaufen?", wollte die Oberfinanzsekretärswitwe wissen.

„Ach, ich ärgere mich, dass wir die Tatwaffe nicht gefunden haben. Wir haben das Zimmer des Opfers auf den Kopf gestellt. Den ganzen Keller auseinandergenommen. Den gesamten Fluchtweg des Täters abgesucht. Er selber ist zweimal hundertprozentig gründlich durchsucht worden, aber von der Tatwaffe fehlt jede Spur."

Alwine stocherte lustlos in dem soeben gebrachten Salat herum, während ihre Freundin sich bereits mit großem Appetit auf ihre Seezunge stürzte. „Sie sagten, dass es ein langer spitzer Gegenstand gewesen sei?"

Der Kriminalbeamte legte das Besteck zur Seite und wischte sich den Mund ab. „So wurde es uns jedenfalls vom Gerichtsmediziner mitgeteilt."

Wilma Schnittenfittich schob sich gerade ein Stück Seezunge in den Mund und deutete mit dem Messer auf den Kriminalbeamten. „Und was sagt der Täter dazu, wo die Waffe ist?"

Kellermann lehnte sich zurück. „Er sagt, da er es nicht gewesen sei, könne er auch nicht sagen, wo die Tatwaffe ist. Er spricht immer nur von einem großen Unbekannten." Langsam schob der Earl seinen Stuhl zurück und winkte dem Kellner. „Ich muss mich jetzt bei Ihnen entschuldigen, meine Damen. Die Pflicht ruft!" Nachdem er gezahlt hatte, verabschiedete er sich und verließ das Lokal.

Appetitlos schob Alwine ihren gemischten Salat, von dem sie nur zwei bis drei Bissen genommen hatte, von sich weg. „Findest du nicht auch, dass das ein ganz sonderbarer Fall ist?"

Ihre Freundin blickte sie an und zuckte statt einer Antwort mit den Schultern.

„Mir juckt es geradezu in den Fingern, mich selber einmal im Bonifatius-Stift umzusehen. Sag mal, ist die Leiterin nicht eine ehemalige Schulfreundin von dir?“

Undeutlich, weil noch auf beiden Backen kauend, antwortete Wilma: „Nicht Schulfreundin, ehemalige Nachbarin.“

„Na, dann solltest du mal deine Beziehungen spielen lassen und sie anrufen, damit wir morgen den Tatort besichtigen können.“

Wilma verschluckte sich an einem Stück Fisch und begann zu husten. Dankbar sah sie ihre Freundin an, die ihr hilfreich auf den Rücken klopfte. „Das machen wir, aber erst mal esse ich auf!“

***

Pünktlich um 15.00 Uhr am nächsten Tag stand Alwine Bußmann vor dem Eingang des Bonifatius-Stifts. Teils wegen der sibirischen Kälte, teils aus Ungeduld, tigerte sie auf dem Gehweg vor dem Gebäude auf und ab. Wo blieb nur ihre Freundin? Wilma hatte gestern Nachmittag noch mit Sofia Fricke, ihrer ehemaligen Nachbarin und derzeitigen Leiterin des Bonifatius-Stiftes, gesprochen und für heute einen Besuchstermin ausgemacht. Um 15.00 Uhr wollten sie sich bei der Leiterin melden. Jetzt war es bereits fünf Minuten nach drei, und von Wilma weit und breit noch nichts zu sehen. Hoffentlich war ihr nichts Schlimmes passiert, aber im selben Moment korrigierte Alwine sich in Gedanken. Vermutlich war eher etwas Harmloses passiert, denn Wilma hätte in der Schule eine Eins für Ungeschicklichkeit bekommen.

Diese Warterei machte sie trotzdem völlig rappelig, immer wieder blickte sie zur Uhr. Sie war doch so neugierig darauf, endlich den Tatort sehen zu können. Vielleicht fanden sie ja einen Hinweis, den die Polizei übersehen hatte. Das wär doch mal was. Sie war von ihrem kriminalistischen Spürsinn überzeugt, doch Kellermann nahm sie anscheinend nicht ernst. Wieder blickte Alwine auf ihre Armbanduhr. Wie lange sollte sie noch warten? Was, wenn Wilma überhaupt nicht kam? Ihre Freundin besaß zwar ein Handy, aber das lag ausgeschaltet und vermutlich mit leerem Akku im Wohnzimmerschrank. Sie hatte es von ihrer Tochter zu Weihnachten bekommen, sich aber standhaft geweigert, es jemals auch nur einzuschalten. Zu allem Ärger musste sich Alwine eingestehen, dass sie ihr eigenes Handy ebenfalls zu Hause vergessen hatte. Sie blickte noch einmal nach rechts und links, dann machte sie auf dem Absatz kehrt und betrat das Bonifatius-Stift.

Zwei Minuten später saß sie der Leiterin gegenüber. Die beiden unterhielten sich gerade über Wilma Schnittenfittich, als die Tür aufging und das Gesprächsthema den Raum betrat. Völlig außer Atem, mit hochrotem Gesicht und anscheinend völlig aufgelöst.

„Hallo, ihr müsst entschuldigen, mir ist zu Hause etwas Schreckliches passiert.“ Erschöpft ließ sie sich in einen Sessel fallen. Mit dem Ende ihres Schals wischte sie sich den Schweiß von der Stirn. „Bei uns im Haus hat es heute Morgen nach dem Frühstück einen Stromausfall gegeben. Ich habe gar nichts davon mitbekommen. Erst als ich heute Nachmittag die blinkende Anzeige auf meiner Mikrowelle sah, wusste ich, dass da etwas nicht stimmte. Dann schellte auch bereits schon meine Nachbarin und informierte mich. Zwischenzeitlich waren aber bereits die Elektriker da gewesen und hatten den Schaden behoben.“ Mit der Hand fächelte sich Wilma frische Luft zu, und Mitleid heischend blickte sie von einer zur anderen.

„Ich verstehe aber nicht, was das mit deiner Verspätung zu tun hat“, meinte Alwine.

„Warte nur ab, das große Malheur kam ja erst.“ Sie setzte sich aufrecht hin und berichtete weiter. „Nach dem Frühstück muss ich aus Versehen wohl die Kühlschranktür nicht ganz geschlossen haben. Zusammen mit dem Stromausfall sorgte das dafür, dass das Gefrierfach abtaute. Und als ich mir nach meinem Mittagsschlaf einen Kaffee aufgebrüht hatte und die Milch aus dem Kühlschrank holen wollte, stellte ich plötzlich fest, dass ich mit beiden Füßen in einer Pfütze stand. Vor dem Kühlschrank hatte sich ein richtiger See gebildet!" Man konnte ihr ansehen, wie intensiv sie an das Geschehen dachte, denn sie schüttelte sich bei dem Gedanken an die nassen Strümpfe. „Ich musste erst noch die halbe Küche wischen und mir was Trockenes anziehen. Deshalb die Verspätung."

Die beiden anderen Frauen schmunzelten. Dann jedoch kam Alwine zur Sache. „Wilma hat Ihnen ja gesagt, warum wir hier sind. Wenn es möglich wäre, würden wir uns gern einmal den Tatort ansehen. Ich muss aber gleich sagen, dass wir keine Schaulustigen sind, sondern versuchen wollen, der Polizei bei der Aufklärung dieses Verbrechens zu helfen."

Sofia Fricke rieb sich nachdenklich das Kinn. Die kleine Wilma kannte sie schon seit vielen Jahren und auch ihre große, hagere Freundin machte einen vernünftigen Eindruck. Die Kriminalpolizei war mit der Spurensuche schon lange fertig und hatte den Raum wieder freigegeben. Die blutige Matratze war gegen eine neue ausgetauscht worden. Es sprach also nichts dagegen, dass sich die beiden Damen den Raum einmal ansahen. Obwohl sie sich nicht vorstellen konnte, was die beiden dort zu finden hofften. Die Spurensicherer der Kripo hatten den Raum komplett auf den Kopf gestellt. Aber was soll's? Wenn sie ihrer ehemaligen Nachbarin damit einen Gefallen tat? Die Leiterin des Bonifatius-Stifts erhob sich und deutete auf die Tür. „Wenn Sie mir bitte folgen wollen?"

***

Ein paar Minuten später standen die drei Frauen in dem leeren Zimmer. Es deutete weder etwas darauf hin, dass es bis vor Kurzem bewohnt gewesen war, noch, dass hier ein Mord stattgefunden hatte. Der Raum wirkte eher, als wäre er monatelang nicht benutzt worden. Die strahlend weiße, noch in Plastikfolie eingepackte Matratze verstärkte diesen Eindruck noch. Sofia Fricke stand an der Tür und beobachtete die beiden Damen. Alwine ging im Zimmer hin und her, öffnete den Schrank und die Nachttischschublade, schaute unter das Bett und tastete über den Kleiderschrank.

Ihre Freundin Wilma hingegen war an die Balkontür getreten, hatte die Gardine zur Seite geschoben und schaute hinaus. Ihr Blick ging über die Dächer Bad Oeynhausens hinweg. „Eine schöne Aussicht habt ihr hier!“, kommentierte sie den Ausblick und öffnete die Balkontür. Ihren offenen Mantel etwas enger um sich ziehend trat sie auf den Balkon. Ein blauer Gartenstuhl und ein kleiner, weißer Tisch waren das einzige Mobiliar.

Sofia Fricke war ihr auf den Balkon gefolgt.

„Wird Zeit, dass es Frühling wird!“, sagte Wilma und deutete dabei auf die beiden Blumenkästen, die außen am Balkongeländer hingen. Sie waren leer, die Pflanzen hatte man entsorgt. Von der Dachrinne hingen dicke Eiszapfen herunter.

„Ja, da hast du recht. Ich kann das weiße Zeug schon nicht mehr sehen.“ Mit der Hand schob Sofia den Schnee vom Geländer. „Vor allem unsere Bewohner leiden darunter. Bei dem useligen Wetter kommen sie nicht vor die Tür. Im Sommer sind wir ja viel im Kurpark unterwegs. Bei dem Wetter haben viele Angst auszurutschen und sich die Knochen zu brechen.“ Sie trat einen Schritt ans Geländer heran und blickte über das verschneite Bad Oeynhausen. Dann ging ihr Blick nach unten, sie ballte die Faust und schlug auf das Geländer. „Verdammte Sauerei!“

Als Wilma sie fragend ansah, deutete sie nach unten. Zwei Etagen unter ihnen, auf einem gläsernen Vordach, lagen einige Kippen. „Hier im Haus ist Rauchverbot. Ich weiß nicht, wie oft ich den Leuten schon gesagt habe, dass sie ihre Kippen dort nicht runterwerfen sollen. Irgendwann haben wir mal ein Loch im Plexiglas."

Alwine war ebenfalls auf den Balkon getreten und beugte sich über das Geländer. „Wissen Sie denn, wer dieser heimliche Raucher ist?"

Sofia Fricke schüttelte den Kopf. „Es muss einer der Besucher sein, unsere Bewohner rauchen alle nicht." Fröstelnd rieb sie sich mit beiden Händen die Oberarme. „Lasst uns reingehen, sonst holen wir uns noch den Tod."

Wilma stimmte ihr zu, und beide quetschten sich an Alwine vorbei zurück ins Zimmer.

Diese war auf dem Balkon stehen geblieben und sah sich aufmerksam um.

„Alwine, kommst du?" Wilma stand an der Balkontür und machte eine einladende Handbewegung ins Zimmer. Ihre Freundin konnte sich nur schwer von dem Anblick des leeren Balkons losreißen. Langsam drehte sie sich um und kam ebenfalls wieder hinein.

„Was war denn da draußen so Besonderes?", wollte Sofia Fricke wissen.

Alwine blickte in Gedanken versunken durch sie hindurch. „Was?"

„Meine Freundin wollte wissen, was dich da draußen so fasziniert hat", erkundigte sich nun auch Wilma.

„Ich weiß nicht, es sind nur vage Gedanken, aber ich habe das Gefühl, dass die Polizei etwas Wichtiges übersehen hat."

Ihre beiden Begleiterinnen blickten sie ratlos an.

„Sagen Sie mal, Frau Fricke, haben Sie eigentlich von dem Streit zwischen Neffe und Onkel etwas mitbekommen?"

„An diesem Abend nicht, da war ich gar nicht im Hause. Aber in der Vergangenheit hat es öfter schon mal Auseinandersetzungen gegeben. Anscheinend wollte der junge Mann immer wieder Geld von seinem Onkel haben. Die Zimmernachbarn haben sich darüber beschwert, dass sie sich dann immer gegenseitig angeschrien haben."

Alwine nickte. „Wissen Sie eventuell, ob der junge Mann geraucht hat?"

Die Leiterin des Bonifatius-Stifts nickte energisch. „Das weiß ich ganz genau, ich habe ihn einmal im Flur und ein anderes Mal im Treppenhaus erwischt und ihm ordentlich die Meinung gesagt. Aber es hat anscheinend nichts genützt."

„Aber Sie wissen nicht zufällig, welche Marke er geraucht hat, oder?" Alwine blickte sie fragend an.

„Irgendein scheußliches, selbstgedrehtes Zeug. Es stank wie die Pest."

„Kommt man vielleicht irgendwie an das Glasdach heran, auf dem die Kippen liegen?", wollte die ehemalige Oberstudienrätin wissen.

Die Leiterin überlegte nur ganz kurz. „Ja, durch das Zimmer von Frau Hülsmeier."

„Dann lassen Sie uns runtergehen und die Kippen vom Dach holen", schlug Alwine vor.

„Ich glaube ja wohl, dass es hier eine Putzfrau gibt, nicht wahr, Sofia?" Wilma blickte zwischen der Stiftsleiterin und ihrer Freundin hin und her.

Diese wiederum wiegelte ab. „Davon bin ich überzeugt, und ich bin auch weniger an der Sauberkeit des Hauses, als mehr an den Kippen interessiert."

***

Kriminaloberrat Kellermann hockte gerade an seinem Schreibtisch, als das Telefon klingelte. Es dauerte einen Moment, bis er es fand, da es unter einem Berg aus Akten und Papieren begraben lag. Als Kellermann den Hörer darunter hervorzog, löste er damit eine Papierlawine aus, die geräuschlos in Richtung Fußboden rutschte. Fluchend versuchte der Kriminalbeamte, sie zu stoppen, doch mit nur einer freien Hand war dies ein unmögliches Unterfangen. Resigniert schnaufend meldete er sich am Telefon. Dann verdrehte er genervt die Augen, als er hörte, wer dran war.

„Guten Tag, Herr Kellermann. Hier ist Wilma Schnittenfittich, ich soll Ihnen schöne Grüße von Alwine bestellen und fragen, ob Sie heute Nachmittag Zeit für uns hätten."

Der Kriminaloberrat fuhr sich mit der Hand durchs Gesicht. Die beiden hatten ihm gerade noch gefehlt. Als wenn er nicht schon genug Arbeit hätte.

„Liebe Frau Schnittenfittich, ich glaube für ein Kaffeekränzchen fehlt mir einfach die Zeit. Hier auf meinem Schreibtisch türmt sich die Arbeit, und wegen unseres hohen Krankenstandes bleibt zusätzlich noch eine Menge liegen."

Am anderen Ende der Leitung klang Wilma etwas erstaunt. „Wie kommen Sie denn auf Kaffeekränzchen?"

„Na, ich dachte …", begann Kellermann, wurde aber sofort unterbrochen.

„Aber Herr Oberrat, wir wissen doch, was für ein schwer beschäftigter Mann Sie sind. Da würden wir Sie doch nie mit einem Kaffeekränzchen belästigen. Nein, ich soll Ihnen ausrichten, dass Alwine etwas herausgefunden hat, was mit dem Mord im Bonifatius-Stift zu tun hat."

Der Earl wurde hellhörig. „Aha, und was ist das?"

„Also ganz genau weiß ich es auch nicht, ich soll Sie nur bitten, heute Nachmittag so gegen drei in Alwines Wohnung zu kommen. Und ich bin genauso gespannt wie Sie, was sie uns dort zeigen will. In letzter Zeit tut sie immer so geheimnisvoll. Finden Sie nicht auch, dass sie ein wenig sonderbar geworden ist?" Wilmas Stimme verriet ernste Besorgnis.

Im letzten Moment schluckte Kellermann die Antwort herunter, die ihm bereits auf den Lippen gelegen hatte. *Für mich seid ihr beide ein bisschen sonderbar.* Stattdessen beruhigte er seine Gesprächspartnerin. „Wenn Sie mich so fragen, ich finde nicht, dass sie sich sehr verändert hat. Und Sie haben überhaupt keine Ahnung, worum es geht?"

„Nein, wir haben uns gestern den Tatort angesehen, und ...“ Mitten im Satz biss sich Wilma auf die Lippen. Zu spät.

„Sie haben was? Sie können doch nicht einfach am Tatort eines Mordes herumlaufen.“ Kellermann war zunächst geschockt, doch dann musste er sich korrigieren. „Naja, immerhin war er ja schon wieder freigegeben, aber sagen Sie mal, was wollten Sie denn da?“

Er hörte, wie Wilma am Telefon schluckte. „Alwine wollte nur mal gucken, ob Sie vielleicht was übersehen haben.“

„Sie wollte was?“ Kellermann glaubte seinen Ohren nicht zu trauen. „Frau Bußmann will also mal wieder schlauer sein als die Polizei. Ich glaube, der gehört mal ordentlich der Kopf gewaschen.“

„Die Mühe brauchen Sie sich nicht machen, sie war am Montag erst beim Friseur“, widersprach Wilma im Brustton der Überzeugung. „Aber wenn Sie ihr die Meinung sagen wollen, dann kommen Sie doch einfach morgen um drei in ihre Wohnung. Tschüss.“

Kellermann saß noch mindestens eine Minute sprachlos hinter seinem Schreibtisch und starrte fassungslos auf den Hörer in seiner Hand. Diese beiden Hobbydetektivinnen würden ihn eines Tages noch in den Wahnsinn treiben.

***

Um Punkt 14.50 Uhr hielt ein Zivilwagen der Kriminalpolizei vor dem Haus am Ostkorso, in dem Alwine Bußmann wohnte. Kriminaloberkommissar Feuerborn und sein Chef stiegen aus und blickten unisono zur obersten Etage des Gebäudes hinauf. Dort oben an einem Fenster stand Wilma rufend und winkend.

„Huhu, hier sind wir. Sie müssen ganz nach oben!“

Kellermann schob seinen Assistenten vor sich her. „Los Feuerborn, sehen wir zu, dass wir die Sache hinter uns bringen. Ich werde unseren weiblichen Sherlock Holmes nur kurz auf den Topf setzen, dann können wir weiter."

Bevor sie am Eingang ankamen, wurde bereits der Türöffner betätigt. Feuerborn drückte die Haustür auf. „Warum muss ich eigentlich mit?", fragte er mit genervtem Gesichtsausdruck.

„Weil ich einen Zeugen brauche. Sonst behaupten die beiden nachher noch, das Gespräch hätte nie stattgefunden." Der Kriminaloberrat begann die Stufen hinaufzusteigen.

„Nicht mal einen Fahrstuhl haben die hier", maulte Feuerborn und taperte hinter seinem Chef her.

Als sie den vierten Stock erreicht hatten, mussten beide erst einmal Luft holen. Mit ihrer Fitness war es nicht weit her, dachte Kellermann. Die einzige Entschuldigung, die man gelten lassen konnte, war, dass sie zur Zeit durch Arbeit und Wetter an den Schreibtisch gefesselt blieben. Feuerborn wollte gerade den Finger auf den Klingelknopf legen, als die Wohnungstür geöffnet wurde.

Alwine Bußmann stand ihnen im dunkelblauen Samtanzug gegenüber. „Ach, da sind sie ja, meine Herren. Pünktlich wie die Maurer, hereinspaziert!"

Die beiden Kriminalbeamten drückten sich an der ehemaligen Oberstudienrätin vorbei in die Wohnung. Im Wohnzimmer wurden sie von Wilma Schnittenfittich begrüßt, die in den Polstern des riesigen, weißen Designersofas fast verschwand. Feuerborn fand, dass es aussah, als ob eine fleischfressende Pflanze eine Biene verschlucken würde.

„Guten Tag, die Herren." Wilma schaffte es, trotz ihrer ungewöhnlichen Sitzposition noch eine Tasse samt Untertasse in der Hand zu balancieren. „Wie wäre es mit einem Tässchen Kaffee?" Sie strampelte, um sich aus dem Sofa zu erheben. Ein Versuch, der schon daran scheiterte, dass sie mit ihren kurzen Beinen nicht einmal den Boden berührte. „Ach, junger Mann, seien Sie doch so freundlich und helfen Sie einer alten Frau mal hoch."

Erwartungsvoll streckte sie Feuerborn ihre Hand hin.

Mit einiger Mühe schaffte es der Kriminaloberkommissar, die korpulente Person aus der Umklammerung des Sofas zu befreien. Mit einem Lächeln bedankte sich Wilma bei ihrem Retter und griff dann zur Kaffeekanne.

Kellermann winkte energisch ab. „Liebe Frau Schnittenfittich, wir haben nicht viel Zeit, vielen Dank.“ Dann wandte er sich Alwine zu. „Gnädige Frau, Sie wollten, dass wir hierher kommen. Diesen Gefallen haben wir Ihnen getan, ich würde Sie nun bitten, sich bei dem, was sie uns sagen wollen, kurz zu fassen.“

Alwine ließ sich von der Ansprache Kellermanns nicht ins Bockshorn jagen. Auch nicht vom Beginn seiner unmittelbar folgenden Standpauke.

„Ihre Freundin hat mir erzählt, dass Sie tatsächlich der Meinung waren, am Tatort im Bonifatius-Stift Spuren zu finden, die wir übersehen haben. Ich möchte hier mal ganz deutlich ...“

Alwine fuhr den Kriminalbeamten in die Parade. „Ich habe nicht nur gehofft, welche zu finden, ich habe welche gefunden.“

Kellermann blieb vor Erstaunen der Mund offen stehen. Ratlos sah er zunächst seinen Assistenten und dann abwechselnd die beiden Damen an. Erst allmählich fasste er sich wieder. „Da bin ich aber mal gespannt, was Sie uns erzählen wollen.“ Erwartungsvoll ließ er sich auf dem Rand eines Sessels nieder.

Feuerborn blieb sprachlos stehen und nahm eine Kaffeetasse entgegen, die ihm Wilma in die Hand drückte.

Alwine Bußmann baute sich vor der Sitzgruppe auf und stemmte die Hände in die Hüften. Der Earl konnte sich ungefähr vorstellen, wie sie früher im Klassenzimmer agiert hatte.

„Wie meine Freundin Wilma bereits erzählt hat, haben wir uns den Tatort im Bonifatius-Stift angesehen. Das Zimmer, das Bad und auch den Balkon.“

„Der aber leer war“, warf Feuerborn ein und lehnte sich an eine Anrichte.

„Bis auf einen Tisch, einen Stuhl und unbepflanzte Blumenkästen“, stimmte ihm Alwine zu. „Aber haben Sie auch über das Balkongeländer gesehen?“

Feuerborn dachte kurz nach, schüttelte dann den Kopf. „Ehrlich gesagt nein, aber das war auch nicht nötig. Der Täter ist doch durch die Zimmertür rein- und auch wieder rausgegangen.“

Alwine zog eine kleine Plastiktüte mit mehreren Stummeln selbstgedrehter Zigaretten aus der Tasche. „Hätten Sie über das Balkongeländer gesehen, dann wären Ihnen sicherlich auch diese Stummel aufgefallen.“ Sie erläuterte kurz, wie und wo sie die Zigarettenkippen gefunden hatte.

Kellermann bedachte seinen Assistenten mit einem bösen Seitenblick, sagte aber kein Wort.

„Als Nächstes möchte ich Ihnen eine Zeugenaussage präsentieren, die für die Aufklärung des Mordes ebenfalls wichtig ist“, kündigte Alwine an. „Wilma, wenn du bitte so freundlich wärst?“

Erstaunt blickten die beiden Kriminalbeamten zu der Witwe.

Wilma stellte ihre Kaffeetasse ab, strich ihren Pullover glatt und holte tief Luft. „Also, das war so, dass der Strom ausgefallen war und ich die Kühlschranktür nicht richtig zugemacht hatte. Und dass die beiden Sachen zusammenkamen, war der Grund, warum es diese große Schweinerei gab.“

Kellermann blickte sie mit fragendem Gesichtsausdruck an. „Also ich muss gestehen, dass ich Ihnen nicht folgen kann.“

Noch bevor Wilma ihre Aussage erklären konnte, kam ihr ihre Freundin zuvor. „Durch den Stromausfall und die geöffnete Kühlschranktür kam es dazu, dass Wilmas Kühlschrank abtaute und sich dadurch in der Küche auf dem Fußboden eine Pfütze bildete. Diese Pfütze brachte mich der Lösung des Falles ein bisschen näher."

„Nur weiter", forderte der Kriminaloberrat sie auf.

„Ich erinnerte mich daran, dass Sie mir erzählt hatten, dass das Bett des Opfers nass gewesen sei."

Nun mischte sich Feuerborn in die Unterhaltung. „Das lag daran, dass es wohl zuvor einen Kampf gegeben hatte und dabei die Blumenvase auf dem Nachttisch umgefallen ist."

Alwine nickte zustimmend. „Und ich kann mich auch daran erinnern, dass Sie sagten", dabei deutete sie auf den Earl, „der Täter habe sich in die Hosen gemacht."

Der Angesprochene nickte, Wilma kicherte.

„Und jetzt schildere ich Ihnen einmal meine Theorie, und danach zeige ich Ihnen die Mordwaffe."

Kellermann und Feuerborn blickten Alwine so erstaunt an, als ob sie gerade die Lottozahlen für das nächste Wochenende vorausgesagt hätte. Ihre Freundin hingegen genoss den verdutzten Gesichtsausdruck der beiden Kriminalbeamten.

„Der Neffe, notorisch drogensüchtig und ständig pleite, tauchte immer wieder bei seinem Onkel im Bonifatius-Stift auf und versuchte, ihn anzupumpen. Wegen des Geldes gab es in letzter Zeit immer häufiger Streit. Eine Sache, die von den Zimmernachbarn des Onkels bestätigt wurde." Alwine hatte die Hände hinter dem Rücken verschränkt und begann nun, in ihrem Wohnzimmer auf und ab zu gehen. Dabei dozierte sie wie im Unterricht. „Auch am Tag des Mordes war der Neffe erschienen, um wieder mal Geld zu schnorren. Der Besuch bei seinem Onkel muss wohl etwas länger gedauert haben, wie die drei gerauchten Kippen beweisen, die wir auf dem Vordach gefunden haben."

„Weil nämlich das Rauchen im Zimmer verboten ist", fügte Wilma erklärend hinzu.

Aber ihre Freundin ließ sich nicht beirren und fuhr fort. „Frau Fricke, die Stiftsleiterin, war sich fast sicher, dass die

Stummel vom Täter stammen müssen. Aber als ich auf dem Balkon stand, ist mir noch etwas aufgefallen."

„Und das wäre?", wollte Kellermann neugierig wissen.

Alwine verließ kurz den Raum. Man hörte eine Tür klappen, und wenige Augenblicke später, stellte sie einen großen Teller auf den Wohnzimmertisch. Vollkommen verwirrt deutete Feuerborn auf den Gegenstand, der auf dem Teller lag. „Was soll das denn sein?"

Alwine grinste wie ein Honigkuchenpferd. „Das, mein Lieber, dürfte die Tatwaffe sein."

Kellermann war aufgestanden und trat an den Tisch. Nachdenklich kratzte er sich am Kinn.

„Gnädige Frau, das halte ich für vollkommen ausgeschlossen", meldete sich Feuerborn erneut zu Wort.

„Nee, nee, Feuerborn, warten Sie mal. Ich glaube, ich weiß schon, worauf Frau Bußmann hinaus will." Halb verstehend und halb fragend sah er die ehemalige Oberstudienrätin an.

„Ich vermute mal, Sie wollen jetzt den Rest meiner Theorie hören." Alwine trat ebenfalls an den Tisch und nahm den großen Eiszapfen vom Teller.

„Als ich auf dem Balkon stand, fiel mir in der Reihe der vielen Eiszapfen, die an der Dachrinne hingen, eine Lücke auf. Man konnte deutlich erkennen, dass ein Zapfen abgebrochen war. Aber auf dem Vordach war nichts davon zu sehen." Alwine wickelte ein kleines Küchentuch um das dicke Ende des Eiszapfens und hielt ihn nun, mit der Spitze nach unten, wie einen Dolch in der Hand. „Ich glaube, dass der Neffe damit zugestochen hat. Die Spitze drang in die Brust seines Onkels ein und brach ab. Er verfällt in Panik, flieht aus dem Zimmer und steckt den Rest des Eiszapfen dabei in seine Hosentasche. Als er im Keller von den Polizisten festgenommen wird, ist der Eiszapfen geschmolzen und es sieht aus, als ob er sich in die Hose gemacht hätte."

Aus dem Hintergrund hörte man Wilma erneut kichern.

„In der Zwischenzeit schmilzt die Spitze des Eiszapfen durch die Körperwärme, und da das Bett ohnehin durch die umgestürzte Blumenvase nass war, fällt es nicht weiter auf." Alwine legte den Eiszapfen, der bereits zu schmelzen begann, wieder zurück auf den Teller.

Feuerborn sah sie erstaunt an. Der Earl hingegen nickte anerkennend. „Gnädige Frau, ich muss mich bei Ihnen entschuldigen. Ihre Theorie hat Hand und Fuß, und ich bin überzeugt, dass der Neffe zusammenbrechen wird, wenn wir ihn damit konfrontieren."

Leicht verlegen blickte Alwine vom Kriminaloberrat hinüber zu ihrer Freundin. „Na, meine Liebe, was sagst du dazu?"

Wilma Schnittenfittich griff nach der Kaffeekanne und lächelte verschmitzt. „Ich denke, es steht 2:0 für uns, oder? Jetzt vielleicht doch ein Käffchen, Herr Oberrat?"

Hokus Pokus Fidibus

„Irgendwie ist es ja kaum zu glauben. Da lebt man nun sein Leben lang in Bad Oeynhausen, hat den Kurpark sicherlich schon tausendmal durchquert und sich drei Dutzend Mal vor dem Kaiserpalais fotografieren lassen, aber ich muss zu meiner Schande gestehen, dass ich noch nie drin war." Wilma blieb vor dem stattlichen Gebäude stehen und blickte zur grünlichen Kuppel hinauf.

„Dann wird es aber höchste Zeit. Und heute ganz besonders, denn es ist immerhin schon 14.20 Uhr." Ihre Freundin fasste sie am Arm und geleitete sie in Richtung Tür. „Ich hoffe, das Programm des GOP-Varietés wird dir gefallen."

Wilma betrat mit ihrer Freundin das Gebäude und blieb staunend stehen. Sie konnte sich an den stuckverzierten Decken gar nicht sattsehen. Von hinten drängten sich andere Besucher mit einem „Pardon" oder „Dürfen wir mal?" an ihnen vorbei.

Alwine zog ihre Freundin in Richtung Garderobe. Dort entledigten sie sich der Mäntel, und dann ging es weiter in Richtung Varieté.

Als sie in den Flur traten, bemerkte Wilma das riesige Sofa unter einem großen Bildschirm. Vor lauter Entzücken klatschte sie in die Hände und zog Alwine sofort zu dem Möbelstück. „Hier! Setz dich mal hier drauf, dann kannst du mal sehen, wie es mir mit meinen kurzen Beinen immer geht." Wilma schob ihre Freundin zum Sofa, und diese machte ihr die Freude und nahm Platz.

Alwine war nicht die Kleinste, aber auf dem überdimensionierten, roten Sofa wirkte sie wie ein kleines Kind auf der elterlichen Couch.

„Siehst du, so ist das mit kurzen Beinen, man kommt nicht mehr bis auf den Boden." Mit hochrotem und freudig erregtem Gesicht stand die Oberfinanzsekretärswitwe daneben. „Ach, für mich hat sich der Besuch jetzt schon gelohnt.

Aber sag mal, was gibt es denn am heutigen Sonntag für ein Programm?"

Alwine rutschte vom Sofa und angelte sich einen Prospekt. „Dasselbe wie während der Woche. Die Show heißt ‚Crazy Magic', verkündete Alwine nach einem Blick ins Programm. „Mit einem Zauberer, einem Jongleur, einer Schlangenfrau und einem Seiltänzer. Wird sicher ganz unterhaltsam."

Doch Wilma hatte schon gar nicht mehr zugehört. Sie war noch immer vom Inneren des Kaiserpalais gefangen. „So schön hätte ich es mir gar nicht vorgestellt", gab sie zu und deutete auf den Eingang zum Adiamo Dance Club. „Sieh nur, alles aus Glas. Der arme Mensch, der das alles putzen muss. Dann drehte sie sich um und bestaunte den Flügel, der im Flur stand. Alwine hakte sich bei ihrer Freundin unter und schlenderte mit ihr den Gang entlang. Gemeinsam warfen sie einen Blick in das Restaurant Palmengarten. „Oh, schick, aber sicher teuer", flüsterte Wilma Alwine ins Ohr. „Ich denke, wir gehen nachher besser in die Stadt, da dürfte es billiger sein, meinst du nicht auch?"

Alwine lachte. „Meine Liebe, ich habe dich eingeladen, und deshalb bestimme ich auch, wohin wir nach der Show zum Essen gehen. Und wir gehen heute in den Palmengarten."

Wilma kicherte. „Man fühlt sich hier wie ein Millionär." Dann boxte sie ihrer Freundin aufgeregt in die Seite. „Sieh mal", vor lauter Aufregung sprach sie plötzlich sehr laut. „Ist das da nicht diese Fernsehansagerin, diese Dings? Ach verdammt, jetzt komme ich nicht auf den Namen."

Alwine blickte zur der Dame hinüber, musste aber gestehen, dass sie sie nicht kannte.

„Natürlich ist sie das, das ist doch die, die mal mit diesem Eiskunstläufer zusammen war. Wie hieß der denn noch gleich?" Wilma war total aus dem Häuschen. „Hilf mir doch mal, den kennst du auch, so einer großer mit so einer schicken, schwarzen Hose."

Alwine zuckte mit den Schultern und war froh, dass sich in diesem Moment die Eingangstür des Varietés öffnete und die Besucher eingelassen wurden. Brav stellten sich die beiden Damen in die Reihe, und Alwine zeigte ihre Karten. Dann waren sie auch schon im Gang und strebten ihrem Aufgang zu. „Wir müssen weiter nach hinten." Alwine schob ihre Freundin vor sich her. „Wir haben Tisch 23, das ist in der vierten Reihe. Die Plätze 3 und 4."

Wilma ließ alles mit sich geschehen. So schön hatte sie sich das Varieté nicht vorgestellt. Sie fand, es sah aus wie ein Ballsaal. Immer wieder blieb sie stehen und bestaunte die Umgebung. Entzückt betrachtete sie die Balkone und wandte sich dann der Bühne zu.

Alwine trat neben sie und schob sie an den Tisch. „Hier rüber. Möchtest du lieber rechts oder links sitzen?" Sie hatte bereits einen Stuhl zur Seite geschoben, da sie Plätze am hinteren Ende des Tisches hatten. Da Wilma nicht antwortete, zog sie den rechten Stuhl zurück und ließ sich darauf nieder. Ihre Freundin kam erst langsam wieder zur Besinnung und huschte dann schnell zu dem Stuhl, der Alwine gegenüber stand.

„Hach, ist das schön hier, und sieh nur mal diese tolle Dekoration auf der Bühne." Sie bestaunte die Sterne auf dem hinteren, schwarzen Vorhang und rechts und links die Kulissen. Man hatte sie wie Häuserfronten hergerichtet. In jeder von ihnen gab es sogar eine echte Tür.

Eine junge Bedienung kam an ihren Tisch und lächelte. „Darf ich den Damen etwas zu trinken bringen?"

Bevor Alwine etwas bestellen konnte, kam ihr Wilma zuvor. „Haben Sie auch Kaffee?"

„Selbstverständlich, gnädige Frau, Tasse oder Kännchen?" Die Bedienung zückte ihren elektronischen Bestellterminal.

„Kommt gar nicht infrage. Von wegen Kaffee, wenn wir schon mal hier sind, dann feiern wir auch richtig. Bringen Sie uns bitte eine Flasche Champagner!", ordnete Alwine an.

„Sehr gerne, gnädige Frau. Die beiden“, sie deutete dabei auf die anderen Stühle am Tisch, „bleiben heute frei, sie haben also uneingeschränkten Blick auf die Bühne. Ich darf Ihnen bereits jetzt schon gute Unterhaltung wünschen.“ Damit begab sie sich zum nächsten Tisch.

„Champagner? Ist plötzlich der Wohlstand aufgebrochen, oder hast du im Lotto gewonnen?“ Wilma blickte ihre Freundin prüfend an.

„Nichts von alledem. Mir ist heute nun mal nach Feiern. Man muss doch nicht immer einen Grund dafür haben, oder?“

„Gott bewahre, nein“, ließ Wilma ihre Bereitschaft zur Teilnahme an dieser außerplanmäßigen Feierstunde erkennen. „Und Geburtstag hast du doch wohl auch nicht, oder? Ach nein, der war ja erst. Sag mal, wie komme ich überhaupt zu dieser Einladung?“

„Ich habe die Karten geschenkt bekommen, und alleine wollte ich nicht gehen.“ Alwine blickte erwartungsvoll dem jungen Mann entgegen, der mit einer Champagnerflasche in einem Kühler auf ihren Tisch zusteuerte. Ihm folgte eine junge Dame mit einem Tablett, auf dem sich zwei hohe Gläser befanden.

Wilma sah mit vor Aufregung roten Wangen zu, wie die Flasche geöffnet und die Gläser gefüllt wurden. Dankbar nahm sie ihres entgegen. „Auf dein spezielles Wohl, meine Liebe, und auf einen schönen Abend.“ Alwine stieß an das Glas ihrer Freundin.

„Ja, auf einen schönen Abend. Du glaubst gar nicht, wie aufgeregt ich bin, wo ich doch Zauberei so toll finde.“ Vorsichtig nippte sie an ihrem Glas und nickte dann anerkennend.

„Wo die Dings wohl sitzt, die Fernsehansagerin. Zu blöd, dass mir der Name partout nicht einfallen will.“ Wilma reckte den Hals und drehte sich nach allen Seiten um. Da sie so schlecht sehen konnte, stand sie einfach auf und wiederholte ihre Suche. „Huch!“ Sie winkte zögerlich, dann drehte sie sich um und setzte sich schnell wieder hin.

„Was ist denn?“ Alwine sah nun auch in die Richtung, in die ihre Freundin gewinkt hatte. „Hast du jemand Bekanntes gesehen?“

Wilma schluckte und deutete mit dem Daumen über ihre Schulter. „Da drüben sitzt Kellermann mit einer Frau.“

Nun war es an Alwine, den Hals zu recken. Tatsächlich, links außen in der sechsten Reihe, an einem Zweiertisch, sah sie den Kriminaloberrat mit einer attraktiven, dunkelhaarigen Frau sitzen. Ob das Frau Kellermann war? Na, ganz bestimmt, dachte Alwine, der Kriminalbeamte würde doch wohl nicht mit einer Freundin hier in Bad Oeynhausen ...?

In diesem Moment blickte Kellermann zu ihr herüber. Man konnte deutlich erkennen, wie dem Earl die Gesichtszüge entgleisten, als er Alwine erkannte. Die Frage „Was will die denn hier?“ stand ihm deutlich auf die Stirn geschrieben. Doch Kellermann fasste sich schnell wieder und nickte ihr lächelnd zu. Alwine erwiderte sein Lächeln und sah, dass Kellermann die Dame neben sich anstieß und mit dem Kopf eine Bewegung in ihre Richtung machte. Dann flüsterte er seiner Begleiterin etwas zu, diese nickte verstehend. Alwine war sich sicher, dass er sich soeben über sie beschwert hatte.

Wilma zupfte sie am Ärmel. „Was ist denn? Nun guck doch da nicht immer so hin. Ist es nun seine Frau, oder nicht?“

„Woher soll ich das denn wissen?“

„Du weißt doch sonst immer alles“, entgegnete Wilma.

„Ich kann ja mal rübergehen und mir das Familienbuch zeigen lassen“, schlug Alwine vor. „Vielleicht kann ich so deine Neugier befriedigen.“

„Ach, lass mal. Ein Blick in die Personalausweise würde auch reichen.“

„Aber ich denke, es ist seine Frau.“ Alwine schielte noch mal unauffällig zu Kellermanns Tisch hinüber. „So eine Hübsche hätte ich ihm allerdings nicht zugetraut.“

Noch bevor Wilma dazu etwas bemerken konnte, wurde das Licht im Saal abgedunkelt. Ein Trommelwirbel ertönte, und das Programm begann.

Zunächst einmal trat das ganze Ensemble auf, bzw. der Zauberer ließ es erscheinen. Zusammen mit seiner Assistentin schob er einen großen Schrankkoffer auf die Bühne, und sie drehten ihn zu einer geheimnisvoll klingenden Melodie um seine eigene Achse. Dann öffnete der Zauberer den Koffer. Das Publikum konnte sehen, dass er leer war. Doch nachdem sie ihn zweimal gedreht und wieder geöffnet hatten, erschien nun eine junge Frau im Koffer. Der Zauberer reichte ihr galant die Hand und mit anmutigen Schritten stieg sie heraus. Das Publikum applaudierte, der Zauberer schloss den Koffer und drehte ihn wieder. Diesmal war es ein junger Mann, der dem Koffer entstieg, und beim dem nächsten Mal ein etwas älterer Mann. Alle verneigten sich und verließen die Bühne.

Dort blieb nur der ältere Mann stehen. Er trug eine schwarze Hose und ein weißes Hemd mit Rüschen. Von der Seite her wurde ihm ein Tisch mit verschiedenen Utensilien zugeschoben. Darauf lagen alle möglichen Gegenstände, mit denen der Mann nun gleichzeitig jonglierte. Das Publikum bedachte ihn auch mit Applaus, als er dabei zwei Keulen fallen ließ. Es war auch wirklich schwer, vier dieser glitzernden Gegenstände gleichzeitig in der Luft zu halten. Als er noch eine fünfte hinzunahm, fiel auch diese prompt herunter.

Wer nah genug an der Bühne saß, konnte sehen, dass es dem Mann äußerst peinlich war, denn unter der Theaterschminke wurde er richtiggehend blass. Und man merkte ihm auch die Erleichterung an als sein Auftritt endlich vorüber war. Mit fahrigen Verbeugungen ging er von der Bühne ab und machte für die Schlangenfrau Platz, die ihre Nummer ohne Probleme vorführte.

Alwine staunte, wie sehr die Dame ihren Körper verbiegen konnte. Sie selbst war zwar für ihr Alter auch noch recht sportlich, aber bei solchen Übungen hätte man sie hinterher zum Entknoten ins Krankenhaus bringen müssen.

Dann folgte ein kurzer Umbau, und ein junger Mann zeigte eine Nummer auf einem extra dafür über die Bühne gespanntem Stahlseil. Zuerst balancierte er auf zwei, dann auf einem Bein, und dann auf zwei Stuhlbeinen, die er auf das Seil stellte. Den Höhepunkt und Abschluss seiner Darbietung bildete ein Handstand auf Lehne und Sitzfläche.

„So, wie der auf Händen läuft, verbraucht er garantiert wenig Schuhsohlen", kicherte Wilma, als der junge Mann im Handstand die Bühne verließ. Sie applaudierte wie wild und griff dann wieder zu ihrem Champagnerglas. „Daran könnte ich mich gewöhnen", prostete sie ihrer Freundin zu, wandte sich dann aber sofort wieder zur Bühne, denn nun begann der Auftritt des Zauberers.

Der Mann trug einen schwarzen Frack und einen Zylinder. Mitten auf der Bühne stehend deutete er auf einen kleinen Aluminiumkoffer, der an einem Seil unter der Decke schwebte und von einem Scheinwerfer in gleißendes Licht getaucht wurde. Der Zauberer ließ sich ein Mikrofon geben und erläuterte sein Kunststück. Er wolle dem Publikum Fragen stellen und darauf Antworten erhalten. Diese Antworten, so der Zauberer, würden sich bereits jetzt in dem frei schwebenden und für alle gut sichtbaren Koffer befinden. Er forderte das Publikum auf, den Koffer während der ganzen Zeit nicht aus den Augen zu lassen. Dann stieg er von der Bühne und begann Fragen zu stellen. „Wann haben Sie ihre Frau kennen gelernt? Wie hieß Ihr erstes Haustier? Welche Farbe hatte Ihr erstes Auto? Wann bekamen Sie Ihren ersten Kuss?"

Als alle Fragen beantwortet waren, begab sich der Magier wieder auf die Bühne und stellte sich unter den Koffer. Unter beschwörenden Gesten sank der Koffer ganz langsam und von ihm unberührt herab. Die Assistentin schob ihm einen einbeinigen Tisch auf Rollen zu, und der Koffer kam genau darauf zu stehen. Der Zauberer richtete ihn kurz aus, streifte dann seinen Ärmel hoch und griff hinein. Als er die Hand wieder herauszog, hielt er darin eine durchsichtige Kunststoffrolle, die an beiden Seiten mit Deckeln verschlossen war. Darin erkannte man ein weißes Blatt Papier. Der Zauberer hielt die Rolle hoch und reichte sie dann an eine Besucherin, die direkt vor der Bühne saß. Der Applaus des Publikums war riesig, als sich herausstellte, dass auf dem Blatt tatsächlich alle Antworten auf die Fragen standen, die der Magier zuvor gestellt hatte.

„Wie er das bloß gemacht hat?“, sinnierte Wilma mit staunendem Blick.

„Alles nur eine Sache der Illusion. Nichts ist so, wie es scheint“, erklärte Alwine. Doch wie der Trick funktionierte, hatte auch sie nicht herausgefunden.

Wilma spähte gebannt nach vorne, denn der Zauberer kündigte bereits seine nächste Attraktion an. Eine tollkühne Nummer. Der Mann wollte doch allen Ernstes versuchen, eine Pistolenkugel, die auf ihn abgefeuert wurde, mit den Zähnen aufzufangen. Wie verrückt musste man denn dafür sein?, fragte sich Wilma mit offenem Mund.

Die Assistentin des Magiers kam in den Zuschauerraum, während der Meister selbst auf der Bühne eine Glasscheibe senkrecht in einen Rahmen einspannte. Auf dieser Scheibe war ein Fadenkreuz aufgemalt. Der Magier drehte die Scheibe so, dass das Publikum es sehen konnte. Dahinter platzierte er einen Tisch mit einer Polsterauflage. Dann ertönte eine Lautsprecherstimme. „Meine sehr verehrten Damen und Herren. Odermarus von der Grimpen, einer der besten Magier der Welt, wird nun versuchen, eine von seiner Assistentin abgefeuerte Pistolenkugel mit den Zähnen aufzufangen. Damit Sie sehen, dass die Kugel tatsächlich auf ihn abgefeuert wird, wird sich Odermarus hinter der Glasscheibe postieren. Seine entzückende Assistentin wird dann durch die Glasscheibe auf seinen Mund zielen. Ich darf Sie bitten, nicht mehr zu reden und sich absolut still zu verhalten. Dieses Kunststück erfordert höchste Konzentration. Vielen Dank."

Im Varieté wurde es mucksmäuschenstill. Die Assistentin, die nun unweit vom Tisch der beiden Freundinnen im Zuschauerraum stand, hob die Pistole und spannte den Hahn. Magier Odermarus von der Grimpen ging leicht in die Knie und legte seinen Kopf auf die gepolsterte Stütze. Dann platzierte er seine gespreizten und dem Publikum zugewandten Hände unter dem Kinn und über der Stirn. Deutlich sah das Publikum durch die Glasscheibe seinen offenen Mund. In diesem Moment hätte man eine Stecknadel fallen gehört.

Wilma hatte sich eine Hand vor den Mund gepresst. „Mein Gott, wie spannend."

Alwine winkte lässig ab. „Da muss ich dich enttäuschen. Ich kenne diesen Trick bereits. Er wird es schaffen und die Kugel mit dem Mund auffangen."

Ein Trommelwirbel ertönte, und die Assistentin hob die Waffe. Das gesamte GOP-Varieté hielt den Atem an. Mitten in diese Grabesstille flüsterte Alwine: „Ich habe diesen Trick schon mal in den 70er Jahren gesehen, damals hat ihn ein Artist namens Ralf Bialla aufgeführt. Der war immer mit seiner Frau unterwegs und hat Leute aus dem Publikum auf sich schießen lassen."

Wilma winkte wirsch ab, denn sie konzentrierte sich auf die Glasscheibe, hinter der der Magier auf den Schuss wartete. Der Trommelwirbel steigerte sich noch, dann setzte er schlagartig aus, und ein Schuss zerriss die Stille. Alles verlief so, wie Alwine es vorausgesagt hatte. Die Glasscheibe wurde durchschlagen, die Kugel landete im Mund von Odermarus von der Grimpen, und der Kopf des Magiers ruckte wie immer durch den Aufprall zurück. Nur eines war diesmal anders. Die Kugel blieb nicht zwischen den Zähnen stecken, sondern durchschlug seinen Hals und zertrümmerte ihm die Wirbelsäule. Als der große Magier Odermarus von der Grimpen auf den Brettern aufschlug, die für ihn die Welt bedeuteten, war er bereits tot.

Einen Moment lang war es still im Saal. Dann schien eine Frau in der ersten Reihe zu verstehen, was soeben geschehen war, und begann hysterisch zu schreien. Nach und nach erkannten auch die anderen Gäste, dass das hier nicht zum Programm gehörte. Panik machte sich breit, und es war Kriminaloberrat Kellermann, der als Erster zur Bühne stürzte. Alwine gelang es noch soeben, die Assistentin aufzufangen, die durch den Schock ohnmächtig zusammenklappte. Zusammen mit Wilma schleppte sie die Frau zu einem freien Stuhl und fächelte ihr Luft zu. Wilma war da pragmatischer. Sie griff nach einem Wasserglas und schüttete der jungen Frau den Inhalt ins Gesicht.

Nicht sehr taktvoll, aber wirkungsvoll, dachte Alwine, als die Assistentin kurz darauf die Augen öffnete. Alwine blickte sich um und bemerkte die Pistole auf dem Boden. Sie griff nach einer Stoffserviette, legte sie in einem unbeobachteten Moment schnell über die Waffe und nahm sie damit auf.

Kellermann stand auf der Bühne und hob die Hände. Mit lauter Stimme verschaffte er sich Aufmerksamkeit. „Meine Damen und Herren, wie Sie bemerkt haben, ist es soeben zu einem tragischen Unfall gekommen. Ich muss Sie daher bitten, sich wieder hinzusetzen." Demonstrativ hielt er seinen Dienstausweis hoch. „Mein Name ist Kellermann, ich bin von der Kriminalpolizei, und ich möchte, dass niemand den Saal verlässt. Hat jemand von ihnen ein Handy dabei?"

Ein jüngerer Mann zeigte auf.

Kellermann war froh, denn seines lag zu Hause auf dem Schreibtisch. „Gut, wählen Sie den Notruf, nennen Sie meinen Namen und fordern Sie meine Kollegen auf, mit allem anzurücken, was Beine hat."

Der Mann nickte und begann zu telefonieren.

Kellermann deutete auf einen Zuschauern an einem der ersten Tische. „Geben Sie mir mal ein Tischtuch!"

Er räumte den Tisch ab und reichte es Kellermann.

In diesem Moment kam ein untersetzter Mann in den Saal gestürmt. Er blieb einen Moment ratlos stehen, dann bemerkte er den unbekannten Mann auf der Bühne und hastete nach vorne. Auf dem Weg dorthin stellte er sich vor. „Mein Name ist Stellmacher, ich bin hier der Direktor, was ist denn vorgefallen?“ Den toten Magier hatte er anscheinend noch nicht bemerkt.

„Ich vermute, die Show ist vorüber“, klärte ihn Kellermann auf und breitete das Tischtuch über die Leiche.

***

Der Leichenbestatter hatte den verstorbenen Magier abtransportiert, die Personalien der Besucher waren aufgenommen worden, und Kellermann hatte die Waffe, mit der die Assistentin auf den Magier geschossen und die Alwine gesichert hatte, an die Spurensicherung übergeben. Er war sich jedoch sicher, dass man darauf nur ihre Fingerabdrücke finden würde. Die junge Frau war wieder ansprechbar und saß Kellermann an einem der Varietétische gegenüber. Alwine und Wilma hielten sich im Hintergrund und gaben keinen Mucks von sich. Für den Earl schienen sie bereits zum Inventar zu gehören, denn er nahm sie gar nicht wahr.

„Frau Schimmelpfennig, dann erzählen Sie mal, wie das passieren konnte“, forderte Kellermann die Assistentin auf.

Diese schniefte laut und nahm dankbar ein Taschentuch von ihm entgegen. „Ich weiß es doch auch nicht. Der Trick ist idiotensicher und hat immer geklappt. Es ist noch nie was passiert, und heute das.“ Mit flackerndem Blick sah sie zu der Stelle hinüber, an der die Leiche des Magiers gelegen hatte.

Kellermann zückte sein Notizbuch. „Ich würde vorschlagen, Sie erklären mir mal, wie der Trick üblicherweise funktioniert, dann finden wir vielleicht raus, was heute schiefgegangen ist.“

Sandra Schimmelpfennig blickte sich hilfesuchend um.

Direktor Stellmacher trat an den Tisch. „Ich glaube, Frau Schimmelpfennig hat ein Problem mit dem Ehrenkodex der Magier. Man verrät niemals seine Tricks.“

Kellermann blickte von seinen Notizen auf. „Ich denke, wir können heute mal eine Ausnahme machen. Denn erstens geht es hier um den Tod eines Menschen, den ich zu untersuchen habe, und zweitens verspreche ich Ihnen, dass ich den Trick nicht verraten werde. Ich gehe zudem davon aus, auch keine der anderen anwesenden Perso...“ Er stockte, als er Wilma und Alwine erblickte. „Meine Damen, ich bin Ihnen ja dankbar, dass sie die Tatwaffe sofort gesichert haben, aber nun muss ich Sie doch bitten, den Raum zu verlassen. Immerhin handelt es sich um eine polizeiliche Vernehmung.“

Alwine und Wilma waren enttäuscht, kamen der Aufforderung aber sofort nach. Sie machten sich auf den Weg nach draußen und kamen dabei an der Bühne vorbei. Alwine warf einen Blick in Kellermanns Richtung, doch der Kriminaloberrat war bereits wieder in die Vernehmung von Frau Schimmelpfennig vertieft. Entschlossen zog sie Wilma in Richtung der kleinen Treppe, die rechts vorne auf die Bühne führte. Als Wilma sie kopfschüttelnd und fragend ansah, machte Alwine eine energische Bewegung mit dem Kopf und bedeutete ihrer Freundin, ihr zu folgen. Leise stiegen beide die vier Stufen hinauf und huschten einen Moment später bereits über die dunkle Bühne. Während es für die schlanke Wilma kein Problem war, durch die Kulissentür in der aufgemalten Häuserfront zu verschwinden, musste sich die pummelige Wilma hindurchzwängen, und auch das gelang nur, weil Alwine von der anderen Seite zog. „Was machen wir hier eigentlich?“, wollte Wilma etwas verunsichert wissen.

„Uns mal umsehen, das kann nie schaden.“ Alwine betrat eine Art Requisitenraum, der sich direkt neben der Bühne befand. „Wenn wir davon ausgehen, dass der Tod des Magiers kein Unfall war, dann muss jemand die Patrone manipuliert haben."

„Wie kommst du denn darauf, dass es kein Unfall war?" Wilma war erstaunt stehen geblieben.

„Weil der Trick schon uralt ist. Man nannte ihn *Bullet catch* oder auch die gefangene Kugel. Dabei sind früher zwar mal Magier getötet worden, aber in der letzten Zeit hat er immer funktioniert."

Wilma war vollkommen perplex. „Ich wundere mich, was du so alles weißt."

Alwine hob ein schwarzes Tuch an, das auf einem Tisch lag. „Ich habe vorhin mit der Schlangenfrau gesprochen, sie kennt den Trick. Normalerweise sei er völlig ungefährlich. Und ich habe ihn mal im Fernsehen gesehen. Da klappte er auch." Sie legte das Tuch zurück. „Außerdem wäre es ja wohl vollkommen hirnrissig, wenn der Trick lebensgefährlich wäre. Dann könnte man ihn ja nur einmal aufführen."

Wilma stand immer noch mitten im Requisitenraum. „Und wie funktioniert er?" Für sie war das als echte Zauberei.

„Wenn ich die Schlangenfrau richtig verstanden habe, dann lief das hier mit einem Wachsgeschoss ab. Stark genug, um die Scheibe zu zertrümmern, aber nicht stark genug, um von der Grimpen zu verletzen. Nur muss hier wohl jemand die Kugeln ausgetauscht haben."

„Aber er wollte doch die Kugel mit den Zähnen auffangen, oder habe ich das falsch verstanden?"

„Diese Kugel hatte er garantiert schon im Mund und hätte sie sich nur noch zwischen die Zähne schieben müssen." Sie kratzte sich am Kopf. „Ich denke, wir müssen Kellermann noch daran erinnern, im Mund des Toten nach dieser Trickkugel zu suchen."

„Das würde ich lassen, der erschien mir gerade ganz schön angefressen." Wilma wedelte vage mit der Hand.

Alwine beugte sich gerade zu dem Aluminiumkoffer hinunter, der während der Show über der Bühne gehangen hatte, als plötzlich jemand hinter ihr stand. Der Mann war mindestens zwei Meter groß und leichenblass. Seine Augen lagen tief in den Höhlen, und er sah aus wie ein Totengräber. Alwine blieb fast das Herz stehen.

„Suchen Sie etwas?“ Der Mann hatte eine überraschend angenehme Stimme. Alwine kannte sie von irgendwoher. „Ich weiß ja nicht, wer Sie sind, aber normalerweise darf niemand hinter die Bühne.“ Der Riese sprach ruhig und sachlich.

„Aber Sie sind ja auch hier“, verkündete Wilma keck, deren Schreck nicht ganz so groß gewesen war.

Der Mann lachte auf. „Ich bin Egon Trachte, das Phantom des GOP, zumindest ist das mein Spitzname. Ich bin hier so eine Art Mädchen für alles. Ich räume auf, baue Bühnenbilder und mache auch die Ansagen.“

Jetzt wusste Alwine, woher sie die Stimme kannte. „Und Sie waren heute Nachmittag auch hier hinter der Bühne?“

„Wer will das wissen?“, erkundigte sich Trachte.

„Wir“, sagte Alwine, „denn wir arbeiten sehr eng mit Herrn Kriminaloberrat Kellermann zusammen.“

„Sozusagen in beratender Funktion“, fügte Wilma hinzu und wunderte sich, wie leicht ihr diese kleine Lüge über die Lippen ging.

„Aha.“ Der Mann hob einige leere Blätter Papier auf und legte sie auf den Tisch. „Nein, ich muss Sie enttäuschen, ich war nur heute Vormittag kurz hier. Ich habe nach den Blumen gesehen.“

„Welche Blumen?“ Alwine konnte sich bei besten Willen nicht vorstellen, wozu man hinter einer Varietébühne Blumen brauchte. Außerdem war es hier auch tagsüber recht dunkel, und wegen der Requisiten gab es kaum Platz.

„Janina hat mich gestern gebeten, ihr vom Markt Hyazinthen mitzubringen. Sie will sie mit nach Polen nehmen. Die Show ist morgen zu Ende, und die Künstler fahren nach Hause. Janina wollte ihrer Mutter Hyazinthen schenken, und da habe ich ihr welche besorgt.“

„Wer ist denn diese Janina?“ Wilma kam bei den ganzen Namen überhaupt nicht mehr mit.

„Das ist die Schlangenfrau, von der ich das mit dem Trick gehört habe“, klärte Alwine sie auf.

Egon Trachte nickte zustimmend. „Ich war also heute Vormittag hier und habe die Blumen gegossen.“

Alwine blickte ihn interessiert an. „Waren Sie alleine, oder war sonst noch jemand hier?“

Der Mann überlegte einen Moment. „Ich hatte kurz den Eindruck, dass noch jemand hier wäre, aber ich muss mich wohl getäuscht haben.“

„Wie kamen Sie darauf?“ Alwine hatte wieder ihr Spürnasengesicht aufgesetzt.

„Ich dachte, ich hätte jemand niesen gehört, aber als ich in die Garderoben im Keller kam, war da niemand.“

„Wäre es wohl möglich, dass wir uns diese Garderoben mal ansehen?“ Alwine hatte bei der Bitte ihr nettestes Gesicht aufgesetzt.

„Meinetwegen“, stimmte der Mann zu, „aber da gibt es nichts zu sehen.

Wilma und Alwine folgten ihm die halbrunde Kellertreppe hinunter. Je tiefer sie kamen, umso intensiver wurde ein bestimmter Geruch. „Was riecht denn hier so stark?“, wollte Alwine wissen.

„Das sind die Hyazinthen.“ Trachte deutete auf zwei Kunststoffboxen, in denen etliche Pflanzen standen.

„Ich mag den Geruch nicht“, erklärte Alwine und rümpfte die Nase.

„Ich auch nicht“, stimmte Wilma ihr zu. „Und meine Tochter Manuela bekommt davon sogar eine Allergie. Sie kann den Geruch nicht ab.“

„Ich finde, sie riechen gut“, meinte Trachte. Dann zeigte er ihnen die einzelnen Räume.

„Und wo geht es hier hin?“ Alwine stand vor einer Eisentür.

„Dahinter ist nur der Heizungskeller“, erläuterte Trachte. „Da gibt es noch weniger zu sehen als hier.“

Gemeinsam stiegen sie wieder nach oben. „Haben Sie denn auch etwas mit dem Schusswaffentrick zu tun gehabt?“ Alwine drehte sich langsam im Kreis und ließ den Blick schweifen.

Egon Trachte schüttelte den Kopf. „Bernskötter ließ sich nicht in die Karten gucken. Der machte daraus ein echtes Geheimnis.“

Wilma schaute Trachte prüfend an. „Sagten Sie gerade Bernskötter? Wer zum Teufel ist das denn nun schon wieder?“

Trachte grinste. „Da ist der richtige Name des Magiers. Odermarus von der Grimpen war nur sein Künstlername. In Wirklichkeit hieß er Heribert Bernskötter und kam aus Klein-Reken. Das muss irgendwo im Münsterland liegen.“

Wilma schüttelte enttäuscht den Kopf. „Falsche Namen, falsche Kugeln. Alles nur Lug und Trug.“

„Tja, gnädige Frau, so ist das Showbusiness.“ Trachte machte eine bedauernde Geste.

„Wo hat er denn die Waffe üblicherweise aufbewahrt?“ Alwine hatte das Gefühl, der Lösung des Falles plötzlich verdammt nah zu sein. Ihr fehlten nur noch ein paar kleine Puzzleteile – und ein großes.

Trachte breitete die Arme aus. „Da muss ich passen, er sagte mal, dass er dafür ein Versteck habe, auf das niemand kommen könne.“

„Na, das wollen wir doch mal sehen!“ Alwines Ehrgeiz war angestachelt.

Wilma lachte. „Oh je, Herr Trachte, soeben hat unser Spürhund Witterung aufgenommen, jetzt gibt es kein Zurück mehr!“

Trachte sah irritiert von einer zur anderen.

„Wuff“, machte Wilma amüsiert. „An die Arbeit!“

***

Kriminaloberrat Kellermann lief vor dem *Kaiserpalais* auf und ab. Direktor Stellmacher hatte ihn angerufen und ins Varieté gebeten. Er habe neue Beweise gefunden, hatte er Kellermann angedeutet, aber die wolle er ihm nur am Ort des Verbrechens zeigen. Dass ein Verbrechen vorlag, war mittlerweile klar. Irgendjemand hatte die Patrone mit dem ungefährlichen Wachsgeschoss gegen eine mit einem echten Geschoss ausgetauscht. Bernskötter hatte die Angewohnheit, die Waffe selber zu laden und sie dann bis zur Show zu verstecken. Erst kurz vor dem Schuss übergab er sie seiner Assistentin, die nichts weiter zu tun hatte, als auf die Glasscheibe zu schießen. Den Rest machte dann der Magier. Wo sich die Waffe befunden hatte, und wer die Patrone ausgetauscht haben könnte, wusste niemand. Kellermann war gespannt, was Stellmacher ihm berichten wollte. Und wo blieb Feuerborn? Der sollte doch ebenfalls hierherkommen.

Kellermann schaute gerade auf die Uhr, als sein Kollege völlig außer Atem angerannt kam. „Ich habe ja schon eine Menge Sachen gemacht, aber das war der sonderbarste Auftrag, den Sie mir je gegeben haben.“ Dabei hielt er demonstrativ mehrere Plastiktüten hoch.

Kellermann schüttelte den Kopf. Träumte er? Was für einen Auftrag sollte er Feuerborn denn gegeben haben?

„Ich musste ganz schön rumfahren, bis ich alle zusammen hatte.“ Noch während Feuerborn den Satz sagte, zuckte Kellermann zusammen. Nein, nicht auch das noch! Soeben kamen Alwine Bußmann und Wilma Schnittenfittich die Treppe herauf.

„Huhu, Herr Kellermann“, rief Wilma und winkte.

Kellermann sackte in sich zusammen. Als die beiden vor ihm standen und ihn anlächelten, überkam den Kriminalbeamten eine Ahnung. Er würde das gesamte Gehalt für seine noch verbleibenden Dienstjahre darauf verwetten, dass die beiden alten Schachteln nicht zufällig hier waren. Kellermann wollte gerade etwas sagen, als sich die Eingangstür des Kaiserpalais öffnete und Direktor Stellmacher in der Tür erschien. „Meine Damen, wir wären dann soweit. Hallo, Herr Kellermann, schön, dass Sie zufällig auch dabei sind.“

„Zufällig? Sie haben mich doch herbestellt“, ranzte Kellermann ihn an. Seine Laune war nahe dem Gefrierpunkt.

„Ich habe Sie herbestellt?“ Ungläubig schaute Stellmacher den Kriminaloberrat an.

Alwine mischte sich ein, um die Sache zu klären. „Ich ähh, muss zugeben, dass ich dahinterstecke“, bekannte sie kleinlaut.

„Wir!“, kam es energisch von Wilma. „Mitgehangen, mitgefangen!“

„Also wir haben Sie hierher bestellt, Herr Kellermann. Und da ich wusste, dass Sie nicht kommen würden, wenn wir hinter der Einladung stecken, habe ich mir die kleine Notlüge mit Herrn Stellmacher ausgedacht.“ Alwine lächelte die Männer verlegen an.

Stellmacher war erstaunt. „Und mir haben Sie erzählt, dass der Herr Kriminaloberrat noch mal eine Tatortbesichtigung machen will, und ich mich zur Verfügung halten soll, richtig?“

Alwine wurde noch kleinlauter, als sie auch das zugab.

„Ich wette, dann kam mein Auftrag auch von Ihnen, oder?“ Feuerborn hielt die Plastiktüten hoch.

„Nee, der kam von mir, ich habe mich als Dame der Polizeivermittlung ausgegeben und Ihnen den angeblichen Auftrag Ihres Chefs übermittelt.“

„Verdammt noch mal, macht denn hier mittlerweile jeder, was er will?“, brüllte Kellermann los, dem allmählich die Hutschnur platzte.

„Ja, anscheinend macht jeder das, was die Damen wollen, und keiner, was er selber will“, kommentierte Stellmacher.

„Aber alle machen mit!“, echote Wilma.

Kellermann war drauf und dran, zur Dienstwaffe zu greifen.

Alwine fuhr ihm dazwischen, bevor er zur nächsten Tirade ansetzte. „Meine Herren, ich würde vorschlagen, wir gehen erst mal rein, dann erkläre ich Ihnen meine Theorie, und wenn die nicht stimmt, oder meine Beweise nicht fruchten, dann dürfen Sie mich teeren, federn und aus der Kurstadt jagen."

***

Ein paar Minuten später saßen alle Beteiligten an den Tischen unmittelbar vor der Bühne. Nur Wilma war noch kurz zur Toilette verschwunden. Dazugekommen waren noch Janina, die polnische Schlangenfrau, Egon Trachte, Sandra Schimmelpfenning und der junge Seiltänzer namens Silvio. Neben ihnen saß der ältere Mann, der am Anfang der Show jongliert hatte. Er stellte sich den anderen als Gustav Cording vor.

Alwine stand auf und lächelte Kellermann an. „Mit Ihrer Genehmigung?", fragte sie.

Der Kriminaloberrat lehnte sich zurück und verschränkte die Arme vor der Brust. „Ihr Auftritt, Frau Bußmann!"

Alwine nahm ihre typische Haltung als dozierende Oberstudienrätin ein und begann, vor den Versammelten auf und ab zu schreiten. Dabei erläuterte sie ihre Theorie. „Der Tathergang dürfte bekannt sein. Wir gehen davon aus, dass der Täter die Patrone vertauscht hat, durch die Bernskötter zu Tode kam." Sie legte die Hände auf den Rücken und wanderte weiter. „Bernskötter hatte die Angewohnheit, die Waffe selber zu laden und dann zu verstecken." Unterbrechen Sie mich bitte, wenn ich etwas Falsches sage, Herr Trachte."

Der lange, bleiche Mann schüttelte erschreckt den Kopf. „Nein, alles richtig bisher."

„Gut!" Alwine hob erklärend den Zeigefinger. „Gehen wir weiterhin davon aus, dass Bernskötter die Waffe hier im

Varieté versteckt hat, dann könnte es der Mörder gewusst haben. Das wiederum würde bedeuten, dass er ihn entweder dabei beobachtet hat oder die Waffe bei einer gezielten Suche fand." Alwine trat nah an die Bühne heran. „Simsalabim", rief sie, und wie von Geisterhand rollte das kleine, einbeinige Tischchen auf seinen Rollen auf sie zu. Das Tischchen, auf das sich der Koffer beim ersten Zaubertrick des Abends abgesenkt hatte.

Alle blickten sie entgeistert an. „Unser bester Trick", lachte Alwine. „Du kannst rauskommen, Wilma." Ihre kleine Freundin kam hinter dem hinteren schwarzen Vorhang mit den Sternen hervor, von dem aus sie das Tischchen auf Alwine zugeschoben hatte.

Alwine nahm das Tischchen von der Bühne und stellte es vor sich auf den Boden. „Was sehen Sie?", fragte sie in die Runde.

„Ein Tischchen, mit schwarzem Samt überzogen. Nichts Besonders", kam Feuerborns Antwort.

„Sehen Sie, meine Damen und Herren. Ich habe bei diesem Fall etwas gelernt. Sobald wir es in der Magie mit der Farbe Schwarz zu tun bekommen, soll etwas verborgen werden." Alwine hob das Tischchen an und fuhr mit der Hand darüber. „Passen Sie genau auf!", dabei deutete sie auf einen kleinen, schwarzen Hebel, der kaum sichtbar daraus hervorragte. Als sie ihn umlegte, sprang an der Oberfläche eine Klappe auf. Das Tischchen war hohl und hatte eine etwa 5 cm tiefe Öffnung. Darin lag die Kunststoffrolle mit dem beschriebenen Blatt Papier."

Alwine zeigte sie herum. „Bernskötter befragte das Publikum, hinter Bühne schrieb jemand die Antworten mit und legte sie dann hier in das Geheimfach. Der Aluminiumkoffer war nur eine Finte, sein Boden ist beweglich. Stellt man den Koffer auf das Tischchen und betätigt den Hebel, dann drückt die Klappe den Kofferboden nach innen hoch, und man greift nicht in den Koffer, sondern gleich hinunter in das geheime Fach. Nahm Bernskötter nun die Rolle heraus, dann sah es so aus, als ob sie sich im Koffer befunden hätte."

„Damit hätten Sie zwar den Zaubertrick erklärt, aber was hat das mit der Mordwaffe zu tun?", wollte Feuerborn wissen.

Alwine griff in ihre Handtasche und zog die Tatwaffe heraus.

Kellermann sprang auf. „Das geht zu weit. Woher haben Sie die?"

Alwine warf sie ihm zu und ergötzte sich an Kellermanns verwundertem Gesichtsausdruck, als er die Waffe in Händen hielt.

„Die ist ja aus Plastik", staunte Kellermann.

„Ja, aber ein täuschend echter Nachbau und in vielen Spielzeuggeschäften zu kaufen. Sie gestatten?" Alwine nahm ihm die Waffe wieder aus der Hand und legte sie in den Hohlraum des Tischchens. Sie passte genau hinein. „Ich glaube, damit wäre geklärt, wo sich die Waffe befand. Nun kommen wir zum Motiv für den Mord." Alwine nahm ihre Wanderung wieder auf. „Ich habe mich mal beim magischen Zirkel erkundigt. Man sagte mir, dass Bernskötter dort wegen eines Tricks vorgesprochen habe, der sensationell sein muss. Er wäre eine Riesenattraktion geworden und hätte viel Geld gebracht, so die Herren vom Zirkel. Bernskötter hatte bereits viel Geld in dessen Entwicklung gesteckt und wollte den Trick nun zum Patent anmelden. Es wurde also höchste Zeit für unseren Mörder zuzuschlagen. Eine halbe Million Euro ist, wie ich finde, ein ausreichendes Motiv. Ich wette übrigens, dass wir im Besitz des Mörders auch die Pläne finden werden." Alwine blickte langsam von einem zum anderen. „Ich fasse also zusammen. Am Sonntagvormittag kommt der Mörder oder die Mörderin hier ins Varieté und tauscht die Patrone aus. In der Nachmittagsvorstellung wird Bernskötter erschossen. Der oder die Täterin stiehlt die Pläne für den Trick und hofft, dass die Sache entweder als Unfall durchgeht oder man ihr oder ihm nicht auf die Schliche kommt."

„Bravo", applaudierte Kellermann, „wenn Sie jetzt noch den Mörder überführen, dann ziehe ich den Hut vor Ihnen."

„Sie haben ja gar keinen auf", wies ihn Wilma zurecht.

Alwine schmunzelte. „Das, mein lieber Herr Kriminaloberrat, überlassen wir am besten Mutter Natur. Wenn Sie nun so freundlich wären, Herr Feuerborn?"

Kellermanns Assistent stand auf und verließ den Raum.

Alwine blieb vor der versammelten Mannschaft stehen. „Herr Trachte, sagen Sie uns doch bitte noch einmal, welchen Eindruck Sie hatten, als Sie am Sonntagvormittag zum Blumengießen hier waren."

„Ich hatte das Gefühl, dass noch jemand da wäre."

„Und wie kamen Sie darauf?" Alwine machte eine aufmunternde Bewegung in seine Richtung.

„Weil ich den Eindruck hatte, dass jemand geniest hat. Aber das war wirklich nur so ein Gefühl" , korrigierte sich Trachte hastig.

„Aber Ihr Gefühl hat Sie nicht getäuscht. Es hat tatsächlich jemand genießt und zwar der Täter, der sich, als Sie kamen, im Heizungskeller versteckte. Daher haben Sie auch niemanden gesehen." Alwine bemerkte, dass Feuerborn mit den Plastiktüten kam. „Der Täter hat übrigens aus einem ganz besonderen Grund geniest." Alwine winkte Feuerborn heran. „Packen Sie bitte alles aus und stellen Sie es dort hinter die kleine Stellwand. Danke."

Die Oberstudienrätin blickte alle Anwesenden noch einmal durchdringend an. Auch sie wusste noch nicht hundertprozentig, wer der oder die Täterin war, aber es konnte sich nur noch um Sekunden handeln. „Der oder die Mörderin hat aus demselben Grund geniest, wie Wilmas Tochter Manuela. Er oder sie hat ebenfalls eine Allergie gegen Hyazinthen."

Mit diesen Worten schob sie die Stellwand zur Seite, und alle sahen, mit welchen Auftrag Wilma Kriminaloberkommissar Feuerborn in die Stadt geschickt hatte. Der ganze Tisch stand voller Hyazinthen, die einen durchdringenden Duft ausströmten.

„Hatschi!“

Alwine lächelte. „Gesundheit, Herr Cording. Ihnen hätte das viele Geld für Bernskötters grandiosen neuen Trick sicher gut zu Gesicht gestanden. Ihr Zittern, ausgelöst durch ihre Parkinson-Krankheit hätte Ihnen das Jonglieren sicherlich bald gänzlich unmöglich gemacht, oder? Es wurde Zeit zum Umsatteln. Vom Jongleur zum Magier mit einem sensationellen Zaubertrick.“

Sie stellte sich vor Kellermann hin und machte eine präsentierende Handbewegung hin zu Gustav Cording.

„Hokus Pokus Fidibus, hier ist Ihr Mörder.“

Freund und Helfer

Ohne Blaulicht und Martinshorn rasten zwei Polizeiwagen durch Bad Oeynhausen. Es gab einen triftigen Grund, warum sie so schnell und ohne Sondersignale unterwegs waren. Im Juweliergeschäft Gabriel, welches in der Innenstadt in unmittelbarer Nähe des Colon-Sültemeyer-Brunnens lag, war ein so genannter stiller Alarm ausgelöst worden. Irgendwer im Juwelierladen hatte auf einen Knopf gedrückt und damit die Polizei alarmiert. Es war Donnerstagnachmittag, 16.15 Uhr, was bedeutete, dass es sich garantiert nicht um einen Fehler beim Aufschließen des Geschäftes oder um das Versehen einer Reinigungskraft handeln konnte. Somit blieben nur noch zwei Möglichkeiten. Entweder jemand anders war aus Versehen an den Knopf gekommen, oder zur Zeit fand tatsächlich ein Überfall statt. Und von dieser Möglichkeit ging die Polizei vorsichtshalber immer erst einmal aus.

Der eine der beiden Streifenwagen kam die Klosterstraße herunter, während der andere über die Portastraße anfuhr. Normalerweise wären beide Besatzungen erst einmal verdeckt stehen geblieben und hätten das Tatobjekt observiert, doch als sie eintrafen, gab es vor dem Juwelierladen bereits einen Tumult. Auf der Klosterstraße kam ihnen, wild gestikulierend, eine kleine, pummelige Frau entgegengelaufen. Völlig außer Atem stützte sie sich in dem Moment mit beiden Händen gegen den Streifenwagen, als dieser gerade neben ihr stoppte.

Während der Fahrer das Fenster herunterließ, japste sie nach Luft und versuchte sich gleichzeitig verständlich zu machen. „Klosterstraße runter … blauer Opel … ein Zeuge läuft hinterher ...“ Dabei deutete sie aufgeregt die Fußgängerzone hinunter.

Dort stand tatsächlich ein blauer Opel schräg in der Klosterstraße, an dessen Beifahrerseite sich ein Mann zu schaffen machte. Mit aller Macht versuchte er den Wagen zu öffnen und so eine weitere Flucht der Täter zu verhindern.

Genau in diesem Moment bog der zweite Streifenwagen aus der Portastraße in die Klosterstraße ein.

„Michael, die Klosterstraße runter! Der blaue Opel hat was mit der Sache zu tun.“

Polizeioberkommissar Michael Bornemann fuhr in die Fußgängerzone und sah im selben Moment den Wagen. Einige Fußgänger sprangen zur Seite, als der Streifenwagen die Klosterstraße hinunterschoss. Der Fahrer des Fluchtfahrzeugs schien sie bemerkt zu haben und trat auf das Gaspedal. Mit durchdrehenden und quietschenden Reifen fuhr der Opel an. Der junge Mann, der versucht hatte, die Tür zu öffnen, wurde durch das schlingernde Heck zur Seite geworfen. Unsanft landete er auf dem Pflaster.

Bornemann fuhr mit nun eingeschaltetem Blaulicht und Martinshorn hinter dem Opel her und passierte die Hohenzollernpassage. Erschrocken wichen Leute zurück, die soeben herauskamen. Einige hielten sich die Ohren zu.

Polizeikommissar Achim Wichert informierte über Funk seine Kollegen. „Jörg, kümmert ihr euch um den gestürzten Mann, wir versuchen, an dem Opel dranzubleiben.“ Dann konzentrierte auch er sich auf die Verfolgungsjagd.

Der Opel war bereits an der Bierstube vorbei und erreichte soeben die Einmündung Klosterstraße/Herforder Straße. So wie es aussah, wollte der Fahrer nach rechts abbiegen. Doch sein Vorhaben wurde durch einen dritten Streifenwagen vereitelt, der ihm genau von dort entgegenkam. In letzter Sekunde riss er das Lenkrad herum und bog nun nach links ab. Der Opel brach erneut mit dem Heck aus und schleuderte gegen einen Betonpfeiler. Durch dieses Manöver gelang es Bornemann, relativ nah an das flüchtende Fahrzeug herangekommen.

Doch der Fahrer zeigte sich von dem nun an seiner Stoßstange klebenden Streifenwagen vollkommen unbeeindruckt und jagte die Herforder Straße hinauf. Die Fahrzeuge passierten das *Lenné Karree* und erreichten Sekunden später bereits die Einmündung der Straße Am Kurpark. Aber auch hier wurde dem Flüchtenden ein Abbiegen unmöglich gemacht, denn genau dort wendete mitten auf der Straße ein Müllfahrzeug. Der Opelfahrer war gezwungen, weiter geradeaus in Richtung Augustaplatz zu fahren. Bornemann klebte immer noch wie eine Klette an dem Flüchtigen. Die beiden Fahrzeuge schossen an der Lennéstraße vorbei, und erschrocken starrten die Besucher des Eiscafés der wilden Verfolgungsjagd hinterher.

Auf dem Platz vor dem Badehaus stand eine Gruppe von mindestens 20 Personen neben dem Springbrunnen. Darunter auch zwei Rollstuhlfahrer. An ein Durchkommen war hier nicht zu denken. Der Fahrer des blauen Opels riss das Lenkrad herum, der Wagen geriet ins Schleudern und prallte seitlich gegen die Brunneneinfriedung. Erschrocken sprang die Gruppe, die sich hier zu einer Stadtführung versammelt hatte, in alle Richtungen auseinander. Der Opel drehte sich um seine eigene Achse, prallte erneut gegen den Brunnen, diesmal mit der anderen Fahrzeugseite, und blieb mit abgewürgtem Motor stehen. Der Fahrer schaffte es nicht mehr, ihn zu starten, denn im selben Moment waren Bornemann und Wichert zur Stelle. Sie sprangen aus dem Polizeiwagen und richteten ihre Waffen auf die Insassen des blauen Opels. Diese hoben resigniert die Hände.

Mit einem etwas traurig wirkenden Gesichtsausdruck hatte der Gründer des Bades und königliche Berghauptmann Karl August Ludwig Freiherr von Oeynhausen dieses Treiben beobachtet. So zumindest hätte man das Mienenspiel seiner Büste vor dem Badehaus so deuten können.

***

Nach ersten Minuten der Hektik kehrte langsam wieder Ruhe ein. Bornemann und Wichert hatten die beiden Täter aus dem Wagen geholt und festgenommen. Der unmittelbar hinter ihnen eintreffende Streifenwagen übernahm einen der beiden Männer und fuhr mit ihm in Richtung Wache. Während Wichert den zweiten Gefangenen im eigenen Wagen in Schach hielt, lief Bornemann hinüber zu den geschockten Touristen und erkundigte sich, ob alles in Ordnung sei. Zum Glück war körperlich niemand zu Schaden gekommen. Nur der Schreck saß allen noch in den Gliedern. Bloß ein dicklicher Mann mit einer Trachtenjacke und bayrischem Akzent bedauerte, dass alles so schnell vorbei gewesen sei. Er sei von den Kurbädern in Westfalen total begeistert. Hier gebe es ja genauso viel Action, wie er sie vor einiger Zeit in Bad Driburg erlebt habe. Erleichtert ließ Bornemann die Leute zurück und eilte zum Streifenwagen.

Soeben kam Jörg Dahlmann, der Beifahrer des dritten Streifenwagens, hinzu und erklärte, dass man den Zeugen, der auf der Klosterstraße versucht hatte, die Tür des Fluchtwagens zu öffnen, bereits wieder entlassen habe. Man habe ihn nur kurz im Streifenwagen mitgenommen. Der Mann sei zum Glück unverletzt geblieben. „Es handelt sich um einen gewissen Jürgen Meyer, die genauen Personalien für deine Anzeige gebe ich dir nachher. Die Leitstelle hat seine Angaben überprüft. Die von ihm angegebene Wohnanschrift ist korrekt. Wir haben ihn an der Lennéstraße bereits wieder raus gelassen, als wir hörten, dass ihr die Täter gestellt habt." Dahlmann musste schmunzeln, als er fortfuhr. „Er wollte sich schnellstens zum Krankenhaus begeben, um seine Frau abzuholen, die gestern ein Kind zur Welt gebracht hat. Eine überaus turbulente Woche für so einen jungen Vater. Eine Gegenüberstellung mit den beiden Flüchtenden dürfte ja überflüssig sein, da ihr die beiden bereits festgenommen habt, Glückwunsch!", fügte Dahlmann noch hinzu.

***

Noch während die Beamten den Augustaplatz aufräumten, trafen Kriminaloberrat Kellermann und sein Kollege Robert Feuerborn am Tatort ein. Letzterer parkte den zivilen Dienstwagen in der Portastraße, und die beiden stiegen gerade aus, als ihnen bereits Wilma Schnittenfittich entgegengewackelt kam. „Mann oh Mann, es wird auch höchste Eisenbahn, dass Sie hier auftauchen.“ Wilma drohte Kellermann mit dem Zeigefinger. „Hier geht es zu wie im wilden Westen. Banküberfälle am helllichten Tag.“

Kellermann und Feuerborn sahen sich etwas irritiert an. „Ich weiß nicht, wovon Sie sprechen, wir sind wegen des Überfalls auf das Juweliergeschäft Gabriel hier.“ Feuerborn deutete auf das gelbe Eckhaus.

„Was haben Sie denn schon wieder mit der Sache zu tun?“, wollte Kellermann entnervt von Wilma wissen.

„Ich bin nur rein zufällig hier. Ich wollte eigentlich nur einen Spaziergang durch die Klosterstraße machen. Plötzlich brach die Hölle los. Wilde Verfolgungsjagden mitten in der Fußgängerzone. Haben Sie die Burschen wenigstens geschnappt?“

Kellermann nickte. „Wenn Sie etwas gesehen haben, dann halten Sie sich zu unserer Verfügung. Wir müssen uns erst mal um den Tatort kümmern.“ Die beiden Kriminalbeamten ließen Wilma stehen und liefen ins Juweliergeschäft.

Die kleine, dicke Rentnerin blickte noch einmal auf die fünf gusseisernen Schweine und den Bauern auf dem Brunnen, dann ließ sie sich erschöpft auf einer der Bänke nieder.

Hinter ihr im Juweliergeschäft herrschte heillose Aufregung. Der Juwelier Waldemar Gabriel saß hinter dem Verkaufstresen auf einem Hocker. Mit hochrotem Kopf und zitternden Händen versuchte er, ein Glas Wasser an den Mund zu führen. Eine der beiden Verkäuferinnen stand vor ihm und blickte besorgt auf ihren betagten Chef herab. Ihre Kollegin war gerade dabei, die Scherben einer kaputten Vitrinenscheibe zusammenzufegen, als die beiden Kriminalbeamten das Ladenlokal betraten.

„Lassen Sie das mal schön sein“, forderte Kellermann die Verkäuferin auf. „Bis die Kollegen von der Spurensicherung hier gewesen sind, wollen wir mal alles so lassen wie es ist.“ Dann wandte er sich dem Juwelier zu. „Und, Herr Gabriel? Wie geht es Ihnen?“

Der alte Mann blickte Kellermann mit erschrockenen Augen über seine randlose Brille hinweg an. Seine grauen Haare standen wirr vom Kopf ab, und es war deutlich, dass ihm der Schreck noch kräftig in den Gliedern saß.

„Nee, nee, Herr Kellermann, wer hätte gedacht, dass ich auf meine alten Tage noch überfallen werde. Der ganze schöne Schmuck ...“ Gabriels Blick glitt traurig über die ausgeräumten Vitrinen. „Ich weiß gar nicht, ob die Versicherung das bezahlt.“ Er seufzte tief, dann riss er sich zusammen, richtete sich auf und wollte aufstehen, doch seine Verkäuferin drückte ihn sanft zurück auf den Hocker.

„Bleiben Sie mal schön sitzen, Herr Gabriel. Wer weiß, wie es um ihren Kreislauf bestellt ist.“

Dankbar und leicht schwankend setzte sich der alte Juweliermeister wieder hin. „Zum Glück ist niemandem etwas geschehen. Stellen Sie sich nur vor, die haben uns mit Pistolen bedroht!“

Kellermann hielt die Hände auf dem Rücken verschränkt und ging langsam von einer Vitrine zur anderen. Die Jungs hatten ganz schön abgeräumt. Wenn sie damit weggekommen wären, hätte das für den alten Juwelier einen erheblichen Schaden bedeutet. Aber zum Glück hatten ihnen die Kollegen der Schutzpolizei einen Strich durch die Rechnung gemacht. Bei der Anfahrt zum Tatort hatte Kellermann gehört, dass die Beute im Fluchtwagen gefunden worden war.

„Ich weiß nicht, ob Sie es schon gehört haben, aber die Burschen sind uns bereits am Kurpark ins Netz gegangen“, erklärte Kellermann dem Geschädigten mit stolzgeschwellter Brust. „Und so wie ich hörte, haben meine Kollegen auch die Beute sichergestellt."

Gabriel sah dankbar auf, und sein besorgter Gesichtsausdruck wich einem Lächeln. „Na, Gott sei Dank, Sie glauben gar nicht, wie froh ich bin." Dann kam ihm ein Gedanke, der ihn veranlasste, doch aufzuspringen und zu einer der Vitrinen zu stürzen. Dort schlug er sich die Hand vor den Mund und schüttelte den Kopf.

Kellermann trat zu ihm und blickte in die leere Vitrine.

„Grundgütiger Himmel, sie haben das Sahlmann-Collier mitgehen lassen." Leicht schwankend musste sich Gabriel an der Vitrine festhalten.

„Was war denn daran so Besonderes?", erkundigte sich Feuerborn aus dem Hintergrund.

Gabriel sah ihn mit erschrockenem Blick an. „Es handelt sich um das Collier der berühmten Opernsängerin Vera Sahlmann. Ihre Nichte, die es vor einigen Jahren geerbt hat, hat uns darum gebeten, es für sie zu verkaufen. Es war das Prunkstück unseres Geschäftes."

Kellermann schob die Hände in die Hosentaschen. „Ich würde keinen Pfifferling darauf wetten, dass die Burschen aus einem anderen Grund hier waren. Die hatten es garantiert auf das Collier abgesehen."

Gabriel schluckte. „Der geschätzte Wert liegt bei circa 90.000 Euro. Wer weiß, ob die Versicherung das überhaupt bezahlt hätte. Ich kann nur hoffen, dass Ihre Kollegen es zusammen mit der anderen Beute gefunden haben."

Beruhigend klopfte Kellermann dem Juwelier auf die Schulter. „Lassen Sie mal gut sein, mein lieber Gabriel, wo sollte es denn sonst sein? Unsere Jungs waren ihnen so nah auf den Fersen, dass sie keine Zeit hatten, das Collier verschwinden zu lassen."

Dankbar blickte Gabriel den Kriminaloberrat an. „Wenn das wieder auftaucht, dann spende ich etwas für das nächste Polizeifest", versprach er.

„Bis dahin ist ja noch Zeit. Lassen Sie uns erst einmal die Formalitäten erledigen. Würden Sie die beiden Räuber wiedererkennen?“ Kellermann blickte prüfend vom Juwelier zu den beiden Verkäuferinnen.

Die Ältere von beiden schüttelte den Kopf. „Also ich für meinen Teil glaube kaum, dass ich Ihnen eine große Hilfe bin. Zum einen war ich viel zu aufgeregt, zum anderen trugen sie Strumpfmasken.“

Auch die andere Verkäuferin zuckte hilflos mit den Schultern. „Ich weiß nur, dass der eine blond und der andere dunkelhaarig war. So viel konnte man durch die Strümpfe erkennen. Aber ich muss ganz ehrlich sagen, ich konnte meinen Blick kaum von den Waffen wenden.“

„Und Sie?“, wandte sich der Kriminaloberrat an den Juwelier. „Was haben Sie gesehen?“

„Es tut mir leid“, gestand der Geschädigte. „Ich war hinten im Büro und bin erst nach vorne gelaufen, als bereits die Scheiben klirrten.“ Ein Schaudern ging durch seinen Körper. „Ich hab sie nur noch von hinten gesehen, als sie rausgelaufen sind.“

„Aber wie es scheint, dürften wir sie mit etwas Glück gefilmt haben.“ Alle drehten sich zu Feuerborn um, der auf eine an der Decke des Ladens montierte Kamera deutete.

Gabriel rieb sich verlegen die Nase. „Die habe ich erst vorgestern installieren lassen, nachdem mich Ihre Kollegen vom Kommissariat Vorbeugung beraten hatten.“

„Damit dürfte die Sache dann wasserfest sein“, vermutete Kellermann. „Die Zeugenaussagen, die Verfolgung, die unmittelbare Festnahme in Tatortnähe, das Diebesgut im Auto und dazu noch der Film der Überwachungskamera. Das reicht für den Staatsanwalt.“

Gabriel blickte den Kriminaloberrat an und errötete. „Beim letzten Punkt muss ich Sie leider enttäuschen. Die Kamera ist zwar vorgestern angebracht worden, doch angeschlossen werden sollte sie erst heute Nachmittag.“

***

Wilma und Alwine schlenderten durch den Kurpark. Ein herrlicher Sommertag, vor allem nicht zu heiß, wie Wilma fand. Alwine steuerte auf eine Bank zu und ließ sich darauf nieder. Sie legte den Kopf in den Nacken und ließ sich von der Sonne bescheinen, die durch die Blätter der Bäume fiel.

Es war nicht viel los, denn tagsüber waren die meisten Kurgäste noch bei den Anwendungen, und die Kinder hatten noch keine Ferien. Ein Tag zum Helden zeugen, fand Alwine.

Wilma setzte sich ächzend neben sie und bemühte sich, mit ihren kurzen Beinen auf dem Boden zu bleiben. Was jedoch sofort scheiterte, als sie sich anlehnte. Sie stellte ihre Handtasche auf den Knien ab und blinzelte ebenfalls in die Sonne. „Ich kann kaum glauben, dass ich da gestern fast in einen Raubüberfall verwickelt war."

„Was heißt hier fast, du warst mittendrin", korrigierte Alwine. Ohne die Augen zu öffnen oder den Kopf zu bewegen, forderte sie Wilma auf: „Erzähl doch noch mal, was hast du genau gesehen?"

Wilma rutschte unruhig auf der Bank hin und her. „Es ging alles sehr schnell. Eigentlich bin ich ja nur in die Stadt gegangen, um im Drogeriemarkt Haftcreme für mein Gebiss zu kaufen. Und außerdem brauchte ich auch noch Toilettenpapier. Da nehme ich immer nur das fünflagige, das andere ist mir zu dünn. Das könnte ich mir natürlich auch im Laden um die Ecke holen, aber der Drogeriemarkt hatte diese Woche Werbung in der Zeitung. Ganz viele Sonderangebote, unter anderem auch Slipeinlagen. Spottbillig im Gegensatz zum Normalpreis. Brauchst du noch welche? Dann bringe ich dir welche mit. Ich muss ja noch mal hin, denn durch die ganze Aufregung habe ich den Einkauf komplett vergessen."

Alwine seufzte hörbar. Wenn es jemanden gab, der so von einem Thema abschweifen konnte, dann war es Wilma.

Wilma klappte ihre Handtasche auf, entnahm ihr ein Taschentuch und ein Fläschchen Kölnisch Wasser. Nachdem sie etwas auf das Taschentuch geträufelt hatte, betupfte sie sich damit Stirn und Nacken ab. „Was für eine Wohltat. Möchtest du auch?“

Alwine schüttelte den Kopf. „Nein danke, ich möchte viel lieber, dass du mir endlich erzählst, was gestern genau passiert ist.“

„Wie schon gesagt, ich wollte zum Einkaufen und schlenderte gerade die Klosterstraße runter. Plötzlich hörte ich einen Motor aufheulen, und aus der Paul-Baehr-Straße kam dieser blaue Opel angerauscht.“ Wilma verpackte ihre Erfrischungsutensilien wieder. „Ich habe noch gedacht, was ist das denn für ein Verrückter?“ Sie stellte die Handtasche neben sich auf die Bank und faltete die Hände über dem Bauch.

„Und weiter?“ Alwine blinzelte sie ungeduldig an.

„Der Wagen bremste vor dem Juweliergeschäft ab, und im selben Moment stürmten die Räuber aus dem Laden.“

Alwine versuchte ruhig zu bleiben. Schrecklich, dass man Wilma jedes einzelne Wort aus der Nase ziehen musste. „Und was geschah dann?", fragte sie und dehnte das letzte Wort provokant lange.

„Dann habe ich mich fürchterlich erschreckt und mich umgedreht, weil von hinten plötzlich die Streifenwagen angerast kamen. Als ich wieder nach vorne sah, stand der Opel bereits auf der Klosterstraße, und der junge Mann versuchte ihn aufzuhalten.“

Alwine legte ihre Stirn in Falten. „Ein Fußgänger versucht, ein Auto aufzuhalten? Wie soll das denn gehen?“

Wilma zuckte mit den Schultern. „Keine Ahnung. Der junge Mann lief jedenfalls neben dem Wagen her und rappelte an der Tür. Vermutlich wollte er den Beifahrer rausziehen.“ Wilma richtete sich auf. „Ich fand das sehr mutig. Wo die doch bestimmt bewaffnet waren.“

„Ich verstehe immer noch nicht, warum der das Auto überhaupt eingeholt hat.“

„Wegen der Fußgänger, Alwine. Der Opel-Fahrer konnte wegen der Fußgänger nicht so schnell fahren, deshalb hatte der junge Mann eine Chance, den Wagen einzuholen.“ Sie kicherte. „Und fast wäre er dabei noch über den alten Benno gestolpert.“ Als sie sah, dass ihre Freundin sie verständnislos anblickte, klärte sie Alwine auf. „Benno, der alte Landstreicher, der immer in der Fußgängerzone sitzt und bettelt. Der mit dem langen, grauen Bart und der Schottenmütze. Mensch, den musst du doch kennen!“

Alwine nickte. „Klar, kenne ich den, aber woher soll ich denn wissen, dass der Benno heißt?“

„Hast du dich denn noch nie mit ihm unterhalten?“ Wilma blickte ihre Freundin erstaunt an.

„Nein, bisher hat es sich noch nicht ergeben. Außerdem wüsste ich auch nicht, worüber ich mit ihm sprechen sollte.“

„Da gibt es eine ganze Menge Themen“, erklärte Wilma, „der ist ganz schön in der Welt herumgekommen. Benno war nämlich früher Seemann auf einem Handelsschiff. Ich glaube, der war schon überall. Afrika, Budapest, Australien und Holland.“

Alwine wunderte sich über diese geographische Zusammenstellung ihrer Freundin. „Ich bin immer wieder erstaunt, was du für Leute kennst. Aber ich muss schon sagen, ich bin ein wenig neidisch auf dich, wenn ich so höre, was du gestern erlebt hast.“

„Ich hätte gerne mit dir getauscht, so eine Aufregung brauche ich nicht. Man ist ja schließlich nicht mehr die Jüngste.“ Wilma kramte erneut in ihrer Handtasche nach Taschentuch und Eau de Cologne.

Alwine bobachtete dieses Treiben. „Den Rest kenne ich aus der Zeitung. Verfolgung durch die Polizei, dann der Unfall am Springbrunnen und die Festnahme.“

„Und dazu noch der Fund des Diebesgutes“, fügte Wilma hinzu. „Da kann der Gabriel froh sein, dass er alles zurückbekommen hat.“ Mit verzückter Miene schnüffelte sie an ihrem Taschentuch. Alwine konnte nur den Kopf schütteln.

„Fast alles. Wenn ich die Zeitung richtig gelesen habe, dann fehlt ja anscheinend das kostbarste Stück. Das Vera-Sahlmann-Collier.“

„Habe ich gar nicht gelesen“, gestand Wilma. „War es denn nicht bei der anderen Beute?“

Alwine streckte die Beine aus und legte sie übereinander. „Nein, es war alles da, nur dieses Collier fehlte. Die Polizei kann sich auch nicht erklären, wo es geblieben sein könnte. Sie war sehr schnell am Tatort, hat den Fluchtwagen nicht aus den Augen verloren und die Täter schnell festgenommen. Denen blieb eigentlich keine Chance, das Collier verschwinden zu lassen, so die Zeitung.“

Wilma runzelte die Stirn. „Vielleicht haben sie es unterwegs aus dem Auto geworfen?“

„Wilma! Die klauen ein sündhaft teures Collier und werfen es dann aus dem Auto?“ Alwine schüttelte unwirsch den Kopf. „Und warum sollten sie dafür den Rest behalten? Das Zeug war ja nicht mal halb so viel wert wie das Collier.“

„Da hast du recht", stimmte Wilma zu, „andersrum wird ein Schuh draus. Das Collier behalten und den Rest wegwerfen.“

„Auch unsinnig“, widersprach Alwine. „Das Zeug wegzuwerfen hätte nur Sinn gemacht, um zu vertuschen, dass sie die Täter waren. Aber auch das war überflüssig, da die Polizei ihnen ja direkt auf den Fersen war. Wenn ich ganz ehrlich bin, ergibt das Ganze für mich keinen Sinn.“

„Aber wo ist das Collier?“ Wilma rutschte auf der Bank nach vorn und kam wieder auf ihren Füßen zu stehen.

„Keine Ahnung, laut Zeitung hat die Polizei den gesamten Fluchtweg mehrfach abgesucht.“ Alwine kratzte sich nachdenklich am Kinn. „Hätten sie das Teil aus dem Auto geworfen, dann wäre es sicherlich gefunden worden. Es sei denn …“

Wilma drehte sich zu ihrer Freundin um. „Hast du etwa eine Idee?“

Alwine erhob sich ebenfalls. „Nur so eine Ahnung. Lass uns doch mal einen Spaziergang in die Klosterstraße machen.“

„Wieso, brauchst du doch noch Toilettenpapier?“

***

Kriminaloberrat Kellermann und die Streifenpolizisten Bornemann und Wichert standen um den blausilbernen VW Passat herum und ärgerten sich. Eigentlich war Bad Oeynhausen ja ein sehr ruhiges Kurstädtchen, aber Bekloppte schien es überall zu geben. Irgendjemand hatte letzte Nacht an ihrem Streifenwagen die hintere rechte Scheibe eingeschlagen. Der Wagen war nachts nicht benutzt worden. Erst am Morgen bei Dienstantritt hatten Bornemann und Wichert das Malheur entdeckt. Als sie ihre Streifenfahrt antreten wollten, fiel Wichert auf, dass die hintere rechte Tür nur angelehnt war, und im selben Moment bemerkte er auch die vielen Glassplitter auf der Rückbank.

„Und gestohlen worden ist nichts?“ Kellermann beugte sich interessiert vor und blickte in den Wagen.

„Nein“, bestätigte Bornemann, „entweder hatte da jemand Hass auf die Polizei, oder der Täter ist gestört worden.“

Kellermann richtete sich auf und steckte die Hände in die Taschen seiner Tweedjacke. „Komische Sache, so was hatten wir noch nie, oder?"

Die beiden Streifenpolizisten schüttelten synchron die Köpfe.

„Ich nehme an, ihr habt bereits eine Schadensmeldung geschrieben.“ Kellermann wandte den Blick vom Wagen ab.

Wichert nickte und reichte ihm ein Formular.

„Im Moment scheint es so, als ob alles schief läuft.“ Als Bornemann den Kriminaloberrat fragend anblickte, klärte dieser ihn auf. „Erst dieses seltsame Verschwinden des Sahlmann-Collier, und jetzt das hier.“ Dabei deutete er auf die eingeschlagene Scheibe. „Da soll noch einer schlau draus werden.“ Kopfschüttelnd wandte sich der Kriminaloberrat ab. „Und jetzt werde ich nochmal versuchen, diesen Zeugen Meyer zu erreichen. Er steht zwar im Telefonbuch, geht aber nicht ans Telefon. So wie es aussieht, werde ich wohl persönlich dort vorbeifahren müssen.“

„Der wird viel mit seiner Frau unterwegs sein, wo er doch gerade Vater geworden ist“, vermutete Bornemann.

„Okay, dann haltet mal während der Streifenfahrt Ausschau nach einem Kinderwagen mit einem Neugeborenen darin.“

***

Arm in Arm schlenderten die beiden Freundinnen durch Bad Oeynhausen. Alwine hatte sich standhaft geweigert, Toilettenpapier oder Slipeinlagen zu kaufen, sondern damit begonnen, systematisch die Innenstadt abzusuchen. Irgendwo musste er doch sein!

Aber der Landstreicher Benno saß weder in der Klosterstraße noch in der Hohenzollernpassage und auch nicht am Ausgang der Victoria Passage. Dort suchten sie, weil das nach Wilmas Aussage seine Stammplätze waren. Sie wollten schon fast aufgeben, als sie ihn endlich am Eingang zum Kurpark schräg gegenüber des Hotels Königshof entdeckten. Dort hockte er mit Sack und Pack auf einem Pappkarton. Soeben kramte er aus der Jackentasche ein paar Münzen und warf sie in seine Schottenmütze, die vor ihm auf dem Boden lag.

„Geben Sie sich jetzt schon selber Trinkgeld?“ Wilma war verblüfft.

Der ehemalige Seemann wandte ihr sein wettergegerbtes Gesicht zu und ließ beim Lächeln diverse Zahnlücken erkennen. „Das ist ein kleiner Geschäftstrick. Wenn die Mütze leer ist, werfen die Leute kein Geld hinein. Liegen aber ein paar Münzen darin, haben sie ein schlechtes Gewissen, weil andere anscheinend was gegeben habe und geben auch."

Gar nicht so dumm, dachte Alwine. Es würde sie nicht wundern, wenn der mit seiner Bettelei schon ein kleines Vermögen gemacht hatte. „Jetzt im Sommer dürfte das Geschäft ja vermutlich ganz gut laufen, oder?", fragte sie daher neugierig nach.

Benno strich sich über seinen grauen Bart. „Ich kann nicht klagen, die Kurgäste hier in Bad Oeynhausen sind recht spendabel. Und schönes, warmes Sommerwetter ist dem Geschäft immer zuträglich. Bei gutem Wetter sind die Leute freigiebiger."

„Und was machen Sie armer Kerl im Winter?", bedauerte Wilma den Landstreicher. „Wenn es draußen nass und kalt und ungemütlich ist. Und womöglich auch noch Frost."

Der Bettler sah sie mit treuen Augen an. „Ach, wissen Sie, gnädige Frau, das macht mir nicht allzu viel aus."

„Ich verstehe schon, die vielen Winter haben Sie abgehärtet." Wilma zückte ihr Portemonnaie.

„Nein, das ist es nicht", widersprach Benno. „Es macht mir nur deshalb nichts aus, weil ich dann auf Lanzarote in meiner Eigentumswohnung bin."

Alwine gratulierte sich insgeheim zu ihrer richtigen Einschätzung und weidete sich an dem überraschten Gesichtsausdruck ihrer Freundin. Diese stutzte noch einen Moment, dann verfinsterte sich ihre Miene, und verärgert steckte sie ihre Geldbörse wieder in die Handtasche.

„So so, Lanzarote", Alwine musste grinsen. „Ich wäre bereit, Ihnen sogar noch zehn Euro für eine schöne Sangria zu geben, wenn ich von Ihnen eine Auskunft bekomme."

Wilma starrte ihre Freundin entgeistert an.

„Lassen Sie mal stecken, schöne Frau, wenn ich Ihnen weiterhelfen kann, tue ich das gern kostenlos.“

„Wenn ich mich recht erinnere, dann haben Sie gestern, als der Überfall auf den Juwelier Gabriel stattfand, in der Klosterstraße gesessen und gebettelt.“

Benno dachte kurz nach und blickte sie dann aus treuen Augen an. „Stimmt. Und dieser Volltrottel wäre fast noch auf mich draufgetreten.“

Alwine legte den Kopf schräg. „Sie meinen den jungen Mann, der das Fluchtfahrzeug verfolgt hat?“

„Genau den. Der wie ein Wilder an der hinteren Tür herumgerissen hat.“ Benno nickte dankbar einem Passanten zu, der ein Geldstück in die Mütze geworfen hatte.

„Ich dachte, er hätte versucht, die vordere Tür zu öffnen, um den Beifahrer zu erwischen.“ Alwine war bei Bennos Aussage hellhörig geworden.

„Nee, der hat an der hinteren Tür gerappelt, da bin ich mir absolut sicher. Das alles war ja nur ein paar Meter von mir weg.“ Benno bedankte sich bei einer Frau mit Kinderwagen. Sein Geschäft brummte.

Alwine blickte nachdenklich in den Kurpark. Ihre Freundin war ein paar Meter weitergegangen und hatte sich demonstrativ umgedreht. Anscheinend konnte sie noch immer nicht verkraften, dass der Landstreicher Benno den Winter über in seiner Eigentumswohnung auf Lanzarote verbrachte, während sie als Oberfinanzsekretärswitwe sich lediglich drei Wochen Urlaub im Allgäu leisten konnte.

„Ich habe noch eine letzte Frage.“ Alwine beobachtete Benno, der ein paar zu große Münzen aus der Mütze fischte und in seiner Tasche verschwinden ließ. „Nie zu viel in der Mütze lassen, sonst glauben die Leute, man hätte schon genug und geben nichts. Auf das gesunde Mittelmaß kommt es an“, erläuterte ihr Benno seinen Trick.

„Ja“, stimmte Alwine zu, „ich muss zugeben, betteln will gelernt sein. Sie sollten zusätzlich noch Lehrlinge ausbilden.“ Sie mochte diesen charmanten Gauner. „Aber wie gesagt, noch eine Frage. Haben Sie gesehen, ob die Täter bei ihrer Flucht etwas aus dem Wagen geworfen haben?“

Benno überlegte ein paar Sekunden. „Nee, das wär mir sicher aufgefallen. Ich habe nur mitgekriegt, wie der Wagen anfuhr und der Typ, der an der Tür gerappelt hatte, auf seinem Hintern landete.“ Wieder bedankte sich Benno bei einem Passanten. „Und dann kamen auch schon die Bullen und haben ihn eingesackt.“ Mühsam drehte sich der Landstreicher um, kniete sich hin und richtete sich dann ächzend auf.

„Wie, schon Schluss für heute mit der Bettelei?“, fragte Wilma schnippisch von der Seite, als der Landstreicher seine Mütze leerte und dann aufsetzte.

„Nee, Mittagspause“, konterte Benno und schlurfte grinsend in Richtung Inowrocław-Platz davon.

***

Einen Tag später wollte es das Schicksal, dass sich Kriminaloberrat Kellermann und die beiden Rentnerinnen wieder über den Weg liefen. Diesmal zufällig vor dem Eingang der Bali Therme. Alwine stand vor dem Dicken Theo, dem riesigen Findling, und wartete auf ihre Freundin. Mit einiger Anstrengung war es ihr gelungen, Wilma zu überreden, sie zur Wassergymnastik zu begleiten.

Fast zeitgleich mit Kellermann traf ihre Freundin Wilma ein. „Hallo, Herr Kellermann, wie geht es denn Bad Oeynhausens bekanntestem Kriminalisten?“, lächelte Alwine zuckersüß.

„Dem geht es gar nicht gut. Den plagen einige Probleme.“ Kellermann war sichtlich angefressen.

„Sie haben ja eine Laune wie sieben Tage Regenwetter“, bemerkte Wilma und stellte ihre Badetasche auf den Boden.

„Das liegt zum einen daran, dass es uns immer noch nicht gelungen ist, das Sahlmann-Collier zu finden und zum anderen an diesem Spinner."

Die beiden Rentnerinnen sahen den Kriminaloberrat fragend an.

„Dieser Blödmann, der ständig die Scheiben unserer Streifenwagen einschlägt. Mittlerweile sind es schon zwei."

„Warum macht er das denn?", wollte Wilma verblüfft wissen. Erstaunt darüber, dass es Leute gab, die nicht mal mehr vor der Polizei Respekt hatten.

„Wenn ich das nur wüsste", brummte Kellermann missmutig. „Als wenn ich nicht schon genug Schwierigkeiten hätte."

„Sie können einem aber auch wirklich leidtun", bedauerte ihn Alwine. „Was gibt es denn noch Schwieriges?"

„Ich bekomme diesen Meyer, den Zeugen von dem Raubüberfall, nicht zu fassen. Er geht nicht ans Telefon, und zu Hause ist er auch nicht. Ich war jetzt schon dreimal da." Kellermann ballte die Faust und steckte sie in die Tasche. „Das Einfamilienhaus, in dem er wohnt, sieht aus, als ob er verreist wäre. Aber das ist unwahrscheinlich, weil er doch soeben Vater geworden ist. Da fährt man doch nicht weg."

„Haben Sie denn schon mal mit den Nachbarn gesprochen?", hakte Wilma nach.

Kellermann schnaufte verächtlich. „Es ist wie verhext." Er erklärte den beiden, wo Meier wohnte und schilderte, dass er die unmittelbaren Nachbarn nicht erreicht hatte oder sie ihm keine Auskunft über Meyers Aufenthaltsort geben konnten. Dann riss er sich von seinen Gedanken los. „Und Sie wollen sich einen schönen Tag in der Bali Therme machen?"

Die beiden Freundinnen nickten. „Alwine hat mich zum Wasserballett eingeladen."

„Wassergymnastik!", verbesserte Alwine.

„Auf jeden Fall was im Wasser", hatte Wilma das letzte Wort.

„Dann wünsche ich viel Spaß, und passen Sie auf, dass Sie dabei nicht ertrinken. Zwei Wasserleichen würden mir jetzt zu meinem Glück noch fehlen.“ Feixend ließ der Kriminaloberrat die beiden stehen.

„Witzbold“, kommentierte Wilma seinen letzten Satz. „Wasserleiche, dabei schwimme ich doch wie eine Ente.“

„Ja, aber wie eine aus Blei.“ Alwine bemerkte nicht das beleidigte Gesicht ihrer Freundin, sondern hing bereits einem seltsamen Gedanken nach. Irgendwo in ihrem Hinterkopf hatte er sich festgesetzt. Ein Gedanke, den sie noch nicht so richtig greifen konnte. Da gab es eine Sache, die sie stutzig gemacht hatte. Aber welche?

„Was ist denn jetzt? Wollen wir nun zum Wasserballett oder nicht?“ Wilma hatte ihre Badetasche wieder aufgenommen und steuerte auf den Eingang der Bali Therme zu.

Langsam, wie in Trance, folgte ihr die ehemalige Oberstudienrätin. Kurz vor dem Eingang blieb sie plötzlich stehen. „Wilma, warte mal!“

„Was ist denn? Wenn wir uns nicht beeilen, fangen die ohne uns an.“

„Lass sie ruhig, mir steht sowieso nicht mehr der Sinn nach Wassergymnastik. Ich muss dringend etwas überprüfen. Willst du mitkommen?“

Wilma blickte erst auf ihre Badetasche, dann zu ihrer Freundin. „Aber nur, wenn du mir sagst, um was es geht.“

„Immer noch um das Sahlmann-Collier“, antwortete Alwine.

Wilma war verblüfft. „Weißt du etwa, wo es ist?“

„Nein, noch nicht so ganz genau, aber wenn ich noch ein oder zwei Dinge geklärt habe, dann dürften wir der Lösung dieses Falles ziemlich nahe kommen. Und jetzt ab durch die Mitte!“

Die beiden ungleichen Rentnerinnen marschierten los, wobei Alwine leise *Auf in den Kampf, Torero* pfiff.

***

Zehn Minuten vor drei. Vermutlich gibt es kaum eine Uhrzeit, in der eine Stadt so tief schläft wie um 2.50 Uhr. Auf jeden Fall schien das die Vermutung des Mannes zu sein, der bekleidet mit einer schwarzen Sturmhaube und dunkler Kleidung auf leisen Gummisohlen herumschlich. Der Mann war Autoknacker. Würde man seine kriminelle Karriere mit einer Berufslaufbahn vergleichen, so hatte er umgeschult, denn gelernt hatte er Räuber. Dafür, dass er es nun auf Autos abgesehen hatte, gab es einen speziellen Grund. Derselbe, der ausschlaggebend dafür war, dass es sich dabei um eine besondere Art von Fahrzeugen handelte.

Der Mann zog seine Handschuhe enger und drückte sich in eine dunkle Ecke, als ein Taxi an ihm vorbeifuhr. Einen Moment lang lauschte er in die Nacht, dann zog er ein großes Brecheisen unter der Jacke hervor und huschte auf den Hof des Sexshops. Er setzte das Werkzeug an der hinteren Tür an, und schon nach wenigen Versuchen sprang sie auf. Noch während die Alarmanlage losjaulte, spurtete er über den Hof und drückte sich wieder in den Mauerschatten.

Er musste nur wenige Minuten warten, bis er die Geräusche herannahender Fahrzeuge hörte. Einen Augenblick später bog ein Streifenwagen auf den Hof des Sexshops ein. Zwei Beamte sprangen heraus, orientierten sich kurz und näherten sich dann vorsichtig mit gezogenen Waffen der offenen Hintertür.

Der Mann im Schatten hörte, wie auch auf der anderen Seite des Gebäudes ein Fahrzeug quietschend bremste und Türen klappten. In der Stille der Nacht konnte man deutlich die Funkdurchsage hören, in der die Besatzung dieses Fahrzeuges mitteilte, dass sie die Vorderfront sichern würde. Dann beobachtete er, wie sich die beiden Beamten an der Hintertür zunickten, ihre Taschenlampen einschalteten und ins Gebäude eindrangen.

Bereits als der Streifenwagen auf dem Hof ankam, hatte er aufgeatmet. Das war genau das Fahrzeug, was ihm in seiner Sammlung noch fehlte. Routinemäßig hatten die beiden Beamten den Wagen zwar abgeschlossen, aber dieses Hindernis würde ihn nicht lange aufhalten. Der Mann schlich zum Streifenwagen, nahm das Brecheisen fest in die Hand und schlug die Scheibe der hinteren Beifahrertür ein. Hastig ließ er das Brecheisen fallen, griff in den Wagen, entriegelte die Tür und beugte sich in den Fond. Suchend steckte er die Hände zwischen Sitzpolster und Rückenlehne. Hier tastete er herum und wurde sichtlich nervös, als er nicht fündig wurde. Mit aller Gewalt zerrte er an dem Sitz. *Es musste hier sein! Das war der letzte Wagen, der noch übrig war.*

Doch auch der Lichtschein, der soeben in das Wageninnere fiel, half ihm nicht, das Gesuchte zu finden. Im Gegenteil, er bedeutete das Ende des Falls. Der Lichtschein kam nämlich aus einer Taschenlampe der Polizei.

Grob wurde der Mann aus dem Streifenwagen gezogen und zwei Polizeibeamte legten ihm Handschellen an. Dann drehten sie ihn um und drückten ihn mit dem Rücken gegen das Fahrzeug. Durch die Augenschlitze der Maske sah der Täter, dass ein älterer Mann in einer Tweedjacke und mit einem Schnurrbart auf ihn zukam.

Kurz vor ihm blieb er stehen. „Na, dann wollen wir mal sehen, wen wir hier haben." Er griff die Sturmhaube und zog sie dem Mann mit einem Ruck vom Kopf. „Guten Morgen, Herr Meyer, wie geht es der Frau Gemahlin und dem Baby?"

Ergeben senkte der Festgenommene den Kopf.

„Ich würde sagen, das Spiel ist aus", stellte Kriminaloberrat Kellermann sachlich fest. „Und deshalb können wir uns jetzt auch jegliche Maskerade und Versteckspiel sparen. Dann sagen Sie mir mal, wie Sie heißen, damit wir auch den richtigen Namen in die Festnahmeanzeige eintragen. Und das, was Sie so eifrig gesucht haben, liegt bereits sicher bei uns im Safe."

***

Das Wohnzimmer der Gabriels lag genau über dem Juweliergeschäft. Es war so groß, dass es neben einer altdeutschen Sitzgruppe und einem wuchtigen Wohnzimmerschrank auch noch einem großen Esstisch mit acht Stühlen ausreichend Platz bot. An dem hatten Alwine und Wilma auf Bitten des Juweliers Platz genommen. Während seine Gattin den beiden Kaffee eingoss, erschienen auch Kellermann und Feuerborn.

„Ich muss schon sagen, wenn Sie nicht gewesen wären, dann wäre das Sahlmann-Collier wohl nie wieder aufgetaucht, meine Dame." Gabriel hatte bei der Ansprache seine Kaffeetasse erhoben und Wilma zugeprostet.

„Mir müssen Sie nicht danken, sondern meiner Freundin hier." Mit dem Daumen zeigte Wilma auf Alwine, die verlegen auf die Tischdecke blickte. „Die hat nämlich alles aufgeklärt, ich weiß noch genau, wie sie mich vom Wasserballett abgehalten hat, weil ihr plötzlich diese Idee gekommen war."

„Gnädige Frau, Sie müssen uns das alles noch einmal ganz genau schildern", drängte der Juwelier die Hobbydetektivin.

Alwine blickte Kellermann an, der zustimmend nickte. „Nur los, das war ja auch eine tolle Leistung von Ihnen."

Die Gelobte nahm einen Schluck Kaffee, blickte noch einmal in die Runde und begann dann ihre Ausführungen.

Die Sache sei ihr klar geworden, nachdem sie Wilma von der Bali Therme weg zum Haus des Zeugen Meyer geschleppt habe. Dort hatten sie, im Gegensatz zum Earl, Glück gehabt und eine Nachbarin getroffen. Diese zeigte sich erstaunt, dass Frau Meyer entbunden habe, wo sie doch schon fast 60 sei. Der Beschreibung nach war aber der angebliche Zeuge Meyer deutlich jünger gewesen. Dann sei ihr der Gedanke gekommen, was wäre, wenn der Zeuge Meyer gar kein Zeuge, sondern einer der Täter gewesen sein mochte.

Wilma habe zwar Leute aus dem Juweliergeschäft laufen gesehen, sei dann aber einen Moment durch den ankommenden Streifenwagen abgelenkt worden. Danach habe sie genau wie die Polizeibeamten beobachtet, wie der angebliche Herr Meyer versuchte, die Beifahrertür zu öffnen um einen der Täter herauszuziehen.

Eine Aussage, die durch die Beobachtung des Landstreichers Benno eindeutig widerlegt wurde. Der war sich sicher, dass der Zeuge an der hinteren Tür herumgerissen hatte, um noch in den Fluchtwagen zu gelangen, in dem schon der Fahrer und sein Komplize saßen. Bei der Flucht aus dem Laden war etwas irgendetwas schiefgelaufen und der angebliche Herr Meyer hatte zu Fuß flüchten müssen. Weil ihnen die Polizei so dicht auf den Fersen war, hatte der Fahrer die Nerven verloren und war abgehauen. Seinen Kollegen dabei schmählich im Stich lassend. Der lag nun auf der Klosterstraße und schaltete blitzschnell, als ihm klar wurde, dass man ihn statt für einen der Räuber, für einen mutigen Zeugen hielt.

Dann wurde er in den Streifenwagen verfrachtet und mitgenommen. Den Namen Meyer hatte er sich, für alle Fälle, bereits zuvor aus dem Telefonbuch besorgt und so verwunderte es nicht, dass die angegebenen Personalien richtig erschienen. Er nutzte dann die Ausrede mit der Geburt seines Kindes, um schnellstmöglich wieder aus dem Wagen zu kommen, was ja auch klappte.

Seinen größten Coup landete er allerdings, als er das Sahlmann-Collier zwischen Lehne und Rückbank des Streifenwagens stopfte. Doch in der Hektik machte er einen Fehler. Denn als man ihn entließ, vergaß er vor lauter Aufregung, sich das Kennzeichen des Streifenwagens zu merken. So war er gezwungen, einen nach dem anderen aufzubrechen, um nach dem Collier zu suchen.

Alwine wurde von Kellermann unterbrochen. „Ich muss hier noch einfügen, dass auch der Plan, wie wir den Täter letztendlich überführt haben, von Frau Bußmann stammt. Es war klar, dass der Täter bald noch einmal zuschlagen würde. Aus diesem Grund observierten Spezialkräfte den letzten noch nicht aufgebrochenen Streifenwagen. Als uns der Täter dann durch seinen fingierten Einbruch zum Sexshop lockte, schlugen wir zu."

Juwelier Gabriel klatschte enthusiastisch Beifall. „Meine liebe Frau Bußmann, ich weiß gar nicht, wie ich Ihnen danken soll." Er stieß seine Frau an, die ein kleines Päckchen unter dem Tisch hervorzog. Er nahm es ihr ab und reichte es dankbar Alwine. „Ich hoffe, unser Juweliergeschäft kann Ihnen damit eine kleine Freude machen. Die Versicherung wird sich sicherlich auch noch erkenntlich zeigen."

Gerührt öffnete Alwine das Päckchen und musste lächeln, als eine große Lupe zum Vorschein kam. „Für Ihre weiteren detektivischen Arbeiten", lächelte Gabriel und hielt ihr ein zweites Päckchen hin. Kleiner und schmaler als das erste. Darin befand sich eine sündhaft teure Armbanduhr.

Gerührt legte Alwine sie sich an. „Wunderschön, vielen Dank!"

„Damit Sie immer wissen, welches Stündchen den Tätern geschlagen hat." Gabriel verbeugte sich noch einmal.

„Eigentlich müssten wir ja auch was bekommen", warf Feuerborn ein. Alle sahen ihn verblüfft an. „Na, wo die Polizei doch die ganze Zeit so gut auf das wertvolle Collier aufgepasst hat und es sogar mit auf Streife genommen hat." Feixend blickte Kellermanns Assistent in die Runde.

„Dafür gibt es gar nichts", konterte Wilma. „Das ist ja schließlich Ihre Aufgabe als Freund und Helfer."

Ein treuer Gefährte

„Ich garantiere dir, eines Tages bringe ich Arnold um!" Mit genervtem Gesichtsausdruck ließ Wilma Schnittenfittich ihr Strickzeug sinken und blickte aus dem Fenster.

Ihre Freundin Alwine sah sie nur mitleidig lächelnd an. Würde Wilma das tun, wäre es nicht einmal Mord, sondern lediglich Sachbeschädigung, denn Arnold war kein Mensch, sondern der Yorkshire-Terrier der Nachbarn. Und der führte nun mal bei jedem Fußgänger, der am Grundstück in der Goethestraße vorbeikam, ein Mordsspektakel auf. Während sie den kleinen Hund auf der anderen Seite beobachtete, musste sie lachen. Wer war wohl auf die Idee gekommen, ihn Arnold zu nennen? Der Name erinnerte eher an den berühmten Schauspieler und Bodybuilder, statt an so eine Fußhupe wie Arnold.

„Du glaubst gar nicht, was für einen Krach so ein kleiner Hund machen kann", beschwerte sich Wilma. „Man könnte meinen, er müsste das Grundstück gegen die ganze Welt verteidigen." Besagtes Grundstück lag dem Haus von Wilma genau gegenüber und erlaubte der Oberfinanzsekretärswitwe so einen Einblick in Vorgarten und Einfahrt der Nachbarn. Diese Örtlichkeiten verteidigte der Westentaschenlöwe gegen jeden vorbeigehenden Passanten allgemein und gegen Briefträger und Paketboten im Besonderen.

„Sei doch froh, der passt wenigstens auf. Gerade jetzt, wo doch so viel eingebrochen wird", konterte Alwine.

„Ach was, wer mich nachts klaut, der bringt mich am Tage wieder zurück", wehrte Wilma ab. „Aber wie du weißt, ist bei mir ja sowieso nichts zu holen."

„Ich weiß es schon, aber wissen das auch die Einbrecher?" Alwine sah sich in der Wohnung um, die im Erdgeschoss eines Zweifamilienhauses im Bad Oeynhauser Dichterviertel lag.

Wilma blickte sie an und legte dabei ihre Stirn in Falten.

„Ich habe auch schon überlegt, ob ich nicht jedes Mal, wenn ich das Haus verlasse, einen 50-Euro-Schein auf den Tisch legen soll. Dann verschwinden sie vielleicht gleich wieder, ohne was kaputt zu machen.“

Alwine lachte auf. „Ich glaube, du begehst da einen Denkfehler. Du hältst unsere Einbrecher für zu bescheiden. Ich glaube kaum, dass sie sich mit 50 Euro zufrieden geben und deswegen davon absehen, dir die Bude auf den Kopf zu stellen.“

Wilma nickte bedauernd. „Ich glaube, du hast recht.“

„Natürlich habe ich recht. Das Geld solltest du lieber in vernünftige Sicherungen investieren“, schlug Alwine vor und deutete auf die hohen Fenster. Sie war aufgestanden und nahm die Griffe fachmännisch in Augenschein.

„Meinst du wirklich, die sind nicht mehr sicher?“ Wilma trat ebenfalls ans Fenster.

Im selben Moment schlug der Mini-Wachhund auf der anderen Seite erneut Alarm, obwohl auf der Straße niemand zu sehen war.

„Was ist denn jetzt schon wieder?“, wunderte sich Alwine.

„Der Hund hat garantiert den Wagen seines Herrchens gehört. Er bellt schon, wenn der oben an der Lessingstraße um die Ecke biegt.“

Ungläubig sah Alwine ihre Freundin an.

„Doch, ob du es glaubst oder nicht, Arnold erkennt den Klang von Wilmenroths Mercedes aus Hunderten heraus.“

Wie zur Bestätigung hielt ein silberner Mercedes vor der Grundstückseinfahrt an, und ein älterer Mann stieg aus. Er ging zum Tor, öffnete es und begrüßte den Hund, der sich vor Freude auf den Rücken rollte und ihm die Hand leckte.

„Der treuste Freund des Menschen“, kommentierte Alwine den Begeisterungsausbruch. Sie hatte sich nie mit dem Gedanken anfreunden können, ein Haustier zu halten. Egal ob Hund, Katze, Vögel oder Fische, jedes dieser Lebewesen hätte sie nur in ihrer Bewegungsfreiheit eingeschränkt. Und nichts hasste Alwine mehr, als von irgendetwas abhängig oder für irgendwen verantwortlich zu sein. Sie liebte ihre Freiheit, vor allem seit sie den Schuldienst quittiert hatte.

Auf der anderen Straßenseite war das Begrüßungszeremoniell mittlerweile beendet. Wilmas Nachbar, der Steuerberater Wilmenroth, hatte den Wagen in die Einfahrt gefahren und das Tor wieder geschlossen. Nun war er auf dem Weg zur Haustür, von einem bellenden und wie wild um ihn herumhüpfenden Yorkshire-Terrier begleitet.

Als die beiden hinter die Haustür verschwanden, atmete Wilma auf. „Stimmt es eigentlich, dass kleine Hunde viel älter werden als größere?“, fragte sie ihre Freundin.

Alwine zuckte nur mit den Schultern.

„Wenn es nämlich so wäre, dann hätte ich wohl noch etliche Jahre mit dieser fellüberzogenen Nervensäge zu tun“, klagte Wilma mürrisch.

„Dann bleiben dir nur zwei Möglichkeiten“, unkte ihre Freundin. „Entweder, du entschließt dich wirklich dazu, Arnold in die ewigen Jagdgründe zu schicken, oder du kaufst dir eine Anstaltspackung Oropax.“

Deprimiert ließ Wilma den Kopf sinken und widmete sich wieder ihrem Strickzeug. Nach drei Reihen sah sie auf. „Meine liebe Alwine, sei doch so gut und schenk uns noch etwas Kaffee ein.“

Während Alwine mit der geblümten Kaffeekanne hantierte, strickte Wilma fleißig weiter. „Hast du übrigens vom schrecklichen Selbstmord von Rüdiger Baumgarten gehört?“

Alwine hielt mitten im Einschenken inne. „Nein, ich war doch ein paar Tage bei meiner Schwester in Köln.“ Der Name Baumgarten war ihr natürlich bekannt. Ein schwerreicher Geschäftsmann, der den chinesischen Markt für sich entdeckt und dort bereits Millionen gescheffelt hatte. „Wie ist es denn passiert?“ Gebannt auf ihre Freundin starrend stellte Alwine die Kaffeekanne ab.

„Ich habe gestern Feuerborn getroffen. Wir saßen zusammen beim Arzt im Wartezimmer.“ Wilma ließ das Strickzeug sinken und blickte Alwine über den Rand ihrer Brille an.

Diese setzte sich Wilma gegenüber in den Sessel und trommelte mit den Fingern nervös auf der Lehne herum. Sobald das Wort Mord fiel, war sie nicht mehr zu halten. „Erzähl mal, lass dir doch nicht immer alles aus der Nase ziehen. Also, ihr wart zusammen beim Arzt, und weiter?“

„Ich bin wegen meinem Bein hingegangen. Was der Feuerborn hatte, weiß ich nicht mehr.“

Alwine verdrehte die Augen. „Ich wollte auch nicht wissen, was für Krankheiten ihr habt, ich wollte wissen, was er dir über den Tod von Baumgarten erzählt hat.“

„Es war das Genick!“ Triumphierend sah Wilma die ehemalige Oberstudienrätin an.

„Baumgarten hat sich das Genick gebrochen?“

„Nein, Feuerborn!“, protestierte Wilma.

„Wie jetzt? Feuerborn hat sich das Genick gebrochen?“

„Quatsch, Baumgarten hat sich umgebracht und Feuerborn hatte was am Genick.“ Glücklich darüber, dass ihr Gedächtnis sie noch nicht im Stich ließ, schmunzelte Wilma. „Ich glaube das heißt HGS, oder so.“

„HWS, Halswirbelsyndrom!“, korrigierte Alwine.

„Ist doch egal, auf jeden Fall hatte er was am Genick, und ich habe mich daran erinnert“, verkündete sie stolz.

„Wilma, wenn es dir nicht so gehen soll wie Arnold“, dabei deutete sie auf das Nachbarhaus, „dann rede endlich!“ Ärgerlich stand sie auf und stampfte dabei mit dem Fuß auf, um ihrer Forderung Nachdruck zu verleihen.

„Herrje, sei doch nicht so nervös, die Polizei hat den Fall doch schon zu den Akten gelegt. Es war eindeutig Selbstmord.“

Alwine musste an Rüdiger Baumgarten denken. Sie war ihm einmal begegnet. Auf einem runden Geburtstag von irgendwem. Keine Ahnung, bei wem und wo das gewesen war. Aber sie erinnerte sich noch ziemlich gut an Baumgarten. Ein Mann, der einen äußerst lebensfrohen Eindruck gemacht hatte. Der stolz von sich und seinen Geschäften erzählt hatte und der damals aussah wie das blühende Leben. Erfolgreicher Geschäftsmann, gesellschaftlich hoch angesehen und „mit nicht wenigen Verbindungen bis ganz nach oben", wie er damals verkündet hatte. Ein Alphatier, dieser Begriff schoss Alwine durch den Kopf, als sie über ihre Begegnung mit Baumgarten nachdachte. Und so einer sollte Selbstmord begangen haben? Alwine konnte es kaum glauben. „Weißt du sonst noch was?", bohrte sie bei ihrer Freundin nach.

Diese war jedoch damit beschäftigt, Maschen zu zählen und ließ sich dabei nicht stören. Erst nachdem sie damit fertig war, war sie wieder ansprechbar. „Was wolltest du wissen?"

Alwine ging das Verhalten ihrer Freundin gewaltig auf die Nerven. Da hatte es einen dubiosen Selbstmord gegeben und die strickte seelenruhig vor sich hin. „Ich habe dich gefragt, ob du noch etwas über den Fall weißt."

„Nö, nur das, was Feuerborn mir erzählt hat." Und schon klapperten wieder die Nadeln.

Alwine ließ sich entnervt in den himmelblauen Ohrensessel sinken. Er war eines von zwei, wie Alwine fand, scheußlichen Möbelstücken, die im Erker des Hauses ihrer Freundin standen. Nachdenklich legte sie die Hände in den Schoß. Wer würde ihr mehr über den Tod Baumgartens erzählen können? Kellermann? Nein, der war nicht gut auf sie zu sprechen, dafür hatte sie ihm schon zu oft ins kriminalpolizeiliche Handwerk gepfuscht. Wer also sonst?

Alwine blickte gerade zum Fenster, als ihr die Lösung kam. Heidrun Hardenberg. Wenn eine etwas wusste, dann die bekannte Klatschkolumnistin. Die steckte ihre Nase in alle möglichen Dinge und kannte Hinz und Kunz. Und wenn es in Bad Oeynhausen Gerüchte gab, wusste Heidrun Hardenberg davon. Alwine sprang auf und ging hinüber in den Flur.

„Willst du schon gehen?“, hörte sie Wilma hinter sich herrufen. „Könntest ja wenigstens auf Wiedersehen sagen!“

„Ich gehe doch noch gar nicht“, antwortete Alwine aus dem Flur, wo sie in ihrer Jackentasche nach dem Handy suchte. „Ich muss nur telefonieren.“

„Das Telefon steht hier auf dem Tisch“, hörte sie Wilma. „Aber das weißt du ja!“

„Ich suche mein Handy, weil ich darin die Nummer gespeichert habe, die ich anrufen will.“ Alwine kam mit dem Mobiltelefon in das Wohnzimmer zurück. „Ich muss nämlich mal dringend mit Heidrun Hardenberg sprechen.“

„Mit der Klatschtante?“ Wie die britische Königin, die soeben von einer neuen Eskapade ihrer Kinder hört, schien auch Wilma *really not amused.* „Der kannst du weder trauen, noch was erzählen, die tritt sofort alles breit. Am nächsten Tag findest du dann deine Äußerungen völlig verdreht in ihrer Klatschspalte wieder.“ Wilma mochte die aufgetakelte Blondine nicht. Sie war es gewesen, die damals den Skandal um den Chef ihres verstorbenen Mannes aufgedeckt hatte. Seitdem hatte sie bei Wilma schlechte Karten, und das würde sich niemals ändern. Nach hundert Jahren nicht.

Alwine ließ sich mit dem Mobiltelefon wieder im Sessel nieder. „Mag ja sein, dass sie ihre Klappe nicht halten kann. Bei ihr muss man halt vorsichtig sein. Sich nur Informationen holen und nichts erzählen“, riet sie und klickte sich bereits durch den Speicher ihres Telefons. „Mach dir mal keinen Kopf, ich pass schon auf.“

Nach dem vierten Klingeln wurde das Gespräch angenommen. „Hardenberg“, meldete sich die Kolumnistin. Ihre Stimme ähnelte dem Klang einer laufenden Kreissäge und hatte die Lautstärke eines Abrissbaggers. Erschrocken riss sich Alwine das Handy vom Ohr.

„Wer ist denn da?“, hörte sie Heidrun Hardenberg deutlich fragen, obwohl der Hörer jetzt ziemlich weit vom Ohr entfernt war.

Wilma hatte es auch gehört und grinste nur.

„Hallo Heidrun, hier ist Alwine, Alwine Bußmann."

„Alwinchen." Die so Angesprochene bereute den Anruf sofort, denn wenn es etwas gab, das sie hasste, dann war es jegliche Verballhornung ihres Namens. „Heidrun, ich brauche mal deine Hilfe", ging sie schnell über diesen wunden Punkt hinweg, „ich würde gerne wissen, was du über den Selbstmord von Rüdiger Baumgarten weißt."

„Baumgarten, ach herrje, da sagst du was. Ich bin ja der Meinung, dieser Kerl hatte Dreck am Stecken, aber deswegen gleich ins Gras beißen, ich meine, ich konnte ihn ja noch nie leiden, was vermutlich sogar auf Gegenseitigkeit beruht hat, aber den Tod hätte ich ihm dann doch nicht gewünscht."

Was für ein Redeschwall. So in etwa musste es sein, wenn man einen Staudamm öffnete. Alwine kam auch nur dazwischen, weil sogar Heidrun Hardenberg ab und zu mal Luft holen musste. „Mich interessiert, wie er sich getötet hat. Und natürlich warum. Ich hatte ihn als gewieften Geschäftsmann in Erinnerung, den so schnell nichts erschüttern konnte."

„Genau, was du sagst. Ausgebufft bis an den Kragen seiner teuren Seidenhemden und unerschütterlich in seinen Ansichten. Ich habe mich auch gewundert, warum der die Notbremse gezogen hat. Und dann auch noch auf eine solche Art und Weise."

Alwine trommelte nervös mit den Fingern. Diese Person machte sie fast ebenso wahnsinnig wie Wilma. Warum kam die nicht endlich zur Sache? „Nun mach es nicht so spannend, Heidrun, erzähl endlich, wie es passiert ist."

Die Klatschkolumnistin holte hörbar Luft. Dann folgte der nächste Wortschwall. „Du kannst es dir nicht vorstellen. Mitten ins Herz. Kellermann, du kennst doch den Kriminaloberrat, oder? Auch Kellermann hat mir, natürlich ganz im Vertrauen, gesagt, dass er so was noch nie gesehen hat."

„Was?" Alwine atmete tief ein und aus, um nicht zu explodieren.

„Dass sich jemand selber mitten ins Herz schießt. In den Kopf ja, aber ins Herz, das war auch für Kellermann neu."

„Wer hat ihn denn gefunden?" Alwine nutzte die erneute Gesprächspause sofort aus.

„Seine Haushälterin. Die ist schon viele Jahre bei ihm. Sie war es, die ins Haus kam und ihn tot im Sessel sitzen sah. Die Waffe lag neben ihm auf dem Boden, und auf dem Tisch lag der Abschiedsbrief."

Alwine hakte nach. „Ein Abschiedsbrief?"

„Ja, mit Computer geschrieben und ohne Unterschrift."

Seltsam, dachte Alwine. Das klang alles irgendwie sonderbar. „Gab es sonst noch was Auffälliges?", wollte sie von der Reporterin wissen.

„Nein, keine Hinweise auf Fremdverschulden oder etwa Einbruchsspuren. Die Waffe, eine Pistole, gehörte ihm selber und war immer im Safe eingeschlossen. Auch der Abschiedsbrief mittels Computer war nicht ungewöhnlich, da Baumgarten eine derartige Sauklaue hatte, dass er sogar die Einkaufszettel für seine Haushälterin mit dem PC schrieb."

Alwine legte die Hand flach auf die Sessellehne. „Hast du denn gehört, wer alles erbt? Soweit ich weiß, war er doch wohl unverheiratet und kinderlos."

Heidrun Hardenberg kicherte. „Deswegen ist er ja einer der begehrtesten Junggesellen in ganz Bad Oeynhausen, nein, war er", verbesserte sie sich schnell. „Von Kindern weiß ich nichts, aber ich will mich gerne mal umhören. Aber vielleicht …" Sie zog das letzte Wort extrem in die Länge.

„Was, aber?" Alwine hasste es, wenn man ihr Informationen nur bröckchenweise vorwarf.

„Vielleicht erbt der Hund alles."

„Welcher Hund?"

Heidrun Hardenberg räusperte sich. „Baumgarten hatte einen Pudel, den er abgöttisch liebte. Böse Zungen behaupteten, er sei mit ihm verheiratet gewesen. Vielleicht erbt der Köter ja alles."

Alwine runzelte die Stirn.

„Aber ich verspreche dir, ich sage dir Bescheid, sobald ich was Neues höre.“ Die Reporterin kannte Alwines Vorliebe für Mordfälle. „Aber wenn du was rauskriegen solltest, musst du mich auch anrufen, okay?“

Alwine versprach es und beendete dann das Gespräch. Noch eine Weile blieb sie grübelnd im Sessel sitzen. Sie wurde das Gefühl nicht los, dass bei diesem Fall irgendetwas stank. Nur was?

***

Untergehakt bei ihrer Freundin schlenderte Alwine an der Villa des Verstorbenen vorbei. Ein langer, weißer Eisenzaun mit lanzenähnlichen Spitzen friedete das Grundstück sicher ein. Immer wieder unterbrochen von hohen, rechteckigen Steinsäulen, auf denen Löwenfiguren aus Sandstein thronten. Hinter dem Zaun erkannte man einen gepflegten Vorgarten und eine weiße Villa mit prachtvollen Säulen. Ein Kiesweg führte vom doppelflügeligen Einfahrtstor in leicht geschwungenem Bogen am Eingang vorbei.

Als die beiden Damen ein paar Meter weitergegangen waren, schoss plötzlich ein schwarzer Pudel wie der geölte Blitz hinter einer niedrigen Buchsbaumhecke hervor und sprang kläffend am Eisengitter hoch. Erschrocken blieben die beiden Frauen stehen. Einige Sekunden später erschien auf der anderen Seite des Zauns eine ältere Dame. Sie trug einen Kittel, Gummihandschuhe und hatte einen Putzeimer in der Hand.

„Fido, sei still, warum schimpfst du denn so?“ Eine Frage, die der Pudel mit noch wütenderem Bellen beantwortete.

„Seien Sie doch froh, der passt wenigstens auf.“ Alwine ging in die Hocke, und der Pudel wich sicherheitshalber ein paar Schritte zurück. „Beißt der?“ Alwine hielt die Hand an das Gitter, traute sich aber noch nicht, sie hindurchzustecken.

„Ach was, der hat nur eine große Klappe“, erwiderte die ältere Dame.

Wilma mischte sich in das Gespräch ein. „Wenn ich so ein tolles Haus hätte, dann würde ich mir auch einen Hund anschaffen.“

Die ältere Dame seufzte und in ihren Augen schimmerten Tränen. „Wenn Sie genug Geld haben, können Sie dieses Haus ja vielleicht bald kaufen.“

Hoffentlich machte sie jetzt keinen Fehler, dachte Alwine und beobachte den Hund, der sich langsam wieder ans Gitter traute.

Natürlich waren sie nicht zufällig hier am Hause von Baumgarten vorbeigekommen, sondern um Alwines Neugier zu stillen. Nichts in der Welt hätte sie davon abbringen können, sich den Schauplatz des vermeintlichen Selbstmordes anzusehen. Vorsichtig schob sie ihre Hand durch das Gitter und ließ den Pudel daran schnuppern.

„Ich bin nur eine arme Oberfinanzsekretärswitwe“, bekannte Wilma, „auch wenn ich noch hundert Jahre Pension kriegen würde, das Geld würde nicht mal für die Garage reichen.“ Alwine kraulte den Pudel und blickte zu der älteren Dame hinauf. „Wieso ist das Haus denn zu verkaufen?“

„Es gab ein tragisches Unglück. Der Besitzer hat sich das Leben genommen.“

„Oh je, so was kann sich sehr negativ auf den Kaufpreis auswirken“, vermutete Wilma und spähte an der älteren Dame vorbei in den Garten.

Alwine schüttelte den Kopf und verdrehte die Augen. Eines musste man ihrer Freundin lassen, sie hatte das Taktgefühl eines Panzers. „Mein herzliches Beileid, ich hoffe, es war niemand aus Ihrer Familie.“

„Nicht direkt, ich bin bloß die Haushälterin und schon lange hier. Da ist man irgendwie schon ein Teil der Familie geworden. Obwohl es ja eigentlich gar keine richtige Familie gibt. Und jetzt werde ich wohl arbeitslos“, vermutete sie.

Alwine zog die Hand aus dem Gitter und richtete sich auf. „Darf man so indiskret sein und fragen, wem das Haus gehört hat, Frau ...?“

„Rose, Elvira Rose“, stellte sich die Haushälterin vor. „Das Haus hat Herrn Baumgarten gehört.“ Sie unterdrückte ein Schluchzen. „Oh Gott, wie ist das alles nur schrecklich.“

Über einen genauen Plan, wie sie näher an den gruseligen Schauplatz herankommen konnten, hatte sich Alwine vorher keine Gedanken gemacht, doch jetzt ritt sie der Teufel. „Mein Name ist Mira von Walsdorf“, log sie unvermittelt los.

Wilma starrte ihre Freundin an, als sei diese gerade einer fliegenden Untertasse entstiegen. Bevor die rundliche Rentnerin sie verraten konnte, fuhr Alwine fort. „Ich bin hier in Bad Oeynhausen bei meiner Freundin zu Besuch. Eigentlich wohne ich ja in Bayern, wo sich auch unser Familienschloss befindet.“

Als Wilma den Mund öffnen wollte, um etwas zu sagen, versetzte ihr Alwine unbeobachtet einen kräftigen Rippenstoß. „Ich muss sagen, Bad Oeynhausen gefällt mir ausgesprochen gut, und wir suchen hier schon lange nach einem geeigneten Domizil.“ Alwine strich sich mit einer gezierten Bewegung über ihre Frisur. „Sie müssen wissen, mein Gatte, Graf Gero von Walsdorf, weilt hier öfter zur Behandlung im Herzzentrum. Und ich habe keine Lust mehr, immer aus dem Koffer leben zu müssen. Hubert, das ist mein Mann, Hubert habe ich gesagt, wir sollten uns hier etwas Eigenes suchen.“

Wilma bekam vor lauter Staunen über die dreisten, aber souverän vorgetragenen Lügen kaum noch den Mund zu. Aber es sollte noch weitergehen.

„Sehen Sie, manchmal scheint es Schicksal zu sein, wenn man einem so netten Menschen wie Ihnen begegnet. Und wie schon das Sprichwort sagt: Des einen Leid, des anderen Freud!“

Als Frau Rose sie verständnislos ansah, lieferte ihr Alwine umgehend die Erklärung. „Sie sagten gerade, dass dieses Haus möglicherweise verkauft würde, und mein Mann und ich suchen etwas in dieser Größenordnung. Sehen Sie, und da wir zeitweise in Bayern und zeitweise hier leben würden, wäre es wichtig, jemanden zu haben, der sich während unserer Abwesenheit um das Anwesen kümmert."

Frau Rose nickte, da sie langsam die Bedeutung von Alwines Worte zu verstehen schien. Dabei hellte sich ihre Miene sichtbar auf.

„Das ist aber alles noch nicht spruchreif", bremste Alwine ihre Hoffnungen. „Ich weiß ja auch noch gar nicht, ob mir das Haus gefällt, und wenn ich ganz ehrlich bin, dann möchte ich auch keinem Makler eine dicke Provision in den Rachen werfen."

Die Haushälterin blickte Alwine an. „Ich meine, wenn Sie wollen", verschwörerisch blickte sie sich um, „dann können Sie gerne einen Blick ins Haus werfen." Als sie Wilmas entsetzten Gesichtsausdruck bemerkte, winkte sie beschwichtigend ab. „Sie müssen keine Angst haben, es ist alles schon wieder sauber."

Alwine tätschelte ihrer Freundin beruhigend den Unterarm. „Meine Liebe, wo bleibt dein Sinn für Abenteuer?"

Frau Rose deutete auf das Eingangstor. „Kommen Sie, ich lasse Sie herein."

Wilma brummelte irgendetwas in sich hinein, ließ sich dann von ihrer Freundin aber zum Eingang ziehen. „Weißt du überhaupt, was du da machst?", zischte sie Alwine an. „Der armen Frau solche Hoffnungen zu machen und sich dabei noch als Baronin auszugeben."

„Gräfin!", verbesserte Alwine ihre Freundin. „Gräfin von Walsdorf."

Wilma schürzte verdrießlich die Lippen. „Ich bin erstaunt, wie leicht man manche Leute anlügen kann. Bei mir wärst du damit nicht durchgekommen."

Alwine zog ihre Freundin weiter in Richtung Tor, das von Frau Rose bereits geöffnet wurde. „Ach, und wieso nicht?“

„Alwine Bußmann als Gräfin von Walsdorf aus Bayern. Du sprichst doch gar nicht bayrisch!“

***

Zurück zu Hause bei Wilma in der Goethestraße, ließ Alwine noch einmal alle Beobachtungen und Fakten an sich vorbeiziehen. Am Ende der Besichtigung hatte sie dann doch zurückrudern müssen. Das Haus sei vermutlich doch ein wenig zu groß, und ihrem Mann würde sicherlich ein Pool fehlen. Er sei es gewohnt, jeden Morgen vor dem Frühstück seine Bahnen zu ziehen. Zuvor jedoch hatte sie Frau Rose durch das ganze Haus geführt und auch vor dem Ort des Selbstmordes nicht Halt gemacht. Als sie den Raum betraten, bemerkte Alwine, wie sich Wilma in ihren Oberarmen krallte. Dabei gab es hier doch gar nichts mehr zu sehen. Der blutige Sessel, in dem der Tote gesessen hatte, war bereits entsorgt worden und Frau Rose hatte alle Spuren des Verbrechens beseitigt.

„Und hier hat bestimmt der Abschiedsbrief gelegen, oder?“ Alwine deutete auf ein kleines, nun einsam dastehendes Beistelltischchen.

„Ja, genau hier.“ Die Haushälterin trat an das Tischchen heran, zog einen Putzlappen aus der Kitteltasche und staubte damit die Tischplatte ab, auf der kein Stäubchen zu sehen war. Anscheinend war es eher eine routinemäßige Handlung. „Sonderbar daran ist, dass der Computer im Arbeitszimmer im Erdgeschoss steht. Er muss also den Brief dort geschrieben und ausgedruckt haben.“

„Und wo befand sich der Safe, in dem die Waffe immer lag?“

Die Haushälterin blickte Alwine erstaunt an. „Woher wissen Sie denn das alles? Ich meine das mit dem Abschiedsbrief und dem Safe und der Pistole?“

Wilma bemerkte, wie ihre Freundin errötete, und staunte, wie geistesgegenwärtig sie sich aus der Affäre zog.

„Mein Neffe ist bei der Polizei. Sie wissen ja, wie das so ist, wenn die Verwandtschaft zu Besuch kommt. Man redet über dies und das."

Die Haushälterin wunderte sich. „Ihr Neffe wohnt in Bad Oeynhausen und Sie in Bayern?"

Alwine blieb nichts anderes übrig, als noch dreister zu lügen. „Sie sagen es, meine Liebe. Mein Neffe ist nämlich mit einer Krankenschwester aus dem hiesigen Herzzentrum verheiratet, und so sind mein Mann und ich auch auf Bad Oeynhausen gekommen."

Wilma bekam einen Hustenanfall und musste sich wegdrehen.

Frau Rose nickte ergeben. „Ja, wenn man was am Herzen hat, ist man hier in Bad Oeynhausen bestens aufgehoben."

Die ehemalige Oberstudienrätin ließ nicht locker. „Sie wollten gerade etwas über Safe und Pistole sagen", erinnerte sie.

„Ach ja, der Safe befindet sich auch im Arbeitszimmer. Er ist dort in die Wand eingebaut und hat ein Zahlenschloss." Frau Rose traten erneut die Tränen in die Augen. „Ich sehe ihn noch ganz genau hier sitzen, den Kopf auf das Kinn gesunken und diesen riesigen Blutfleck auf seinem Hemd. Sein rechter Arm hing über die Sessellehne, und die Waffe lag neben dem Sessel auf dem Boden." Frau Roses Putzbewegungen auf dem Beistelltischchen wurden heftiger. „Der Kriminalbeamte meinte auch, dass er so etwas noch nie gesehen hat, ein Selbstmörder, der sich selber ins Herz schießt."

Alwine war einen Schritt zur Seite getreten. „Genau das hat mein Neffe auch gesagt", log sie. Dann trat sie einen Schritt auf Frau Rose zu und streichelte ihr den Rücken. „Sie tun mir richtig leid."

Dankbar blickte die Haushälterin sie an.

Es war dann auch dieser Blick gewesen, der es Alwine nicht einfach machte, ihre Hoffnungen auf die Übernahme in den Dienst der Familie derer von Walsdorf zunichte zu machen. Und wenn sie ganz ehrlich war, kam sie sich dabei ganz schön schäbig vor. Die Gefühle einer armen Frau auszunutzen, nur um ihre eigene Neugier zu stillen, pfui Teufel!

Doch der Gedanke, dass Baumgarten sich selber umgebracht haben sollte, erschien ihr nicht einleuchtend. Warum dieser Weg in den ersten Stock, warum erschoss er sich nicht direkt in seinem Büro? Warum schrieb er den Brief mit dem Computer, und warum unterschrieb er ihn nicht? Fragen über Fragen. Morgen würde sie Kellermann mit diesen Fragen mal auf die Bude rücken, aber jetzt gab es erst mal Abendbrot.

***

Der Kriminaloberrat war alles andere als begeistert, als die beiden alten Damen, die ihn schon so so oft genervt hatten, unvermutet in sein Büro platzten. Und das ausgerechnet zu seiner hochheiligen Teestunde. Widerstrebend bot Kellermann ihnen Platz an und überlegte, welche Möglichkeiten blieben. Den Tee kalt werden lassen und erst trinken, wenn die beiden wieder weg waren, oder auch ihnen einen Earl Grey anbieten, und so selber in den Genuss eines heißen Getränks kommen? Kellermann entschied sich für Letzteres.

Als er aus der Teeküche zurückkam, saßen seine beiden Besucherinnen immer noch brav und artig auf ihren Stühlen. Den Kriminaloberrat hätte es jedoch nicht gewundert, wenn sie zwischenzeitlich seine Akten durchwühlt hätten. Er kannte ihre Neugier nur zu gut. Kellermann stellte die Teetassen vor die Damen, setzte sich dann wieder hinter seinen Schreibtisch und griff zur eigenen Tasse. Genießerisch roch er daran, dann nahm er einen kleinen Schluck, um anschließend verzückt die Augen zu schließen.

Auch Wilma und Alwine probierten Kellermanns Gebräu. Als langjährige Teetrinkerin schätzte Alwine den typischen Geschmack dieser Sorte. Ihre Freundin hingegen kannte bislang anscheinend nur Pfefferminz- oder Hagebuttentee. „Schmeckt ein bisschen stark nach Zitrone, oder?"

Kellermann verschluckte sich an seinem Tee und musste husten.

„Das ist der Geschmack von Bergamotte, nicht von Zitrone", verbesserte Alwine sie.

Kellermann, der zwischenzeitlich wieder Luft bekam, stellte seine Teetasse ab. „Gnädige Frau, was Sie hier trinken ist der weltberühmte Earl Grey Tee. Er wurde nach dem ehemaligen britischen Premierminister Charles Grey benannt."

„Und der hat Zitronen in den Tee geschüttet?", wollte Wilma wissen.

„Bergamotte! Das ist Bergamotte, nicht Zitrone!" Alwine korrigierte ihre Freundin erneut und erntete dafür einen dankbaren Blick von Kellermann.

Um Wilma nicht ganz dumm sterben zu lassen, entschloss sich Kellermann, ihr die Legende von der Entstehung dieser Teesorte zu erzählen. Angeblich war bei einem Sturm, auf einem Schiff der *East India Company* die Ladung durcheinander geworfen worden. Dabei hatte sich Bergamotteöl über die mitgeführten Teeballen ergossen und sie so getränkt. Lord Grey besah sich den Schaden und beschloss, den so verunreinigten Tee vor dem Wegwerfen zu probieren. Da der neue Geschmack guten Anklang fand, entschloss sich Grey, diesen derart aromatisierten Tee in den Handel zu bringen.

Wilma hatte ihm aufmerksam zugehört. „Da kann man mal sehen, dass der Spruch meines Großvaters doch tatsächlich stimmt."

Alwine und der Kriminaloberrat schauten sie neugierig an.

„Der hat immer gesagt, egal was Schlimmes passiert, es hat auch immer etwas Gutes." Wilma nahm noch einen Schluck aus der Tasse. „Das hier ist wohl das beste Beispiel dafür. Auch wenn er mir doch ein bisschen zu sehr nach Zitrone schmeckt.“

Um zu verhindern, dass Kriminaloberrat Kellermann explodierte, beschloss Alwine, zügig das Thema zu wechseln. Auch auf die Gefahr hin, ihn an den Rand des nächsten Herzinfarkts zu bringen. „Ich habe ja noch gar nicht erklärt, warum wir zu Ihnen gekommen sind“, beeilte sie sich, vom Thema Tee abzulenken.

Kellermann starrte Wilma an, die mit Unschuldsmiene und Teetasse in der Hand neben ihrer Freundin saß. Dann riss er sich von ihrem Anblick los und wandte sich Alwine zu. „Äh, was sagten Sie gerade?“

„Dass ich Ihnen noch gar nicht den Grund genannt habe, warum wir Sie mit unserem Besuch beehren.“

Kellermann stellte seine Teetasse zur Seite. „Dann schießen Sie mal los!“

Alwine erzählte ihm von ihrer Begegnung mit Rüdiger Baumgarten und ihrer Einschätzung seiner Person. Dass sie ihn für einen lebenslustigen und äußerst sachlichen Menschen gehalten hatte und dem sie keinen Selbstmord zutraute.

Wenn Kellermann von ihrer neuerlichen Einmischung in die polizeiliche Arbeit nicht begeistert war, so ließ er es sich nicht anmerken. Doch als Alwine den Namen Heidrun Hardenberg ins Spiel brachte, verdüsterte sich Kellermanns Miene prompt. Und als sie ihm dann wahrheitsgemäß vom Besuch im Hause Baumgarten erzählte, tendierte die Toleranzgrenze des Earl gefährlich nah gen Null. Es wollte ihm nicht in den Kopf, warum diese beiden alten Schachteln nicht aufhören konnten, ständig ihre Nasen in irgendwelche Kriminalfälle zu stecken. Sollten sie sich doch um Stricken, Häkeln oder Enkelkinder kümmern. Aber was alles noch viel schlimmer machte, war die Tatsache, dass sie das eine oder andere Mal bei der Aufklärung dieser Straftaten sogar erfolgreich gewesen waren.

„Sehen Sie, das alles finde ich sehr sonderbar“, verkündete Alwine, nachdem sie Kellermann ihre sämtlichen Überlegungen präsentiert hatte.

„Und zu welchem Schluss kommen Sie, Frau Oberstudienrätin?“ Aus Kellermanns Worten tropfte der Sarkasmus nur so heraus. Alwine reagierte überhaupt nicht auf dessen Unterton. „Ich denke, es spricht mehr gegen einen Selbstmord als dafür. Vor allem eine Äußerung von Frau Rose, der Haushälterin, hat mich besonders stutzig gemacht.“

„Ach, und welche war das?“ Der Kriminalbeamte wurde neugierig.

„Sie erzählte mir, dass sie ihren Chef am Vortage noch im Kurpark gesehen hat.“

„Welch außergewöhnliche Feststellung“, kommentierte Kellermann.

„Außergewöhnlich sicherlich nicht, aber ihr war es seltsam vorgekommen, dass ihr Chef sie gar nicht erkannt hat.“

„Vermutlich hat er sie nicht bemerkt oder war in Gedanken“, mischte sich nun auch Wilma in das Gespräch ein.

Kellermann nickte zustimmend.

„Das habe ich mir auch schon gedacht“, gestand Alwine ein, „aber sie erzählte außerdem, dass er Kleidungsstücke trug, die sie noch nie an ihm gesehen hatte.“

Kellermann lehnte sich entspannt in seinem Sessel zurück. „Wie wäre es mit: Herrenausstatter, Bekleidungsgeschäft, Kaufhaus?“, schlug er vor.

„Oder Butike“, fügte Wilma hinzu, ohne sich auch nur im Geringsten um die korrekte Aussprache zu kümmern.

Alwine schüttelte den Kopf. „So schlau war ich auch und habe Frau Rose danach gefragt. Du warst doch dabei, meine Liebe. Weißt du noch, was sie geantwortet hat?“ Herausfordernd blickte sie ihre Freundin an.

„Dass Baumgarten eine sehr empfindliche Haut besessen habe und sie daher jedes Kleidungsstück vor dem Tragen waschen müsse.“

„Sehen Sie, Herr Kriminaloberrat, das ist es, was mich stört. Wieso trug der Mann also Sachen, die seine Haushälterin vorher nicht gewaschen hatte? Sie haben sie ja an der Leiche gesehen.“

Kellermann beugte sich vor und faltete die Hände auf dem Schreibtisch. „Und trotzdem bleibt es Selbstmord“, erklärte er bestimmt. „Es gibt keinerlei Hinweise darauf, dass es etwas anderes gewesen sein könnte. Baumgarten schreibt seinen Abschiedsbrief, druckt ihn in seinem Arbeitszimmer aus, holt die Waffe aus dem Safe und begibt sich damit in die erste Etage. Dort setzt er sich in einen Sessel, nimmt die Waffe in die Hand, hält sie sich ein Stück vor die Brust und drückt mit dem Daumen im Abzug ab. In dem Moment, in dem die Kugel sein Herz trifft, fällt sein Arm zur Seite, er lässt die Waffe los, und sie landet neben dem Sessel auf dem Boden. Sein Arm hing über der Lehne, als wir ihn gefunden haben. Ende der Fahnenstange!“

Alwine blickte nachdenklich auf den Boden. „Da gibt es aber noch eine Sache, über die wir noch nicht gesprochen haben. Das Motiv.“

„Und über das wir auch gar nicht sprechen müssen“, fiel ihr Kellermann ins Wort. „Ich darf Sie noch einmal daran erinnern, dass es sich hier um eine polizeiliche Ermittlung handelt. Deshalb besteht für mich eigentlich überhaupt keine Veranlassung, mit Ihnen darüber zu reden.“

„Siehst du, Alwine, ich hatte doch gesagt, dass der Herr Kriminaloberrat im Dreieck springen würde, wenn du ihm deine absurde Theorie vorträgst.“ Das war wieder einer dieser Momente, in dem Alwine sich fragte, warum sie überhaupt mit Wilma befreundet war. Wer sie zur Freundin hatte, brauchte keine Feinde. „Ich sage es mal so: Baumgarten ist tot, und wenn es kein Selbstmord war, dann muss es Mord gewesen sein! Einen Unfall können wir ja wohl ausschließen, oder?“ Die Frage hatte Alwine in bester Manier einer Oberstudienrätin gestellt. Ein Tonfall, der die andern beiden beeindruckte.

„Also, was das Motiv angeht, da tappen wir auch noch völlig im Dunklen“, lenkte Kellermann ein, da er einsah, dass er die beiden schneller los würde, wenn er noch diese letzte Frage beantwortete. „Seine Geschäfte gingen gut, nach Aussage seines Hausarztes war er völlig gesund, und auch seine Finanzlage gab keinerlei Anlass zur Besorgnis.“

Zufrieden nickte Alwine bei dieser Auskunft. Kellermann stand auf.

„Da ist bloß eine Sache, aber die ist unbestätigt.“

Neugierig geworden beugten sich beide Damen in seine Richtung.

„Es gab da ein Gerücht, wonach Baumgarten seine Zelte hier in Bad Oeynhausen abbrechen und nach China gehen wollte.“ Er hob warnend den Zeigefinger. „Aber wie gesagt, meine Damen, das ist nur ein Gerücht.“

„An jedem Gerücht klebt oft ein Fitzelchen Wahrheit“, kommentierte Wilma seine Aussage.

Alwine hingegen sagte gar nichts, sie schien mit ihren Gedanken ganz woanders zu sein.

***

„Guck mal, Baumgarten steht in der Zeitung.“ Alwine saß mit ihrer Freundin im Café Finselbach in der Klosterstraße, und Wilma streckte ihr die Tageszeitung entgegen.

„Seine Todesanzeige?“

„Ja, die auch, aber im Lokalteil steht ein Artikel über ihn. Wie er an sein Geld gekommen ist, und wie bekannt er war.“

Alwine nahm die Zeitung und vertiefte sich in den Artikel. „Sieh mal einer an, da gibt es doch tatsächlich sogar noch eine Gedenkveranstaltung. Organisiert von seinen Angestellten.“

Wilma hatte einen Augenblick lang nicht zugehört, da sie mit der Auswahl ihrer Torte beschäftigt war. „Was machen die, einen Gedenkgottesdienst?“

„Nein, sie laden zu einer Gedenkveranstaltung im Garten seines Hauses ein. Die soll übermorgen stattfinden. Hier steht, dass er eingeäschert wird und dass es keine Beisetzungsfeier geben wird sondern eine Seebestattung. Auch ein kirchliches Zeremoniell ist nicht geplant, da Baumgarten Atheist war."

„Atheist? Gibt es heute so was überhaupt noch? Ich dachte, dieser ganze Logenkram hätte sich längst erledigt."

Alwine seufzte ergeben. „Da wirfst du etwas durcheinander. Logen gibt es bei den Freimaurern. Atheisten sind Leute, die nicht an Gott glauben. Daher auch der Verzicht auf eine kirchliche Trauerfeier."

„Ich will auf jeden Fall beerdigt werden. Neben meinem Mann. Erstens weiß ich ja gar nicht, ob ich von dem Feuer nicht doch noch was spüre, und zweitens haben wir die Gruft für 20 Jahre gemietet. Dann muss sie doch auch genutzt werden."

Alwine war erstaunt, über welche Dinge sich ihre Freundin so Gedanken machte.

„Was hast du übermorgen Nachmittag so gegen drei Uhr vor?"

Wilma winkte der Bedienung. „Lass mich mal überlegen. Meine Tochter kommt am Freitag, zum Arzt muss ich morgen ... Übermorgen Nachmittag habe ich Zeit."

„Dann lade ich dich ein, mit mir zusammen die Gedenkveranstaltung für Rüdiger Baumgarten zu besuchen."

„Und warum?"

Alwine tippte sich mit dem Zeigefinger auf den Bauch. „Ich habe hier so ein ganz komisches Gefühl."

***

Der Park hinter der Villa des Verstorbenen war mindestens dreimal so groß wie der Vorgarten und von Gärtnerhand in ein kostbares Kleinod verwandelt worden.

Als Alwine und Wilma ankamen, war das doppelflügelige Tor komplett geöffnet, und auf der Straße vor der Villa parkten bereits jede Menge kostspieliger Limousinen. Damen und Herren in Trauerkleidung passierten zwei Angestellte, die sich rechts und links am Eingang postiert hatten. Ein weiterer wies ihnen den Weg in den Garten. Alwine und Wilma schlossen sich den Leuten an und saßen alsbald auf Stühlen, die man für die große Menge an Besuchern auf der gepflegten Rasenfläche aufgestellt hatte. Davor befand sich ein Rednerpult mit Mikrofon. Rechts daneben eine Staffelei mit einem großen, gerahmten Porträt von Baumgarten. Versehen mit einer schwarzen Schleife.

Nach und nach füllten sich die Stuhlreihen, und bald wurde es so voll, dass einige Leute keinen Sitzplatz mehr fanden. Ergeben nahmen sie rechts und links neben den Stuhlreihen Aufstellung. Alwine, die ihre Freundin ziemlich weit nach hinten, auf die rechte Seite an das Ende einer Stuhlreihe gelotst hatte, genoss ihren guten Überblick.

Unruhig wurde es, als Frau Rose mit Pudel Fido erschien. Die pietätvolle Stille, nur untermalt von dem leisen Gemurmel der Gäste, wurde jäh vom wütenden Bellen des Pudels unterbrochen. Der kleine Hund konnte sich kaum noch beruhigen und kläffte jeden Besucher an, den er passierte. Lediglich bei einem älteren Herrn mit grauem Vollbart und dicker Hornbrille mit abgedunkelten Gläsern, blieb er stehen und wedelte. Als er an ihm hochsprang, wurde er gestreichelt, von Frau Rose aber sofort zurückgezogen. Sich entschuldigend zerrte sie den Pudel hinter sich her bis ans Rednerpult. Ein Angestellter brachte zwei Stühle, und unaufgefordert nahm Frau Rose auf dem einen Platz, während Fido wie selbstverständlich auf den anderen sprang.

Gerade als ein älterer Herr aus der ersten Reihe sich erhob und begleitet von Fidos Bellen ans Rednerpult trat, vibrierte Alwines Handy in ihrer Manteltasche. „Ich muss mal eben weg“, flüsterte sie ihrer Freundin zu und bahnte sich entschuldigend einen Weg durch die stehenden Trauergäste. Sicherheitshalber brachte sie ein paar Meter Abstand zwischen sich und die Veranstaltung, bevor sie das Gespräch annahm.

Die Klatschkolumnistin Heidrun Hardenberg war am Apparat. Alwine erklärte ihr kurz, wo sie war, dann lauschte sie den Ausführungen der Anruferin. Mit erstauntem Gesichtsausdruck beendete sie nach einigen Minuten das Gespräch. Langsam, und völlig perplex kehrte sie auf ihren Sitzplatz zurück.

Wilma musterte sie aufmerksam von der Seite. „Was ist denn mit dir los?“, wollte sie wissen. „Du siehst ja vollkommen verwirrt aus.“

„Das bin ich auch“, gestand Alwine und richtete ihren leeren Blick nach vorn. Von den salbungsvollen Worten des älteren Herrn am Rednerpult bekam sie nichts mit. Ihr Gehirn arbeitete auf Hochtouren. Was wäre wenn? War es möglich, dass …?

Ganz langsam entstand vor ihrem inneren Auge ein Szenario, welches so unwahrscheinlich erschien, dass es fast schon wieder möglich war. Und es formte sich die Frage, wie sie weiter vorgehen sollte. Sekt oder Selters, machte sich Alwine Mut, legte ihrer Freundin beruhigend die Hand auf den Unterarm und stand erneut auf. Ungeachtet einiger genervter Blicke der Umstehenden wandte sie sich diesmal nach hinten und befand sich hinter der sitzenden Trauergemeinde, als sie ihr Handy erneut aus der Manteltasche fischte. Schritt für Schritt ging sie weiter rückwärts, immer darauf achtend, dass niemand zu ihr herüberblickte oder sich gar umdrehte. Wenn sie mit ihrer Vermutung richtig lag, dann musste sie jetzt äußerst vorsichtig sein. Noch einmal ließ sie den Blick über die Anwesenden schweifen, dann begann sie zu wählen.

***

Die Verblüffung einiger Trauergäste war recht groß, als sie sich beim Verlassen des Grundstückes plötzlich vier uniformierten Polizeibeamten gegenübersahen. „Wir haben doch wohl hoffentlich nicht falsch geparkt?“, fragte ein jüngerer Mann, der auf einen Porsche zusteuerte. „Nein, nein, meine Kollegen und ich sind aus einem anderen Grund hier“, beruhigte ihn Kriminaloberrat Kellermann.

In diesem Moment kam auch schon Alwine angerauscht, ihre rundliche Freundin im Schlepptau. „Gut, dass Sie da sind.“ Erleichtert kamen sie bei den Polizisten an.

„Dann zeigen Sie mir mal, wen Sie meinen“, forderte Kellermann sie auf.

Alwine blickte sich aufmerksam um. „Ich hoffe mal, dass unser Mann sich sicher fühlt und nicht versucht, zu türmen.“

„Och, die Jungs hier sehen ganz schön sportlich aus“, deutete Wilma auf die vier jungen Polizisten. „Ich denke, die holen den nach ein paar Metern ein.“

Alwine reckte den Hals und drehte den Oberkörper, um jeden Einzelnen der Trauergäste sehen zu können, der das Grundstück verließ. Dann bemerkte sie ihn. Ohne eine Spur von Aufregung verließ der Mann das Grundstück.

Alwine stieß Kellermann mit dem Ellbogen an. „Da ist er!“, zischte sie.

Augenblicke später war der Mann von vier Polizisten umringt und sah sich Kellermann und den beiden Damen gegenüber. „Meine Herren, ich hoffe, Sie können mir erklären, was dieser Überfall zu bedeuten hat.“ Der ältere, grauhaarige Mann schien die Ruhe selbst zu sein.

Kellermann räusperte sich verlegen, was tat er hier nur? „Nun ja, es ist so, dass diese Dame hier“, er deutete auf Alwine, „Sie des Mordes beschuldigt.“

Mit belustigtem Gesichtsausdruck blickte der ältere Herr die ehemalige Oberstudienrätin an. „So so, und wen soll ich ermordet haben?“

Alwine schluckte. Jetzt oder nie! „Ihren Bruder.“

Der Mann lachte laut auf. „Gnädige Frau, Sie scheinen eine blühende Fantasie zu haben. Erstens habe ich keinen Bruder, und zweitens, wo soll ich denn diesen Mord begangen haben?“

Alwine deutete auf die weiße Villa.

„In Ihrem eigenen Haus.“

Wilma starrte ihre Freundin ungläubig an. „Aber, das ist doch das Haus von Rüdiger Baumgarten, und der ist tot.“

„Nein“, widersprach Alwine. „Er steht genau vor dir.“

***

„Jetzt musst du auch noch den Rest der Geschichte erzählen“, verlangte Wilma von Alwine, die mit einigen anderen Freundinnen bei ihr zum Kaffeekränzchen war. „Im ersten Moment habe ich damals gedacht, ich hätte mich verhört, aber dann war plötzlich alles sonnenklar.“

Geschmeichelt und etwas verlegen blickte Alwine auf ihre Kaffeetasse. „Manchmal hilft einem der Zufall“, gestand sie.

„Aber Kombinationsgabe ist auch dabei", beharrte ihre Freundin.

„Erzähl doch endlich!“, forderte eine der Damen.

„Es gab so viele Punkte, die mir sonderbar erschienen. Da war die Tatsache, dass sich Baumgarten selbst ins Herz geschossen haben soll. Dann die Tatsache, dass er es in der ersten Etage und nicht in seinem Arbeitszimmer tat. Dann war da das fehlende Motiv für einen Selbstmord. Dann die Begebenheit mit der Bekleidung und zum Schluss die Sache mit dem Pudel.“ Alwine konnte sich sicher sein, dass alle gebannt an ihren Lippen hingen. „Letztendlich hat der Pudel ihn verraten. Fido hat die Angewohnheit, jeden Menschen anzubellen. Nur sein Herrchen nicht, das er abgöttisch liebte. Als ich sah, wie sich der Hund bei dem älteren, grauhaarigen

Herrn verhielt, wurde ich stutzig. Ich glaube, man kann sich noch so sehr verkleiden, der eigene Hund erkennt einen auf jeden Fall."

„Alwine, entschuldige bitte, aber ich habe immer noch nicht verstanden, wer denn da wen ermordet hat", gab eine andere Dame am Tisch unumwunden zu.

„Der Mörder ist Rüdiger Baumgarten gewesen. Wilma, du erinnerst dich doch sicherlich noch daran, dass ich auf der Gedenkfeier einen Anruf von Heidrun Hardenberg bekommen habe. Obwohl ich sie nicht sonderlich mag, muss ich doch zugeben, dass sie nicht nur profundes Wissen hat, sondern auch den entscheidenden Hinweis zur Lösung dieses Falles gab. Unbewusst natürlich!" Aufreizend langsam nippte Alwine von ihrem Kaffee, um die Stimmung noch zu steigern. Dann fuhr sie fort. „Baumgarten hatte einen eineiigen Zwillingsbruder. Der ist vor vielen, vielen Jahren als junger Mann nach Australien gegangen. Lange bevor Baumgarten nach Bad Oeynhausen kam. Da sein Bruder Helmut damals das schwarze Schaf der Familie war, wurde das Problem dadurch gelöst, dass man einfach nie mehr über ihn sprach. So kam es, dass hier in Bad Oeynhausen niemand, nicht einmal Frau Rose, wusste, dass es ihn gab."

Gebannt hörte ihr das Kaffeekränzchen zu.

„Baumgarten hat in seiner Vernehmung zugegeben, dass er überrascht war, als sein Bruder nun plötzlich auftauchte und einen Teil des Familienvermögens beanspruchte, auf den sich der Reichtum von Rüdiger Baumgarten gegründet hatte. Der jedoch hatte nicht vor zu teilen und nutzte aus, dass niemand etwas von seinem Zwillingsbruder wusste." Wilma schenkte der Runde frischen Kaffee ein. „Wie die Polizei bei seiner Vernehmung erfuhr , bestellte er seinen Bruder für den nächsten Tag zu sich. Angeblich, um alles mit ihm zu regeln." Alwine holte tief Luft, bevor sie weitersprach. „Doch er bestellte ihn zur seiner Hinrichtung. Zuvor schrieb er seinen ominösen Abschiedsbrief, holte die Waffe aus dem Safe, und als sein Bruder ihm gegenübersaß, erschoss er ihn. Alle hielten den Toten für Rüdiger Baumgarten, sogar Frau Rose. Kein Wunder, denn Helmut Baumgarten war ihr sogar im Kurpark entgegengekommen, und sie hatte ihn für Rüdiger gehalten. Nur die unbekannte Kleidung hatte sie stutzig gemacht."

Das Damenkränzchen lauschte aufmerksam. Endlich war in Bad Oeynhausen mal was passiert. Und durch Alwines Erzählungen war man plötzlich ganz nah dran am Verbrechen.

„Das Motiv war also das Geld, richtig?" Eine ehemalige Bankangestellte hatte sich zu Wort gemeldet. „Aber warum ist Baumgarten noch einmal auf der Gedenkfeier aufgetaucht, das war doch letztendlich sein Verhängnis."

Alwine schmunzelte. „Sein Verhängnis war, dass er sich selber maßlos überschätzt hat und einen gewissen Hang zum Narzissmus besitzt. Er war so eitel, dass er unbedingt hören wollte, wie die Nachwelt über ihn sprach. Daher die Verkleidung und der Besuch auf seiner eigenen Trauerfeier."

Klappernd stellte Wilma ihre Tasse auf die Untertasse zurück. „Ich finde es ausgesprochen lustig, dass ihn sein eigener Hund verraten hat." Dabei grinste sie amüsiert.

„Da hast du recht", ergänzte Alwine schmunzelnd. „Er war ihm ein treuer Gefährte, bis zum bitteren Ende."

Zwischenspiel auf Rügen

„Na bitte, wer sagt's denn?" Triumphierend wedelte Alwine Bußmann mit einem geöffneten Briefumschlag, als sie das Café Finselbach betrat.

Wilma Schnittenfittich sah von ihrem Kaffee auf und blinzelte über ihre Lesebrille hinweg zur Tür. Erstaunt blickte sie von der vor ihr liegenden Zeitung auf, in der sie sich gerade über das Kreuzworträtsel hergemacht hatte. Endlich hatte sie mal eine ergattert, in der das Rätsel noch jungfräulich unberührt war.

Ihre Freundin zog einen Stuhl zurück und ließ sich darauf nieder. Wilma konnte noch soeben ihre Einkaufstasche mit dem Dutzend Eier in Sicherheit bringen. Das wäre eine schöne Schweinerei geworden.

Alwine Bußmann sah sich nach der Bedienung um und warf gleichzeitig mit einer schwungvollen Geste ihrer Freundin einen Umschlag auf deren leeren Kuchenteller. Diese blickte abwechselnd vom Teller zu ihrer Freundin und wieder zurück.

„Was ist das denn?", fragte sie und hob den braunen Umschlag so vorsichtig mit ihrer Kuchengabel an, als würde sie darunter eine Bombe vermuten.

Alwine hängte schwungvoll ihre Handtasche hinter sich an die Stuhllehne. So energiegeladen, dass sie der vorbeikommenden Bedienung fast das volle Tablett aus der Hand geschlagen hätte. Nur mit einem Sprung zur Seite konnte diese noch soeben vier Stücke Schwarzwälder Kirsch und einen Frankfurter Kranz vor einem unrühmlichen Ende auf dem Fußboden retten. Alwine nahm es jedoch kaum wahr.

„Was das ist? Das ist der Gewinn des Preisausschreibens, von dem ich dir erzählt habe", klärte die ehemalige Oberstudienrätin ihre Freundin auf. „Ich habe doch an diesem Ferienquiz teilgenommen. Das musst du doch wissen, es war in der Illustrierten, die du mir gegeben hast."

Wilma Schnittenfittich starrte den Umschlag immer noch etwas ratlos an. „Und was hast du gewonnen?" Erwartungsvoll faltete sie die Hände im Schoß.

Doch Alwine war weit davon entfernt, diese Frage zu beantworten, sondern startete auf ihr eigenes Rätsel. „Los, rate mal!", forderte sie die gemütlich wirkende Oberfinanzsekretärswitwe auf.

Diese zuckte mit den Schultern und blickte wieder auf den Umschlag. „Was kann man denn bei so einem Quiz schon gewinnen? Keine Ahnung." Sie nahm den Umschlag vorsichtig in die Hand und stellte fest, dass er auf der Rückseite nun voller Sahneflecken war. Sie kramte in ihrer Handtasche und suchte nach einem Taschentuch, um ihn zu reinigen.

Unwillig und mit einem entnervten Augenaufschlag nahm ihr Alwine den Umschlag aus der Hand. „Lass doch die blöde Sahne", forderte sie und entnahm ihm einen Bogen Papier. Du sollst raten, was ich gewonnen habe", forderte sie erneut.

Wilma setzte ihre Brille ab und verzog das Gesicht. „Beim Raten war ich noch nie gut. Vielleicht ein Buch? Oder Süßigkeiten?", fragte sie mit einem sehnsüchtigen Blick zur Kuchenvitrine.

„Quatsch, das wäre doch alles Blödsinn", entgegnete ihre Freundin.

„Aber Süßigkeiten wären toll, oder?", verteidigte Wilma ihre Idee. „Oder was Hochprozentiges?" Ganz langsam kam sie ratetechnisch in Fahrt.

Alwine Bußmann fand, dass sie ihre Freundin nun bremsen musste. „Zwei Wochen Rügen!", gab sie bekannt, bevor die nächsten unsinnigen Lösungsvorschläge kamen.

Wilma stutzte und blickte auf den Umschlag. „Was ist mit zwei Wochen Rügen?", wollte sie wissen.

„Urlaub, meine Liebe! Ich habe zwei Wochen Urlaub gewonnen. Auf Rügen", flötete sie. Sie reichte ihrer verdutzten Tischnachbarin den Brief hinüber.

Diese blickte ungläubig zunächst ihre Freundin und dann den Brief an. „Du hast Urlaub gewonnen? Aber du bist doch schon lange Pensionärin, du kriegst doch gar keinen Urlaub mehr. Du hast doch quasi immer Urlaub, oder?“

Manchmal fragte sich Alwine, wie sie es nur mit Wilma aushielt. „Also noch mal langsam und zum Mitschreiben. Ich habe einen zweiwöchigen Urlaub auf der Insel Rügen gewonnen. Genauer gesagt im Hotel Hanseatic in Göhren.“ Sie tippte mit dem Finger auf die entsprechende Passage im Brief.

Wilma setzte erneut ihre Brille auf, nahm den Brief vorsichtig in die Hand und las. „Tatsächlich!“ Erstaunt sah sie ihre Freundin an. „Ich habe noch nie was gewonnen, außer damals, diesen blöden Mixer. Aber der war nach kurzer Zeit schon wieder kaputt.“ Sie schien darüber immer noch verärgert zu sein.

Alwine schüttelte energisch den Kopf. „Lies’ weiter!“, forderte sie ihre Freundin auf.

„Zwei Wochen … Hotel Hanseatic … Fünf Sterne … Zwei Personen …“ Der Rest ging in unverständlichem Gemurmel unter. Dann wandte sie sich einem beigefügten Flyer zu. Nachdem sie auch diesen studiert hatte, blinzelte sie ihre Freundin über die Brille hinweg an. „Sieht sehr teuer aus“, bekannte sie ehrfurchtsvoll. „Aber ich freu mich für dich. Da hast du was Tolles gewonnen.“

Alwine wusste, dass ihre Freundin es so meinte, wie sie es sagte, denn sie war eine grundehrliche Haut.

Wilma vertiefte sich wieder in das Schreiben, sah aber nach kurzem Lesen erneut auf. „Und hast du auch gelesen, dass es sogar eine Reise für zwei Personen ist?“, wollte sie von ihrer Freundin wissen.

Diese nickte andächtig mit dem Kopf. „Und jetzt darfst du raten, wen ich mitzunehmen gedenke!“ Erwartungsvoll sah sie Wilma an und genoss deren ratlosen Gesichtsausdruck. Um weitere vergebliche Rateversuchen zu verhindern, legte sie der Freundin die Hand auf den Unterarm. „Na, keine Ahnung?“ Sie warte zwei Sekunden. „Ich würde mich freuen, wenn du mich begleitest.“

Wilma sah sie überrascht an, dann kam das von Alwine erwartete: „Wer, ich?“ Wilma rutschte aufgeregt auf ihrem Stuhl hin und her. Ihr rundliches Gesicht war leicht gerötet, und sie strahlte vor Freude, bis sie plötzlich stutzte.

„Was ist denn?“, fragte Alwine mitfühlend.

Wilma schüttelte energisch den Kopf. „Ich kann doch nicht so einfach wegfahren“, gab sie zu bedenken. „Die Reise soll ja schon in drei Wochen stattfinden, oder?“

Zur Sicherheit warf Alwine einen Blick in das Schreiben. „Ja schon, aber was hindert dich daran, mich zu begleiten?“

Wilma schüttelte den Kopf. „Man kann doch nicht einfach so wegfahren! So was muss man doch planen! Außerdem habe ich doch für so ein teures Hotel gar nichts anzuziehen“, gab sie zu bedenken.

Ihre Freundin runzelte die Stirn. „Da kommt mal wieder die Beamtenwitwe durch. Natürlich kann man. Sei doch mal spontan.“ Sie redete sich richtig in Rage, so sehr ärgerte sie das spießige Verhalten ihrer Freundin. „Und komm mir jetzt nicht mit deinem Alter, wir beide sind fast gleich alt.“

Wilma kramte umständlich ein Taschentuch aus ihrer Handtasche und putzte sich die Nase. „Also erstens bin ich nicht irgendeine Beamtenwitwe, sondern die eines Oberfinanzsekretärs, und zweitens bin ich ja schließlich älter als du.“

Der Konter von Alwine kam postwendend. „Das halbe Jahr zählt nicht.“

Sie griff wieder nach dem Schreiben und wedelte ihrer Freundin damit vor der Nase herum. „Was ist nun?“

Wilma zerknüllte das Taschentuch in ihrer Hand. „Ach ja“, seufzte sie, „nach Rügen wollten Hartmut und ich immer mal, aber dann …“ Sie ließ den Rest des Satzes im Raum stehen. Alwine ahnte, was nun kommen würde. Um die Geschichten über Wilmas verstorbenen Mann zu unterbinden, wiederholte sie noch einmal ihr Angebot.

Wilma sah sich im Café um, als erwartete sie die Zustimmung der anderen Gästen. Dann blickte sie ihre Freundin an und nickte. „Mein Gott ja, warum eigentlich nicht? Manuela wird die paar Tage schon alleine klar kommen.“

Alwine war sich sicher, dass Wilmas knapp dreißigjährige Tochter und die beiden Enkel sogar wesentlich länger als zwei Wochen alleine klar kommen würden.

Nach einem letzten prustenden Schnauben in ihr Taschentuch ließ Wilma es in ihrer Handtasche verschwinden. Dann blickte sie ihre Freundin an und nickte. „Einverstanden, und vielen Dank für die Einladung.“

„Gern geschehen, und es kostet es uns ja nichts. Das ist ja auch ein wichtiger Punkt“, lachte Alwine.

Wilma atmete tief durch. „Na, dann wollen wir uns mal bereit für die Insel machen“, forderte sie und winkte gleichzeitig der Bedienung. So was musste mit einem Likörchen begossen werden.

***

Erwin Kaiser, der Portier des vornehmen Hotel Hanseatic im Ostseebad Göhren, schüttelte schmunzelnd den Kopf, als er von seinen Reservierungslisten aufsah. Die beiden Damen, die da auf die automatischen Schiebetüren zusteuerten, wollten so gar nicht in das Bild der übrigen Hotelgäste passen.

Aber die beiden aus Zimmer 108 waren nun mal die Gewinnerinnen des Quiz’ gewesen, dessen erster Preis aus zwei Wochen Aufenthalt bestand. Und der Gast war schließlich König, egal ob er selber bezahlte oder ob er den Aufenthalt gewonnen hatte, ermahnte sich Kaiser.

Aus seinen Unterlagen wusste er, dass die Damen fast gleichaltrig waren, denn von ihrem Äußeren wäre man nicht darauf gekommen. Die eine klein, grauhaarig und mit gewaltigen O-Beinen, die andere schlank, sportlich und mit einem modischen Kurzhaarschnitt versehen, hätten jeden Betrachter in Bezug auf ihr Alter getäuscht.

Während die kleine Dicke mit ihren groben Schuhen, dem geblümten Rock und der Strickjacke eher einer achtzigjährigen Bäuerin glich, wäre die andere mit ihrem beigefarbenen Hosenanzug, den teuren Schuhen und ihrem Schmuck gut und gerne auch als Sechzigjährige, mit viel Wohlwollen auch noch für Mitte fünfzig durchgegangen. Kaiser fragte sich, was diese beiden Frauen wohl verband, als sie sich auch schon dem Empfangstresen, der die Form eines Bootes hatte, näherten.

„Guten Tag, die Damen. Wie hat Ihnen denn die Fahrt mit unserem rasenden Roland gefallen?", wollte der Portier wissen. Dabei kannte er bereits die Antwort, denn der nostalgische, von einer Dampflokomotive gezogene Zug schlug jeden Besucher Rügens in seinen Bann.

„Ach, es war einfach herrlich. Man fühlt sich wirklich zurückversetzt in die Kaiserzeit", bekannte die kleine, rundliche Wilma Schnittenfittich.

Tja, dachte der Portier, bei ihrem Alter könnte es sogar sein, dass sie den noch persönlich gekannt hast. „Gnädige Frau, freut mich zu hören, dass Ihnen mein Vorschlag so viel Freude gemacht hat." Der Portier rieb sich geschäftig die Hände. Zufriedene Gäste waren am Abreisetag gerne bereit, auch mal ein ordentliches Trinkgeld springen zu lassen.

„Was können Sie uns denn für morgen empfehlen?", wollte Wilma wissen und kramte dabei in einem Ständer mit Prospekten.

„Wie wäre es mit einer Bootsfahrt nach Saßnitz, zu den Kreidefelsen?", schlug Kaiser vor und zog hilfsbereit einen Prospekt aus dem Ständer.

Wilmas Augen strahlten. „Mein Gott, erst eine Fahrt mit der Eisenbahn und dann noch aufs Schiff? Auf meine alten Tage werde ich ja noch richtig mobil."

Alwine, die die gesamte Zeit schweigend hinter ihrer Freundin gestanden hatte, griff an ihr vorbei und nahm den

Prospekt an sich. „Ich denke, darüber, meine Liebe, sollten wir uns beim Abendessen unterhalten.“ Dem Portier freundlich zulächelnd, hakte sie sich bei ihrer Freundin ein und schob sie in Richtung Aufzug.

Kaiser sah beiden Damen schmunzelnd hinterher.

Am Aufzug angekommen, warteten sie darauf, dass sich die Türen öffneten. In diesem Moment kam ein Paar die Treppe herunter. Sie waren in eine lautstarke Diskussion verstrickt. Ein Mann um die Fünfzig ließ gerade die heftige Tirade einer etwa gleichaltrigen Frau über sich ergehen. Er hatte graue Schläfen, trug eine weiße Hose und ein blau-weiß gestreiftes Poloshirt.

Das sah gefährlich nach Ehestreit aus, dachte Alwine. Die waren garantiert verheiratet, denn die Frau trug denselben protzigen Ring am Finger wie der Mann. Ihr halbes Gesicht wurde von einer großen, vollkommen blickdichten Sonnenbrille verdeckt und von schulterlangen, blonden Haaren umrahmt. Auffallend war ein großer Schönheitsfleck am Kinn. Sie trug ein helles Kleid und flache, sehr teuer aussehende Schuhe.

Kurz darauf standen beide vor dem Tresen, hinter dem Kaiser, der sich sichtbar unwohl fühlte, zwei Finger zwischen Kragen und Hals steckte, um sich etwas Luft zu verschaffen. Streit in der Halle war immer schlecht. Er hoffte, dass die beiden das Hotel schnell verlassen würden.

Vor dem Tresen strich sich die Frau mit der linken Hand wütend eine Haarlocke aus dem Gesicht. Dabei fiel Alwine Bußmann die große und wahrscheinlich sehr teure, goldene Armbanduhr an ihrem Handgelenk auf.

Die Dame verlangte zu wissen, ob ihr Termin für Lomi-Lomi, eine hawaiianische Tempelmassage, bestätigt worden sei. Kaiser blätterte dienstbeflissen im Terminbuch, legte es auf den Tresen und schob es dann der Frau zu.

„Selbstverständlich, gnädige Frau. Wenn Sie den Termin bitte noch kurz bestätigen würden?“

Er legte einen silbernen Kugelschreiber auf das Buch. Die Frau griff energisch danach und zeichnete den Termin ab. Dann wandte sie sich wieder ihrem Mann zu und setzte zur nächsten Tirade an. Als der Fahrstuhl kam, sahen Alwine und Wilma dem Pärchen nach, bis sich die Fahrstuhltüren schlossen.

„Oh je, das erinnert mich wieder an meinen geschiedenen Mann", meinte Alwine. „Der konnte mindestens genauso stur sein wie der Kerl da gerade."

Wilma sah ihre Freundin mit großen Augen an. „Warum es mit deinem Walter nicht geklappt hat, werde ich nie verstehen. Er war doch so ein netter Mann."

Alwine stemmte die Hände in die Hüften. „Walter und ein netter Mann? Das kann nur jemand sagen, der ihn nicht so gekannt hat wie ich. Er war rechthaberisch und ließ nie ein anderes Argument gelten. Ein sturer Wissenschaftler, für Gefühle vollkommen unzugänglich, nur wissenschaftlich bewiesenen Fakten gegenüber aufgeschlossen. Glaubst du, der hätte zum Beispiel jemals einen griechischen Gedichtband auch nur angesehen?", fragte sie ihre Freundin. Sie wartete darauf, dass der Fahrstuhl sich in Bewegung setzte. „Ich hätte es vorher wissen müssen, dass man mit ihm nicht zusammenleben konnte."

Wilma Schnittenfittich hielt sich krampfhaft am Griff fest, denn Fahrstuhlfahren war nicht gerade ihr Ding. Vorwärts und rückwärts ja. Aber nach oben oder unten? Um sich davon abzulenken, setzte sie das Gespräch fort. „Zugegeben, wie dein Walter sah der Mann da gerade tatsächlich nicht aus. Worüber die beiden sich wohl gestritten haben?", dachte sie laut nach. „Vermutlich über Geld. Hast du die große, goldene Armbanduhr bemerkt?", fragte sie nachdenklich.

Noch bevor Alwine antworten konnte, öffneten sich die Fahrstuhltüren bereits wieder. „Ach ja, das liebe Geld. Gut, dass wir keins haben und somit auch keine Probleme", kicherte Wilma. Die beiden Damen betraten den Hotelflur und steuerten auf ihr Zimmer zu. Es wurde Zeit, sich frisch zu machen und auf das Abendessen vorzubereiten.

***

Als die beiden am nächsten Tag zum Hotel zurückkehrten, parkte ein Polizeiwagen vor dem Eingang. Durch die gläsernen Eingangstüren konnte man zwei Beamte in Uniform und einen Mann in Zivil erkennen. Sie saßen im Foyer und sprachen mit dem Mann, der am Vortag in den Streit mit seiner Frau verwickelt gewesen war. Alwine und Wilma steuerten auf den Tresen zu, hinter dem Erwin Kaiser mit blassem Gesicht seinen Dienst versah.

Als sie vor ihm standen, beugte er sich über den Tresen. „Stellen sie sich nur vor, Frau Gehring", er deutete mit dem Kopf in Richtung der Männer, „ist seit gestern Abend verschwunden. Ihr Mann ist in großer Sorge und daher haben wir die Polizei informiert." Kaiser gefiel sich in der Rolle des umfassend informierten Portiers.

„Seit gestern Abend?", wollte Alwine neugierig wissen. „Seit wann denn genau?"

Als Kaiser sie fragend anblickte, zuckte sie mit den Schultern. „Wir haben die beiden gestern Abend doch noch in der Kajüte 7 gesehen. Das muss so gegen 22.00 Uhr gewesen sein." Wie zur Bestätigung nickte Wilma dazu kräftig mit dem Kopf. „Und wir dürften nicht die Einzigen gewesen sein, denn alle haben hingesehen, nachdem es geschah", fügte sie hinzu.

Kaiser sah sie staunend an. „Was geschah denn so Außergewöhnliches?", wollte er neugierig wissen.

Alwine beugte sich Kaiser verschwörerisch entgegen und winkte ihn mit dem Zeigefinger noch näher zu sich heran. „Es gab einen mordsmäßigen Streit, der immer lauter wurde. Und am Ende hat sie ihn geohrfeigt und dann einfach sitzen gelassen."

Kaiser pfiff leise.

„Jawohl“, bestätigte Wilma, „einfach sitzen gelassen.“ Dabei tippte sie mehrfach vehement mit dem Zeigefinger auf den Empfangstresen.

Kaiser hörte aufmerksam zu. Das waren ja mal ein paar äußerst interessante Details.

In diesem Moment blickte Herr Gehring zu ihnen herüber, und man sah, dass er die Frauen wiedererkannte. Er stand auf und kam auf sie zu.

„Entschuldigen Sie bitte, meine Damen, aber ich glaube, Sie waren gestern Abend auch im Lokal und haben diese hässliche Szene mit ansehen müssen. Wenn ich mich recht erinnere, dann saßen Sie sogar in unserer unmittelbaren Nähe, oder?“

Die beiden uniformierten Beamten und der Mann in Zivil waren nun ebenfalls dazugekommen. Der Zivilist stellte sich als Kriminalkommissar Jürgen Bogdan vor. Danach informierte er Alwine und Wilma, dass Herrn Gehrings Ehefrau wohl nach dem Streit im Lokal Kajüte 7 selbiges verlassen habe und seitdem verschwunden sei. Man habe bereits überall nach ihr gesucht.

Gehring sah die Damen hilfesuchend an. „Nachdem sie mich geohrfeigt hatte, verließ sie sofort das Lokal.“ Sein Gesicht rötete sich, es war ihm sichtlich peinlich, sich noch einmal an die Szene erinnern zu müssen. „Und nachdem ich gezahlt hatte, bin ich ja auch sofort hinterher und wollte sie zur Rede stellen.“

Die beide Frauen nickten zur Bestätigung seiner Aussage.

„Aber als ich auf der Straße stand, war sie nicht mehr zu sehen. Da ich annahm, dass sie ins Hotel zurückgegangen war, bin ich ebenfalls zurückgelaufen. Aber der Nachtportier hatte sie nicht gesehen, und unser Zimmerschlüssel war noch nicht abgeholt worden. Also lief ich wieder zurück in den Ort. Die Strandstraße rauf bis zum Edeka-Markt, dann wieder bis zur Treppe, die zum Strand hinunterführt. Und da hat mich dann auch der Angestellte des Hotels eingeholt, den mir der besorgte Nachtportier hinterhergeschickt hatte. Wir haben dann noch gemeinsam den Strand abgesucht, aber erfolglos.“ Gehring ließ sich in einen Sessel fallen.

„Haben Sie denn Herrn Gehring hier im Hotel noch gesehen?“ wollte Kommissar Bogdan wissen.

Alwine sah ihre Freundin fragend an. Die schüttelte den Kopf. „Nein, da wir erst nach ihm gegangen sind, müssen wir ihn wohl verpasst haben. Und seine Frau haben wir auch nicht mehr gesehen.“ Bedauernd zog sie die Schultern hoch.

Als Alwine fragte, ob die Frau nicht einfach abgereist sein könnte, winkte Bogdan ab. Man habe bereits das Hotelzimmer in Augenschein genommen. Der gesamte Schmuck und alle Toilettenartikel seien noch da. Und ohne so etwas würde eine Frau wohl kaum abreisen, vermutete er. Egal wie sauer sie auf ihren Gatten gewesen sein mochte.

Da konnte ihm Alwine nur zustimmen, während Wilma anderer Meinung war. „Och, ich kann mir vorstellen, dass sie einfach nur weg wollte und davon ausgegangen ist, dass Sie ihre Sachen mit nach Hause bringen.“ Dabei deutete sie auf den Ehemann.

Die anderen sahen sie erstaunt an. Doch Wilma setzte noch einen drauf. „Und was zum Waschen kann man sich ja heute überall kaufen. Es gibt doch in jedem kleinen Dorf schon einen Aldi.“

Die beiden Männer starrten sie erst mit offenem Mund an, dann wandten sie sich kopfschüttelnd ab und unterhielten sich miteinander. Alwine zog ihre Freundin in Richtung Fahrstuhl und ließ sich zwischendurch von Kaiser den Schlüssel bringen.

„Mein Gott, Wilma, auf was für Ideen du immer kommst. Die Frau hat doch wertvollen Schmuck gehabt, denke doch nur mal an den protzigen Ring und die goldene Armbanduhr. Und allein von dem Geld, was ihr Parfüm kostet, könntest du vermutlich ein Jahr lang jeden Tag ins Café gehen.“

Wilma sah ihre Freundin trotzig an. „Mit so was kenne ich mich nicht aus, ich kaufe alles im Drogeriemarkt, da ist es am billigsten."

Alwine gab es auf, ihre Freundin über den Wert von Schmuck und teuren Parfüms aufzuklären. Als sie den Knopf für den Fahrstuhl drückte, kam ihr etwas in den Sinn. Ein sonderbarer Gedanke, der sich wie ein Aal im Wasser nicht festhalten ließ. Als sie sich darauf konzentrieren wollte, war er ihr bereits wieder entglitten. Was soll's?, dachte sie, wird schon nicht so wichtig gewesen sein. Mit leisem Zischen öffneten sich die Fahrstuhltüren.

***

Der nächste Morgen versetzt das gesamte Hotel in große Aufregung. Portier Kaiser wieselte geschäftig zwischen Empfang und Büro hin und her. Wild gestikulierend kam er mit erhobenen Armen auf Alwine und Wilma zu, die sich gerade anschickten, das Hotel zu verlassen, um den Strand aufzusuchen.

„Stellen sie sich nur vor, man hat die arme Frau Gehring gefunden. Sie muss wohl noch in der gleichen Nacht oben an der Steilküste gewesen sein. Dort ist sie vermutlich abgerutscht und in die Tiefe gestürzt. Ein Fischer hat heute Morgen vom Boot aus eine leblose Person am Fuß der Steilküste gesichtet und die Polizei benachrichtigt." Kaiser war komplett aufgelöst. So ein Todesfall war nicht gut für das Ansehen der beliebten Ferieninsel. Man gehe davon aus, dass Frau Gehring die Schilder, die eindringlich vor der Gefährlichkeit der Steilküste warnten, übersehen habe. Vermutlich aufgrund ihrer Erregung. Noch bevor der Portier weiterreden konnte, wurde er ans Telefon gerufen.

„Ach, die arme Frau", seufzte Alwine.

„Aber der Mann kann ja froh sein, oder?", wollte ihre Freundin wissen.

Alwine sah sie erschrocken an.

„Na, ich meine, dass sie da selber hingegangen und runtergefallen ist. Nach dem Streit und der Ohrfeige hätte man ja auch annehmen können, dass er sie da runter geworfen hat, oder?“ Wilma machte dabei ein fragendes Gesicht.

„Na ja, aber nur wenn man ihm Schlechtes unterstellen würde“, gab Alwine zu bedenken. „Aber jetzt lass uns endlich zum Strand gehen.“ Als sie sich umdrehte, wäre sie fast mit Kommissar Bogdan zusammengestoßen.

„Hoppla, gnädige Frau! Immer langsam mit den jungen Pferden, oder können Sie es nicht erwarten, sich in die Fluten der Ostsee zu stürzen?“, lachte er.

Alwine, für solche Schmeicheleien besonders anfällig, schenkte dem jungen Kriminalbeamten ihr bezauberndstes Lächeln. Dies gefror aber sofort wieder, als sich ihre Freundin ins Gespräch mischte.

„Na na, junger Mann, wenn sie meine Freundin noch für eine junge Frau halten, dann ist es aber mit ihrer kriminalistischen Beobachtungsgabe nicht weit her.“

Alwine verspürte plötzlich das Verlangen, ihre Freundin zu ohrfeigen, unterdrückte diesen Reflex aber.

Bogdan lachte. „Ach, sehen sie es mir einfach unter dem Aspekt mangelnder Lebenserfahrung nach.“ Er suchte in seinen Taschen verzweifelt nach seinem Notizbuch.

Wie Columbo, dachte Alwine.

Als er es gefunden hatte, schlug er eine Seite auf und sah etwas nach. „Wann waren Sie gestern eigentlich in der Kajüte 7?“

Bevor Alwine antworten konnte, kam ihr Wilma zuvor. „Wir waren gegen halb acht da, denn wir essen immer pünktlich um acht, müssen Sie wissen. Ich hatte übrigens die Sassnitzer Kutterscholle, kann ich Ihnen nur empfehlen.“

Alwine wäre am liebsten im Boden versunken. Ihre Freundin war zwar lieb und nett, aber manchmal konnte sie wirklich peinlich sein.

„Vielen Dank für den Schlemmertipp“, lachte Bogdan, der an dieser Befragung sichtlich Spaß zu haben schien. „Haben Sie denn auch gehört, worüber sich das Ehepaar Gehring gestritten hat? Ich meine rein zufällig“, fragte er mit einem Augenzwinkern.

Diesmal war Alwine auf der Hut. „Nein, denn das Lokal war ja voll, und wir saßen noch etwas zu weit weg“, antwortete sie schnell.

„Ja, zu schade“, bedauerte Wilma und sorgte für das nächste Grinsen in Bogdans Gesicht.

„Aber wenn man ganz ehrlich ist, dann war das ja gar kein richtiger Streit. Sie hat nur geschimpft, und er hat alles über sich ergehen lassen“, erläuterte Alwine dem jungen Kommissar

„Ja, und dann hat sie ihm eine geschmiert und ist abgedampft“, ergänzte ihre Freundin, „und im Hotel war es am Nachmittag genauso.“ Bogdan schrieb fleißig mit. Dann steckte er Notizbuch und Stift weg. „Es sieht so aus, als ob Frau Gehring nach dem Streit sofort zur Steilküste gelaufen ist. Dort ist sie wohl der Abbruchkante zu nahe gekommen und in die Tiefe gestürzt.“ Er seufzte. „Wenn man bedenkt, dass überall große, auffällige Warntafeln stehen und die Wege sicherheitshalber noch durch Balken und Bretter versperrt sind, dann muss sie diesen Weg absichtlich gewählt haben.“

Alwine sah den jungen Mann aufmerksam an. „Selbstmord?“, fragte sie.

Bogdan zuckte die Schultern. „Was anderes kann man wohl kaum annehmen. Traurige Sache das. Ich vermute, wir werden die ganze Wahrheit wohl nie erfahren.“ Der Kommissar seufzte erneut. „Aber ich will Ihnen ihre restlichen Urlaubstage nicht verderben. Ich wünsche Ihnen noch schöne, sonnige Tage auf Deutschlands Schönster. Sie haben sich ihren Urlaub sicher verdient.“

Wilma schüttelte vehement den Kopf. „Nee, nicht verdient, gewonnen.“ Bevor sie in Versuchung kam, Bogdan ihre ganze Lebensgeschichte zu erzählen, wurde sie von ihrer Freundin bereits weitergeschoben. „Vielen Dank und viel Erfolg noch!“, wünschte sie dem Kommissar und drängte Wilma in Richtung Ausgang.

Draußen hakte sie sich unter und dirigierte ihre Freundin die Straße hinunter. „Weißt du was?“, versuchte sie das Thema zu wechseln. „Ich hatte gestern einen seltsamen Gedanken und konnte ihn nicht richtig fassen. Kennst du so was auch?“

Wilma konzentrierte sich auf die abwärts führende Straße, nickte dabei aber. „Ja, kenne ich gut. Gerade letzte Woche hatte ich auch so was. Glaubst du, mir fiel der Name des Hotels ein, in dem wir im Sommer ’71 Urlaub gemacht haben?“ Vorsorglich zog sie ihre Freundin auf die Straßenseite, da ihnen ein Mann mit einem großen Hund an der Leine entgegenkam. „Und wenn ich so was habe, dann kann ich nachts nicht mehr schlafen und an nichts anderes denken.“

Alwine konnte ihr das nachfühlen. Sie hatte etwas gesehen, was in ihrem Unterbewusstsein herum spukte und sich nicht fassen ließ. Irgendetwas störte sie, aber sie hätte nicht sagen können, was es war.

„Tröste dich, manchmal kommt man durch einen seltsamen Zufall auf die Lösung solcher Fragen“, fuhr ihre Freundin fort. „Ich meine zwar nicht die Sache mit dem Hotelnamen, aber als mir mal tagelang der Vorname von Herta Diekmanns Mann nicht einfiel, sah ich zufällig einen Bericht über Karlsbad im Fernsehen und da fiel er mir wieder ein.“

Alwine blickte ihre Freundin überrascht an, dann dämmerte es ihr. „Ach so, er heißt Karl. Von wegen Karlsbad“

Wilma blieb erstaunt stehen. „Nein, er heißt Berthold, wie kommst du denn auf Karl?“

Mit einem lauten Seufzer zog Alwine sie weiter in Richtung Strandstraße.

***

Die guten Wünsche von Kommissar Bogdan verhallten ungehört. Zumindest in den Ohren des für Rügen zuständigen Wettergottes, denn es schüttete wie aus Kübeln.

Dieses Wetter sorgte dafür, dass die Geduld der Urlauber, vor allem aber die von Eltern kleiner Kinder auf eine harte Probe gestellt wurde.

Wilma Schnittenfittich und Alwine Bußmann saßen im Turmcafé des Hotels und genossen einen türkisch gebrühten Kaffee und ein Stück Torte. Am Nachbartisch hatte sich eine junge Mutter mit ihrem kleinen Jungen niedergelassen. Ausgerüstet mit jeder Menge Mal- und Bilderbüchern versuchte die Mutter, der Langeweile und der damit verbundenen schlechten Laune ihres Sprösslings entgegenzuwirken.

Doch der war nicht davon begeistert, dass ihm das Wetter den Weg zum Strand verwehrte. Missmutig kritzelte er in einem Malbuch herum und brach dabei regelmäßig die Spitzen der Stifte ab. Mama sorgte jedoch mit Engelsgeduld für Nachschub.

„Will nicht malen!“, wiederholte der kleine Picasso und rannte zum Fenster. „Seiß Regen!“

Mama sah sich entschuldigend um. „Das hat er heute Morgen wohl von seinem Papa gehört“, versuchte sie ihren Sohn zu entschuldigen.

Der kleine Wetterfrosch kletterte wieder auf seinen Stuhl und schob das Malbuch unwillig zur Seite. Als Mama es ihm erneut hinhielt und zum Weitermalen aufforderte, fegte es der Minikünstler mit einer unwirschen Handbewegung zur Seite. Dabei erwischte er auch den Becher mit den Buntstiften, die sich nun unter dem Tisch von Wilma und Alwine verteilten.

Die junge Mutter sprang sofort hinzu und begann, die Stifte unter vielfachen Entschuldigungen wieder einzusammeln.

Wilma versteckte ihr Grinsen hinter einer Frauenzeitung. Solche Attacken kannte sie von ihren Enkeln Lasse und Tom nur allzu gut.

Alwine hingegen schien das Geschehen gar nicht registriert zu haben. Wie angewurzelt saß sie da und sah den kleinen Jungen an, der grinsend zusah, wie seine Mutter unter dem Nachbarstisch herumkroch und Malstifte einsammelte.

Als sie wieder auftauchte, sah sie in Alwine Bußmanns nachdenkliches Gesicht. „Sie müssen entschuldigen, er ist immer so impulsiv." Die Mutter stopfte die letzten Stifte in den Becher zurück.

Gedankenversunken blickte Alwine zuerst auf den Becher, dann auf den kleinen Wüterich. „Könnte er das wohl noch mal machen?", fragte sie die erstaunte Mutter.

„Na, ich hoffe doch nicht!", sagte diese.

„Nein, ob Ihr Sohn das jetzt noch mal machen könnte, was er gerade gemacht hat?"

Vollkommen entgeistert sah die junge Mutter sie an.

Auch Wilma hatte neugierig ihre Zeitschrift gesenkt.

„Würden Sie so nett sein, den Becher wieder auf den Tisch zu stellen und Ihren Sohn bitten, ihn nochmals umzuwerfen?"

Vollkommen perplex stellte die Mutter den Becher wieder auf den Tisch und ohne jegliches Kommando fegte ihn der Junior wieder runter. Seinen Erfolg quittierte er mit einem kindlich lauten Lachen. Das Spiel schien ihm zu gefallen.

Alwine tauchte ebenfalls auf den Fußboden ab und half der jungen Mutter beim Einsammeln. „Wenn ich das gerade richtig gesehen habe, dann hat Ihr Sohn den Becher zweimal mit der linken Hand vom Tisch geworfen, oder?"

Die Mutter schreckte hoch und schlug dabei mit dem Kopf von unten gegen den Tisch.

„Hoppla", kommentierte Wilma oben das dumpfe Geräusch.

Alwine ließ sich nicht aus der Ruhe bringen. „Aber gemalt hat er mit rechts, nicht wahr?"

Die junge Mutter rieb sich die gerade entstehende Beule. „Sie haben recht. Er ist eigentlich Linkshänder, aber wir halten ihn an, mit rechts zu malen und später auch zu schreiben. Auch wenn man das heute nicht mehr macht, mein Mann hat in dieser Hinsicht noch vollkommen veraltete Ansichten. Er meint, später würde ihm vieles leichter fallen, wenn er Rechtshänder ist. Es klappt auch schon ganz gut.“

Alwine Bußmann setzte sich auf den Boden. „Aber wenn er etwas im Affekt macht, dann benutzt er wieder seine linke Hand, so wie gerade, nicht wahr?“

Die Mutter nickte und war immer noch verdutzt über das Gespräch.

Der Junior hingegen wartete anscheinend auf eine Wiederholung dieses lustigen Spiels. Er war bereit.

Alwine stand auf und half dabei auch der Mutter, indem sie ihr die Hand reichte. „Sie haben mir gerade sehr geholfen, auch wenn Sie es nicht wissen. Ich möchte Sie gerne zum Kaffee und Ihren Sohn zum Kakao einladen.“ Sie winkte der Bedienung und trug ihr auf, die Getränke von Mutter und Sohn auf ihre Zimmerrechnung zu schreiben. Dann machte sie auf dem Absatz kehrt und schickte sich an, das Restaurant zu verlassen. Dabei winkte sie ihre Freundin zu sich.

Wilma war zwar überrascht, folgte ihrer Freundin aber sofort. Auf dem Flur zog Alwine sie zur Seite. „Na, ist dir was aufgefallen?“, fragte sie triumphierend. Als Wilma verneinte, setzte sie nach. „Was hast du denn gesehen?“, wollte sie wissen.

„Ein kleiner Junge hat seine Stifte auf den Boden geworfen und ihr habt sie wieder eingesammelt.“

Alwine schnaufte verächtlich. „Nein, ich meine etwas anderes!“

Wilma überlegte erneut. „Ach ja, und dass er dafür noch einen Kakao auf unsere Rechnung bekommen hat.“

Alwine stampfte verärgert mit dem Fuß auf. „Quatsch, hast du nicht gesehen, wie er die Stifte vom Tisch gefegt hat?“

Wilma nickte. „Doch, mit der Hand.“

Alwine Bußmann schüttelte resigniert den Kopf. „Los, wir müssen sofort Kommissar Bogdan anrufen. Ich glaube, das wird ihn sehr interessieren.“ Wilma Schnittenfittich folgte ihrer Freundin auf dem Weg zum Fahrstuhl. „Ich weiß zwar nicht, was du ihm erzählen willst, aber jetzt bin ich auch neugierig geworden.“

***

Eine Stunde später saß Kommissar Bogdan im Foyer des Hotels Hanseatic in Göhren. Ihm gegenüber Alwine Bußmann auf der Kante ihres Sessels, Wilma Schnittenfittich in dem daneben. „Was gibt es denn so Wichtiges, dass Sie mich sofort sprechen mussten?“, fragte der junge Kriminalbeamte.

Alwine Bußmann legte ihre Hände auf die Oberschenkel. „Bevor ich Ihnen das verrate, habe ich eine Frage. Haben Sie bei der Leiche eine Sonnenbrille und eine goldene Armbanduhr gefunden?“

Bogdan sah sie leicht verblüfft an. Dann zückte er einen mitgebrachten Aktenordner und sah hinein. „Aha, hier ist ja der Bericht der Spurensicherung.“ Er las einen Moment lang schweigend, dann blickte er auf. „Nein, hier steht nichts von einer Armbanduhr und einer Sonnenbrille. Nur einen Ring hat man gefunden. Dabei handelt es sich wohl um den Ehering. Wieso fragen Sie?“

Alwine Bußmann beugte sich etwas vor. „Wissen Sie, junger Mann, alles andere hätte mich auch gewundert.“ Sie genoss den verblüfften Gesichtsausdruck ihrer beiden Gesprächspartner. „Weil ich annehme, dass Frau Gehring bereits tot war, als wir das Paar in der Kajüte 7 getroffen haben.“

Wilma Schnittenfittich sah ihre Freundin entgeistert an. „Nimmst du eigentlich jeden Morgen regelmäßig deine Tabletten?“, wollte sie wissen, während ihre Freundin nur schmunzelte. „Aber wir haben doch das Ehepaar Gehring selber in der Gaststätte gesehen.“

Alwine Bußmann genoss den Augenblick. „Falsch!“, korrigierte sie ihre Freundin. „Wir haben Herrn Gehring und eine Frau gesehen, die wie Frau Gehring aussah.“

Wilma schlug die Hand vor den Mund. „Sag mal, bist du jetzt völlig verrückt geworden?“

Ihre Freundin rutschte auf dem Sessel zurück und lächelte überlegen. „Denk doch einfach mal nach. Dafür, dass es nicht Frau Gehring war, gibt es doch jede Menge Hinweise. Fangen wir mal mit ihrem Aussehen an.“ Bogdan und Wilma hingen ihr gespannt an den Lippen. „Im Lokal haben wir eine Frau gesehen, die vom Aussehen her Frau Gehring ähnelte. Aber die langen Haare und die Sonnenbrille verdeckten doch mehr als die Hälfte des Gesichts.“

Wilma schaute sie mit offenem Mund an.

„Wenn du ganz ehrlich bist, dann war sie doch eher durch die protzige Armbanduhr und ihren Ring zu erkennen.“

Wilma witterte sofort Morgenluft. „Ja, aber sie hatte auch den Schönheitsfleck am Kinn“, gab sie zu bedenken.

Alwine lachte und beugte sich kurz zu ihrer Handtasche hinunter. Als sie wieder hochkam, hatte sie ebenfalls einen Schönheitsfleck am Kinn.

Kommissar Bogdan kam aus dem Staunen nicht mehr heraus.

„Das kann man mit jedem Kosmetikstift machen“, erklärte Alwine und wischte sich den Fleck wieder ab. „Aber dass es sich bei ihr nicht um Frau Gehring handelte, hat sie durch etwas ganz anderes verraten.“

Ihre Zuhörerschaft wurde nun durch Erwin Kaiser verstärkt, der von seinem Empfangstresen herüber geschlendert kam. „Die echte Frau Gehring ist nämlich Linkshänderin, und ihr Double ist Rechtshänderin!“

Kommissar Bogdan sah Alwine erstaunt an. „Woher wissen Sie das denn?“

Alwine kam es sehr gelegen, dass der Portier in der Nähe war. „Herr Kaiser, erinnern Sie sich noch, dass Sie Frau

Gehring ihren Bingo-Bongo-Massage-Termin haben abzeichnen lassen?“

Kaiser zog seine Weste straff. „Es handelte sich um eine Lomi-Lomi-Massage, gnädige Frau!“

Bogdan wurde immer neugieriger.

„Ist doch vollkommen egal, wie die heißt. Erinnern Sie sich, mit welcher Hand sie unterschrieben hat?“

Kaiser kratzte sich am sorgfältig rasierten Kinn. „Warten Sie, warten Sie!“, forderte er die anderen auf. „Doch, sie unterschrieb mit links, da bin ich ganz sicher.“ Kaiser nickte bestätigend.

„Genau!“, stimmte Alwine Bußmann ihm zu. „Und nun zu dir, Wilma: Mit welcher Hand hat der kleine Junge heute Morgen seine Buntstifte vom Tisch gefegt?“

Wilma Schnittenfittich brauchte keine Bedenkzeit. „Mit links und sogar zweimal.“

Alwine Bußmann sah von einem zum anderen. „Genau, und seine Mutter hat mir bestätigt, was ich als Pädagogin schon immer wusste. Auch wenn man zur Rechtshändigkeit erzogen worden ist, im Reflex wird man immer die linke Hand benutzen.“

Bogdan sah Alwine erstaunt an. „Ich verstehe zwar, was Sie sagen wollen, aber was hat das mit Frau Gehring zu tun?“

Alwine stellte ihrer Freundin eine weitere Frage. „Wilma, denk jetzt mal genau nach. Mit welcher Hand hat die angebliche Frau Gehring ihren Mann im Lokal geohrfeigt?“

Wilma Schnittenfittich brauchte für die Antwort keine Sekunde. „Das war eine heftige Rechte, schlägt wohl öfter zu, habe ich noch gedacht“, kicherte sie.

„Genau, und wenn das keine Handlung im Affekt ist, dann weiß ich es nicht“, erklärte Alwine ihre Überlegungen. „Die Frau im Lokal war also nicht Frau Gehring. Aber es geht noch weiter. Wo sind Armbanduhr und Sonnenbrille geblieben?“ Sie zeigte auf Bogdan. „Sie haben selber festgestellt, dass bei der Leiche beides nicht gefunden wurde.“

Der Kommissar nickte, hatte dann aber einen Einwand. „Die Sachen können doch auch beim Sturz verloren gegangen sein."

Die Hobbydetektivin winkte ab. „Die Sonnenbrille vielleicht, aber doch nicht die Armbanduhr! Ich glaube, die Sachen waren nicht mehr an der Leiche, weil der Mörder sie ihr abgenommen hat, bevor er sie die Steilküste hinuntergeworfen hat."

Kaiser hustete erschreckt auf. „Und wer soll das gemacht haben?", fragte er naiv.

Wilma sah ihn kopfschüttelnd an. „Na, Sie sind mir ja ein Menschenkenner. Wer soll es wohl gewesen sein?", fragte sie.

Bogdan versuchte sich an einer Theorie. „Wenn man davon ausgeht, dass Herr Gehring sich seiner Frau entledigen wollte, musste er sie vor 21.30 Uhr von der Steilküste gestoßen haben. Also vor dem Zeitpunkt, als das angebliche Ehepaar gemeinsam in der Kajüte 7 auftauchte. Zuvor musste er dem Opfer die auffällige Armbanduhr und die Sonnenbrille abnehmen, um sie später an das Double weiterzugeben. Mit der Sonnenbrille, einer Langhaarperücke, der auffälligen Uhr und einem Schönheitsfleck am Kinn spielte diese dann die Ehefrau."

Alwine Bußmann hatte Bogdan ungestört reden lassen. Jetzt ergriff sie wieder das Wort. „Und die angebliche Fortsetzung des Streites und die Ohrfeige sollten dafür sorgen, dass alle meinten, Frau Gehring sei zu diesem Zeitpunkt noch am Leben gewesen. Das war geschickt eingefädelt, nur ist das Double leider Rechtshänderin."

Alle Anwesenden schwiegen eine Zeitlang. Dann kam Bewegung in die Gruppe.

„Herr Kaiser, welche Zimmernummer hat Herr Gehring?", wollte der Kommissar wissen.

Kaiser trat erstaunt einen Schritt zurück. „Er hatte 211, aber er ist vor einer Stunde abgereist!" Wütend warf Bogdan den Aktenordner auf den Tisch. „Los, Kaiser!“, er schob den Portier bereits in Richtung Empfangstresen, „ich muss sofort telefonieren. Vielleicht hat der übliche Stau auf der Rügen-Brücke heute auch mal was Gutes!“

***

Der Koffer wollte einfach nicht zugehen. Wieso hatte man nach zwei Wochen Urlaub immer viel mehr Sachen als bei der Ankunft? Wilma Schnittenfittich durchsuchte gerade noch die Schränke, um sicher zu gehen, dass sie nichts vergessen hatten, während Alwine Bußmann sich abmühte, den Koffer zu schließen. In diesem Moment klopfte es an der Zimmertür. Unisono riefen beide „Herein!“, sahen sich an und mussten lachen.

Kommissar Jürgen Bogdan betrat das Zimmer und sah sich um. „Na, meine Damen, ist das nicht ein bisschen voreilig, schon zu packen?“

Wilma Schnittenfittich setzte sich auf den Stuhl am Schreibtisch und legte den Kopf schief. „Wie meinen Sie das?“

Bogdan reckte den Daumen in die Höhe. „Wir haben die beiden Vögel geschnappt und damit einen schönen Grund zu feiern.“

Alwine Bußmann kam auf ihn zu. „Na los, erzählen Sie doch schon. Mensch, lassen Sie sich doch die Würmer nicht einzeln aus der Nase ziehen.“

Bogdan lachte erneut. „Okay, okay, schon gut! Also, wir haben das saubere Pärchen kurz vor Stralsund festnehmen können. Sie glauben gar nicht, wie blöd die aus der Wäsche geguckt haben.“ Bogdan ließ sich auf dem Bettrand nieder.

Alwine nahm neben ihm Platz und legte ihm die Hand auf den Oberarm. „Und weiter?“, wollte sie ungeduldig wissen.

Bogdan berichtete, dass Gehring und seine Geliebte, die tatsächlich das Double seiner Frau gewesen war, bei der erhobenen Anschuldigung sofort zusammengebrochen waren und alles gestanden hatten. Gehring gab zu, dass er seine Frau nach dem Streit im Hotel von der Steilküste gestoßen habe. Die teure Sonnenbrille und die Uhr hatte sie ihm vorher wutentbrannt vor die Füße geworfen. Ein Glücksfall für Gehring.

Anschließend habe sich seine Geliebte dann als Frau Gehring verkleidet, und dann seien sie in die Kajüte 7 gegangen. Dort hatten sie den Streit und die Ohrfeige in Szene gesetzt. Als die Geliebte das Restaurant verließ, sollte niemand mehr zweifeln, dass es sich um die angebliche Frau Gehring gehandelt habe. Als Motiv gab Gehring an, dass er seine Frau loswerden und mit seiner Komplizin ein neues Leben anfangen wollte. Eine Scheidung wäre dabei nicht infrage gekommen, denn das Vermögen des Paares begründete sich in großem Maße auf ihrem Geld. So hätte es nur diesen einen Ausweg gegeben: Mord.

Nachdem er geendet hatte, sah Bogdan die beiden Frauen dankbar an. „Ohne Ihre Aufmerksamkeit wären die beiden mit ihrem teuflischen Plan vermutlich sogar durchgekommen. Ich war da wohl ein bisschen zu naiv“, gestand er reumütig. „Im Gepäck der sauberen Dame haben wir übrigens auch die Brille und die Uhr von Frau Gehring gefunden. Damit war der Sack dann endgültig zu.“

Wilma Schnittenfittich blinzelte den Kommissar freundlich an. „Na, da können Sie ja von Glück sagen, dass meine Freundin so aufmerksam war.“

Bogdan nickte und sah Alwine dankbar an. „Deshalb freue ich mich auch, Ihnen sagen zu dürfen, dass das Hotel Hanseatic Ihnen auf Kosten des Hauses zwei weitere Wochen Urlaub spendieren möchte.“

Die ehemalige Oberstudienrätin schlug vor Freude die Hände vor der Brust zusammen. „Oh, wie herrlich, noch zwei zusätzliche Wochen, und das Wetter soll wieder schön werden.“ Sie ging zum Fenster und sah hinaus auf die Ostsee.

„Nee, ohne mich“, ließ sich Wilma aus dem Hintergrund vernehmen. „Ich muss nach Hause. Muss mal nach den Kindern sehen.“

Alwine Bußmann stöhnte auf. So etwas hatte sie befürchtet. „Herr Kommissar, Sie hören es, wir müssen ihr Angebot leider ablehnen.“ Aber auch sie freute sich, wieder in ihr geliebtes Bad Oeynhausen zu kommen. Ganz so ungelegen kam ihr Wilmas Wunsch daher nicht.

„Rügen ist zwar schön, aber zu Hause ist es doch am schönsten!“, verkündete Wilma im Brustton der Überzeugung.

Bogdan sah von einer zu anderen. „Dann kann ich ihnen nur eine gute Heimreise wünschen und hoffe, wir sehen uns hier mal wieder!“

***

Alwine Bußmanns silbergraues Käfer Cabriolet schnurrte durch die Rügener Alleen. Sie hatte das Verdeck geöffnet und brauste gerade am Abzweig zum Jagdschloss Granitz vorbei, als Wilma sich ihr Tuch enger um den Kopf zog.

„Huch, der Wind, das ist ja hier wie auf der Achterbahn. Was bin ich froh, wenn das Dach wieder drauf ist.“ Alwine lachte und lenkte den Wagen in eine langgezogene Kurve. Neben dieser Kurve, auf einer Weide, stand ein Schimmel.

Wilma schrie beim Anblick des Pferdes auf und erschreckte damit ihre Freundin so sehr, dass sie abrupt abbremste.

„Mein Gott, was ist denn mit dir los?“, wollte sie entgeistert wissen.

Wilma zeigte auf das weiße Pferd und strahlte dann über das ganze Gesicht. „Gott sei Dank! Jetzt weiß ich endlich wieder, wie das Hotel am Wolfgangsee heißt!“

Rock and Roll

„Warum geht dieser Arsch denn nicht ans Telefon?“ Bernd Schlüter, genannt „Auge“, war stinksauer. Vor zwei Wochen hatte er dem Typen diese blöde Karre verkauft. Absolut lächerlich. Das Ding besaß einen Porschemotor und Wasserkühlung. So was war doch kein echtes Moped, schon gar keine Harley. Wer kaufte sich schon eine V-Rod? Außer man hatte gewaltig einen an der Klatsche. Eine Street Glide wie er sie fuhr, oder eine Fat Bob, wie Matze, ja, aber so eine Mühle? Nie im Leben! Darüber kamen motorradmäßig nur noch Japaner-Verbrennungen!

Aber der Kunde war schließlich König. Und das würde er auch bleiben, wenn er schnellstens zahlte. Auges Geduld ging nämlich langsam zu Ende.

„Spätestens drei Tagen nach Lieferung hast du die restliche Knete“, hatte der Typ ihm versichert und die Anzahlung auf den Tresen gelegt. Daraufhin hatte Auge ihm eine mattschwarze V-Rod bestellt, denn er betrieb an der Weserstraße, zwischen Hermann-Löns-Straße und Zur Hüffe, einen Motorrad-Handel mit angeschlossener Werkstatt.

Ein ehemaliges Bettengeschäft mit großem Ausstellungsraum und riesigen Schaufenstern, in denen die schweren Motorräder gut zur Geltung kamen. Ohne Clubsessel, Schicki-Micki-Kram oder italienische Kaffeeautomaten. Dafür aber mit einer Theke und einem immer vollen Kühlschrank mit Dosenbier der Marke Budweiser. Auch Alice Cooper stand auf das Zeug. Es war zwar um einiges teurer als das heimische Bier, aber diese Art von Luxus ließ sich Auge gern etwas kosten.

Sein Kundenstamm bestand aus Mitgliedern aller Gesellschaftsschichten. Da gab es Rechtsanwälte und Türsteher, Druckereibesitzer und Croupiers aus illegalen Spielhöllen, die alle eines verband: die Liebe zu dieser ganz besonderen Marke von Motorrädern. Ein Großteil seiner Kunden rekrutierte sich auch aus dem eigenen Motorradclub *Steelriders* Bad Oeynhausen, dessen Präsident er war.

Wenn der „Präsi" die Galionsfigur eines solchen Clubs war, dann brauchten sich die *Steelriders* keine Sorgen um ihr Ansehen zu machen. Auge war nämlich 1,95 Meter groß, hatte ausladend breite Schultern, langes, schwarzes Haar, das er meist zum Zopf zusammengebunden trug, und einen langen Schnäuzer. Die Stellen der Haut, die man von den Handgelenken an bis in die Ärmel seines T-Shirts sehen konnte, waren mit Tattoos verziert.

Weder im Club noch in seinem Bekanntenkreis gab es jemanden, der Auge jemals etwas anderes hatte tragen sehen als schwarze Lederbekleidung. Von seinen vielen, oft wechselnden Freundinnen einmal abgesehen.

Momentan war Auge allerdings solo. Sein letztes Verhältnis war in die Brüche gegangen, weil die Tante einen unruhigen Hintern hatte. Auge hatte sie bei einer Fete mit einem Bürschlein hinter der Tannenhecke erwischt. Sie bekam eine Schelle, und der Typ zu seinen braunen noch zwei blaue Augen. Was die Begriffe Mein und Dein anging, hatte Auge ganz klare Vorstellungen. Wer konnte denn schon ahnen, dass die Tussi sich wegen einer lächerlich kleinen Ohrfeige so anstellte und mit diesem Typen abschob.

Apropos Mein und Dein. Das galt auch für diesen Spinner mit seiner V-Rod. Auge war stinksauer, denn schließlich war er es, der die Karre in den Staaten bestellt und bereits bezahlt hatte. Bis jetzt hatte er nur die lächerlich kleine Anzahlung, während der Typ mit einer nagelneuen Harley rumfuhr. Drei Tage, hatte dieser Typ gesagt, drei Tage, und nun waren es schon zwei Wochen. Höchste Zeit, dem Kunden mal einen Hausbesuch abzustatten und die weiteren Zahlungsmodalitäten zu klären. Spätestens eine Minute nach Geschäftsschluss würde Auge sich auf die Socken machen.

***

Der hünenhafte Rocker saß völlig entspannt auf dem bequemen Sattel und genoss den Sound seines schweren Motorrades. Die Füße locker seitlich auf den Sturzbügeln, den ausladenden Lenker lässig in Händen, hatte er sich dazu entschieden, noch eine kleine Spritztour zu unternehmen, bevor er den säumigen Zahler aufsuchte. Wenn manche Leute das Glück der Erde auf dem Rücken der Pferde fanden, so lag es für Auge auf dem Sattel seiner Harley. Er konnte sich keine bequemere Art der Fortbewegung vorstellen. Auf diesem Moped saß man wirklich wie Schwein auf Sofa.

Auge bog ab und fuhr den Loher Busch hoch. Irgendwo hier oben im Industriegebiet wohnte dieser Typ. Bleichstraße stand auf dem Kaufvertrag, den Auge sicherheitshalber eingesteckt hatte. Irgendetwas von einer Art Bauernhof hatte der Typ gefaselt. Auge bog links ab und knatterte langsam die Bleichstraße entlang. Gar keine schlechte Wohngegend, dachte er. Auf der linken Seite blickte man weit über ein Feld, ein ganzes Stück dahinter lag die Autobahn A2 und darüber hinweg konnte man bis Ebenöde sehen.

Auge konzentrierte sich auf die Hausnummern, was sich aber als vollkommen überflüssig erwies. Denn es gab nur ein Haus, auf das die Beschreibung Bauernhof noch einigermaßen zutraf. Zumindest früher musste es mal so was Ähnliches gewesen sein. Heute ähnelte das große Grundstück eher einer wilden Müllkippe. Messie-Stadl schoss es Auge in den Sinn, als er anhielt. Überall waren Baumaterialien verteilt, deren Überwucherung mit Unkraut darauf hinwies, wie lange sie hier bereits ungenutzt lagerten.

Auge klappte den Seitenständer aus und stieg vom Bock. Ihm schwante nichts Gutes. So etwas wie das hier kannte er zur Genüge. So hausten Typen, die ihr Leben nicht in den Griff bekamen. Solche, die alles anfingen, aber nichts zu Ende brachten. Auges Vermutung wurde noch durch eine rechts neben dem Haus befindliche, halbfertige Garage bestätigt. Drei Wände und ein Dach, alles unverputzt und ohne

Tor. Davor circa zehn Quadratmeter befestigte Einfahrt, der Rest eine Mischung aus Mutterboden und Schotter. Auge betrat einen wackeligen Holzsteg, der aus alten Paletten und Brettern zusammengenagelt worden war. Die einzige Möglichkeit, auf dem Weg zur Haustür nicht im Schlamm zu versinken. Ein Edelstahlbriefkasten, auf den jemand mit Filzstift den Namen *Mansfeld* gekritzelt hatte, lag auf den Treppenstufen. Der Klingeltaster hing an einem Kabel lose an der Wand, die hölzerne Haustür war halb abgeschliffen und ihre Scheiben durch Pappe ersetzt.

Auge betätigte die Klingel, war aber nicht überrascht, als er keinen Ton hörte. Einen Moment lang blieb er unschlüssig stehen, dann wandte er sich nach rechts und ging zwischen Haus und Garage hindurch auf den hinteren Teil des Grundstückes. Er umrundete soeben die Hausecke, als ihn fast der Schlag traf.

Auge wusste nicht, was ihn mehr schockierte. Das große, weiße Huhn, dass soeben auf den Sattel der V-Rod kackte, oder der Hühnerbesitzer, der einen Bund Dachlatten zersägte, die er zum Zwecke besseren Arbeitens auf den Tank der Maschine gelegt hatte. Einen Augenblick lang war der Chef der *Steelriders* vollkommen sprachlos. Was überaus selten geschah.

Alles Weitere passierte dann unglaublich schnell. Auge machte einen Schritt nach vorn, fegte mit der rechten Hand das Huhn vom Motorradsattel und packte den Handwerker mit der Linken an der Schulter. Erschrocken ließ dieser die Säge fallen und fuhr herum. Auge, der noch in der Vorwärtsbewegung war, nutzte den Schwung, um einen sauberen rechten Schwinger zu landen.

Für Mike Mansfeld kam dieser Schlag völlig unerwartet. Die Faust des Präsidenten der *Steelriders* traf ihn am Kinn und schickte ihn zu Boden. Einen Moment lang lag er völlig benommen auf dem Rücken. Nur mühsam konnte er sich wieder auf die Ellbogen stützen und Auge ungläubig anstarren.

„Bist du vollkommen bekloppt, du Idiot?“ Auges Gesicht lief bei diesem Satz rot an, die Halsschlagadern waren deutlich geschwollen. „Ich besorg dir die Karre und du löhnst nicht. Stattdessen benutzte du sie als Sägebock und lässt deine Hühner drauf scheißen?“ Auges Blick wanderte hin und her, ob er nicht ein geeignetes Schlaginstrument fand, um diesen Blödmann mal ordentlich durchzulassen.

Mansfeld krabbelte rückwärts vor Auge weg. Er schien zu ahnen, was der Rockerboss vorhatte. Erschrocken blieb er liegen, als dieser einen Schritt auf ihn zumachte.

„Pass auf, mein Freund“, warnte Auge ihn mit erhobenem Zeigefinger, „an so einer Wurst wie dir will ich mir gar nicht die Finger schmutzig machen. Aber ich werde dir sagen, wie das hier weitergeht.“ Dabei baute er sich drohend über Mansfeld auf. „Spätestens morgen Mittag habe ich die restliche Knete oder ich lass dich dermaßen durch, dass dich deine eigene Mutter nicht mehr erkennt.“

„Ich weiß nicht, ob ich das Geld bis morgen Mittag zusammenbekomme“, stammelte Mansfeld erschrocken. „Wie wäre es, wenn du die Karre wieder mitnimmst und die Anzahlung behältst?“, schlug er mit zittriger Stimme vor.

„Was?“, schrie Auge. „Diesen vollgeschissenen Hühnerhaufen?“ Es kostete ihn große Überwindung, nicht zuzutreten. „Morgen Mittag ist die Knete da, sonst …!“ Den Rest des Satzes ließ er drohend in der Luft hängen. „Haben wir uns verstanden?“, schrie er Mansfeld an. Der nickte ängstlich und hatte einen Arm schützend vors Gesicht gehoben.

Wutentbrannt machte Auge auf dem Absatz kehrt und stiefelte vom Hof. Das dicke, weiße Huhn rannte gackernd vor ihm her. Ohne Mansfeld noch eines Blickes zu würdigen, bog er um die Hausecke. Hätte er noch einmal zurückgesehen, wäre ihm im hinteren Teil des Gartens, halb verdeckt durch große Johannisbeersträucher, vielleicht eine Person aufgefallen, welche die gesamte Szene schweigend, aber interessiert beobachtet hatte.

***

Der Ortsteil Hiddesen war über die Detmolder Stadtgrenzen hinaus vor allem für seine Lage am Fuße des Hermannsdenkmals bekannt. An seiner Hauptkreuzung lag das kleine Bistro Knispel, welches von den Gästen für seine Küche, die Kleinkunstbühne und auch für die urige Atmosphäre geschätzt wurde.

Hier saßen Wilma Schnittenfittich und Manuela Krüger, geborene Schnittenfittich, am größeren der beiden Tische auf der Empore. Manuelas Söhne Lasse und Tom hampelten auf der großen Bank herum. Soeben kam die Bedienung an den Tisch und brachte zwei Teller mit Pommes Frites. Wie zwei hungrige Wölfe stürzten sich Wilmas Enkel auf die frittierten Kartoffelstäbchen.

„Donnerwetter, die haben ja Hunger wie die Löwen", staunte die Großmutter, die ihre alleinerziehende Tochter und die Jungs hierher zum Essen eingeladen hatte. Regelmäßig einmal im Monat besuchten sie sich gegenseitig. In diesem Monat war Wilma an der Reihe und ins Lipperland gefahren. Alwine hatte sie in Bad Oeynhausen zum Bahnhof gebracht, und von ihrer Tochter wurde sie in Detmold abgeholt. Am heutigen Mittwochnachmittag hatte sie Zeit, weil die Arztpraxis, in der sie arbeitete, geschlossen war.

„Und, hast du schon mal wieder was von Axel gehört?", wollte Wilma wissen und schüttelte ihre Serviette aus, da sie die Bedienung mit ihrem Schnitzel kommen sah.

Ihre Tochter verdrehte entnervt die Augen. „Ich habe dir doch schon tausend Mal gesagt, dass Axel und ich keinen Kontakt mehr miteinander haben. Er ist wieder verheiratet, wie du weißt." Sie lehnte sich zurück, da auch sie ihr Essen serviert bekam. „Guten Appetit, Mutter."

Eine Zeitlang war nur das Klappern von Besteck und Geschirr zu hören. Selbst die Zwillinge, die nur zu gerne balgten und stritten, hielten erstaunlicherweise Ruhe. Es war

Manuela, die das Schweigen als Erste wieder brach. Vielleicht hatte sie sich bei ihrer Antwort soeben doch ein wenig im Ton vergriffen. „Wie geht es eigentlich Alwine?“, wollte sie daher versöhnlich wissen.

Ihrer Mutter schien der aggressive Tonfall jedoch entweder nicht aufgefallen zu sein, oder sie hatte ihn bewusst überhört. „Wie bitte, mein Kind?“ Sie beschäftigte sich weiterhin intensiv mit ihrem Champignonrahmschnitzel.

„Ich habe gefragt, wie es Alwine geht.“

„Och, der geht es gut, die hat keine Langeweile. Du weißt ja, sie interessiert sich für alle möglichen Dinge. Vor allem für alles, was mit Mord und Totschlag zu tun hat.“

Manuela legte ihr Besteck zur Seite und sah ihre Mutter interessiert an. „Die Antwort passt ja wie die Faust aufs Auge. Ich wollte dich nämlich um einen Gefallen bitten.“

Wilma stutzte und blickte von ihrem Teller hoch.

Die Tochter stützte die Ellbogen auf den Tisch und legte den Kopf in die Hände. „Es geht darum, dass eine meiner Freundinnen anrief und mir erzählte, dass man ihren Freund, oder ich müsste vermutlich besser sagen, Ex-Freund wegen Mordes verhaftet hat.“ Entweder hatte Wilma nicht zugehört, oder sie hatte nicht verstanden, was ihre Tochter ihr soeben erzählt hatte, denn sie kaute völlig unbekümmert weiter.

Manuela blieb jedoch am Ball. „Und da ich weiß, dass ihr beide schon ein paar Kriminalfälle gelöst habt, dachte ich, ich bitte euch um Hilfe.“

Wilma hielt mitten im Essen inne und blickte ihre Tochter über den Rand ihrer Brille hinweg skeptisch an. „Ich weiß ehrlich gesagt nicht, wie wir dir helfen können, aber wo drückt denn der Schuh?“

Manuela seufzte erleichtert. „Also die Sache ist die, der Ex-Freund von Walli ist von der Polizei festgenommen worden. Er soll jemanden erschlagen haben. Er schwört zwar Stein und Bein, dass er es nicht war, aber es gibt Fakten, die ihn schwer belasten.“

Wilma hatte den Kampf gegen das große Schnitzel wieder aufgenommen. Mit vollem Mund und mit dem Messer herumwedelnd, forderte sie ihre Tochter zum Weitersprechen auf.

„Auge ist eigentlich nur zu dem Typen hingefahren, um seine Forderungen geltend zu machen.“

„Auge?“ Wilma blickte ihre Tochter an und wischte sich mit der Serviette den Mund ab.

„Eigentlich heißt er ja Bernd, aber seine Kumpels von den Steelriders nennen ihn Auge. Er ist ihr Präsi.“

Wilma verstand kein Wort.

„Er ist Präsident des Motorradclubs *Steelriders* aus Bad Oeynhausen“, setzte Manuela erklärend hinzu. „In seinem Motorradgeschäft hat er einem Typen namens Mike Mansfeld eine Harley V-Rod verkauft.“ Da sie bemerkte, dass sie wieder Fachchinesisch sprach, erklärte sie sofort, dass es sich dabei um ein Motorrad handelte.

„Also, der Typ hat die Karre gekauft, eine kleine Anzahlung hinterlegt und dann nichts mehr von sich hören lassen.“

„Das ist aber nicht die feine englische Art“, bemerkte Wilma, der etwas Salatdressing vom Kinn tropfte.

„Genau, und deshalb ist Auge auch zu ihm hingefahren, um ihn zur Rede zu stellen. Dabei hat er gesehen, dass das nagelneue Motorrad bereits total versaut und beschädigt war. Und als altem Harley-Freak ist ihm da wohl eine Sicherung durchgebrannt.“ Manuela trank einen Schluck von ihrer Cola. „Was ich übrigens durchaus verstehen kann.“

„Und weiter?“ Satt und zufrieden legte Wilma Messer und Gabel auf den Teller. „Was ist dann passiert?“

Manuela druckste etwas herum. „Wenn ich Walli richtig verstanden habe, dann hat Auge dem Typen eine gescheuert. Nachdem der zu Boden gegangen ist, hat ihm Auge dann unmissverständlich klargemacht, dass er umgehend sein Geld sehen will.“

In diesem Moment kam der Wirt aus der Küche. „Hallo, die Damen, ich hoffe, es hat geschmeckt?“, fragte er und wischte sich die Hände an seiner schwarzen Schürze ab.

„Wunderbar“, lobte Wilma, und auch Manuela hob anerkennend den Daumen.

„Darf ich Ihnen zur Verdauung ein kleines Schnäpschen bringen lassen?“ Er blickte Wilmas Enkel an. „Und ihr, Jungs? Vielleicht ein Eis?“

„Klar, Eis geht immer“, antwortete Lasse begeistert, und sein Bruder nickte mit vollem Mund. „Mama, dürfen wir dann noch ein bisschen nach draußen, Fußballspielen?“

„Ja, seid ihr denn immer noch nicht müde?“, wollte Wilma wissen. Immerhin hatten sie vor dem Essen einen langen, gemeinsamen Spaziergang gemacht.

„Nein, Oma. Wir sind aber auch noch nicht so alt wie du.“

Nachdem die beiden Jungs mit Eis und Fußball abgeschoben waren und die Bedienung zwei Schnäpse gebracht hatte, setzten die beiden Frauen das Gespräch fort.

„Du sagtest gerade, dass er ihn verprügelt hat“, erinnerte Wilma ihre Tochter.

„Nein, nicht verprügelt. Er hat ihm nur einen einzigen Schlag versetzt. Und Auge schwört, dass der Typ noch putzmunter war, als er ihn verließ.“

„Vielleicht hat der Schlag Nachwirkungen gehabt“, Wilma trank ihren Schnaps in einem Zug aus.

„Nein, das kann nicht sein. Der Typ hat gesprochen und gelebt, als Auge wieder abgehauen ist.“

„Was hat die Polizei denn festgestellt?“

„Sie sagten, dass sein Hinterkopf zertrümmert war.“

„Vielleicht ist er mit dem Kopf irgendwo draufgefallen.“

„Aber Mama, ich glaube kaum, dass man noch reden kann, wenn einem der Schädel eingeschlagen wurde.“

Wilma nickte zustimmend. Darin musste sie ihrer Tochter recht geben. Eine äußerst mysteriöse Sache.

Sie winkte der vorbeikommenden Bedienung und bestellte sich, nachdem ihre Tochter dankend abgelehnt hatte, noch einen Schnaps. „Aber einen Doppelten, bitte!“ Besondere Umstände verlangten auch besondere Maßnahmen.

„Walli glaubt“, fuhr ihre Tochter fort, „dass irgendjemand anderes Mansfeld erschlagen hat und es nun Auge in die Schuhe schieben will.“ Verdrießlich schnaufte sie. „Was auch wunderbar geklappt hat, denn als Rocker ist Auge ja ein idealer Verdächtiger.“

Wilma hatte sich einen Zahnstocher geangelt und puhlte in den Zähnen herum. Als ihre Tochter sie missbilligend anblickte, legte sie ihn auf den Teller. „Wenn du mich fragst, gibt es nur zwei Möglichkeiten. Entweder hat Auge gelogen, oder deine Freundin Walli hatte recht, und nach ihm kam noch ein Besucher.“

„Tust du mir bitte den Gefallen und spricht mit Alwine mal darüber?“ Ihre Tochter schaute sie mit dem Blick an, mit dem sie bereits als kleines Mädchen alles erreicht hatte.

„Ich verspreche es dir, aber mach dir nicht zu viel Hoffnung. Wir sind schließlich nur zwei alte Tanten.“

Ihre Tochter lachte auf. „Ja, aber was für welche. Junge Frau, noch zwei Schnäpse und zwar Doppelte.“

***

Zwei Tage später saßen Alwine und Wilma vor dem Verkehrshaus am Kurpark in der Sonne. Vor Wilma stand eine Tasse Kaffee, Alwine hatte sich ein Glas Rotwein bestellt. Während ihre Freundin sich wieder einmal mit ihrer Strickerei beschäftigte, beobachtete Alwine interessiert die flanierenden Menschen.

Es war schon erstaunlich. Manchen Paaren konnte man deutlich ansehen, dass sie verheiratet waren – und wie lange. Frisch Verheiratete gingen eng aneinandergeschmiegt. Nicht mehr ganz so frisch verheiratete hielten Händchen. Bei länger verheirateten Paaren hingegen marschierte jeder für sich alleine. Erst Paare im hohen Alter hielten sich wieder an den Händen. Wobei Alwine sich nicht immer ganz sicher war, ob es sich dabei um jung gebliebene Liebe oder die Angst vor Stürzen handelte.

Auffällig war ein Pärchen, beide so um die Vierzig, die ständig stehen blieben und sich küssten. Gingen sie weiter, klebte sie an ihm wie ein Äffchen an der Palme und himmelte ihn an. Er hingegen stolzierte mit durchgedrückter Brust und eingezogenem Bauch daher.

Wilma blickte von ihrer Handarbeit auf, und auch ihr sprang sofort dieses Pärchen ins Auge. Sie bemerkte, dass ihre Freundin die beiden ebenfalls beobachtete, was nicht höflich war, aber Spaß machte. „Na, Alwine, was meinst du, sind die beiden verheiratet?"

Alwine griff nach ihrem Rotweinglas. „Ganz sicher und auch schon lange. Nur nicht miteinander. Ich würde sagen, typischer Fall von Kurschatten."

Wilma kicherte. „Tja, in einer Kurstadt wie unserer gilt eben der alte Grundsatz, wo viel Kur ist, ist auch viel Schatten."

Das Pärchen ging soeben an ihnen vorbei, hatte aber weder für die beiden alten Damen noch für die sonstige Umgebung einen Blick übrig.

Die Liebe ist ein seltsames Spiel, summte Alwine den alten Connie-Francis-Titel und drehte dabei ihr Weinglas gedankenverloren in der Hand.

„Da fällt mir gerade ein, dass ich dich von meiner Tochter etwas fragen soll." Wilma ließ die Stricknadeln sinken. „Hast du etwas von dem Mord oben in Lohe gehört?"

„Diese Rockergeschichte?" Alwine hatte sich bei dem Wort Mord sofort aufgerichtet.

„Ja, genau die."

„Davon weiß ich nur, was in der Zeitung stand", sagte sie.

„In welcher Zeitung?", fragte Wilma scheinheilig.

„In beiden. Wie du weißt, bin ich gerne umfassend informiert.“

Wilma schmunzelte, weil sie wusste, dass ihre Freundin auf eines der beiden Blätter schwor. Dem anderen warf sie gerne fehlende Kenntnisse und oberflächliche Recherchen vor. Dabei konnte man doch wirklich froh sein, dass es in Bad Oeynhausen noch zwei Tageszeitungen gab, die nicht ein und demselben Verlag angehörten. „Also ich kann dir ja mal erzählen, was Manuela mir erzählt hat.“

Aufmerksam hörte Alwine den Ausführungen ihrer Freundin zu und unterbrach sie nicht. Erst danach gab sie ihre Einschätzung dieses Falles kund. „Ich glaube, wir könnten diesen Mord nur lösen, wenn wir uns am Tatort umsehen und uns mal in der Nachbarschaft umhören.“

Wilma stöhnte aus tiefstem Herzen. „Ich habe schon so was befürchtet. Jetzt geht das wieder los. Ich kann mich des Eindrucks nicht erwehren, dass irgendwann mal etwas schiefgeht.“

„Willst du nun der Freundin deiner Tochter helfen, oder nicht?“ Die ehemalige Oberstudienrätin blickte ihre Freundin herausfordernd an.

„Das hat man nun davon, dass man Kinder in die Welt gesetzt hat.“ Missmutig packte Wilma ihr Strickzeug in die Handtasche.

„Lass mal stecken, dafür hast du damals auch fünf Minuten Spaß gehabt.“

***

Nur mit Mühe gelang es der Oberfinanzsekretärswitwe Wilma Schnittenfittich, sich im Ortsteil Lohe aus dem VW Käfer Cabriolet ihrer Freundin zu quälen. Wann würde die sich endlich mal ein vernünftiges Auto anschaffen?

Alwine stand bereits vor dem Haus von Mike Mansfeld und hatte die Hände in die Hüften gestemmt. Alwine wirkte wie eine Immobilienmaklerin, dachte Wilma. Sie hingegen erinnerte mit ihren grauen, aufgetürmten Haaren und der über den Arm gehängten Handtasche eher an Königin Elisabeth II. Auf immer noch etwas wackeligen Beinen stand sie endlich neben ihrer Freundin.

„Was ist denn das für ein schauerliches Gemäuer? Hier sieht es ja aus wie bei Hempels unterm Sofa."

Alwine musste grinsen, denn ganz unrecht hatte ihre Freundin nicht. Der Vorgarten, oder besser gesagt, die freie Fläche vor dem Haus war regelrecht zugemüllt. Überall Plastikfolien und leere, vom Regen durchweichte Kartons, teils mit und teils ohne Inhalt. Mittendrin thronte eine alte, verbeulte und vermutlich nie gereinigte Speismaschine. Wer hier aufräumen wollte, würde als Erstes einen großen Container bestellen müssen.

„Ich denke, es ist sinnvoller, wenn wir erst einmal die Nachbarn befragen, statt hier in dem Gerümpel herumzustolpern." Ein Vorschlag, der von Wilma nur allzu gerne akzeptiert wurde.

Die beiden Damen begannen ihre Befragung am Nachbarhaus zur Linken. *Baumann* stand auf der Klingel, und als sie schellten, öffnete ihnen ein älterer Herr in dunkler, fleckiger Hose und nicht mehr ganz weißem Hemd. Darüber trug er eine gemusterte Strickjacke und dazu braun-beigefarbene Filzpantoffeln. Er hielt eine Zeitung in der Hand, und die Brille auf seinem Kopf deutete darauf hin, dass sie ihn bei der Lektüre gestört hatten.

„Tach! Wenn sie für irgendeinen kirchlichen Verein sammeln, dann sind Sie bei mir falsch." Der ältere Mann machte bereits Anstalten, die Tür wieder zu schließen, als Alwine ihn unterbrach.

„Keine Angst, wir wollen kein Geld von Ihnen, und wir sind auch nicht die Zeugen von irgendwem", lächelte sie verbindlich. „Wir würden uns nur gerne ganz kurz mal mit Ihnen unterhalten."

Der Mann öffnete die Haustür wieder und sah die beiden älteren Damen neugierig an. „Na, da bin ich aber mal gespannt, worum es geht."

Wilma hielt sich dezent im Hintergrund und überließ ihrer Freundin das Reden. Diese kam auch umgehend zur Sache. „Wissen Sie, es geht um Ihren Nachbarn, Herrn Mansfeld." Dabei deutete sie mit dem Daumen über die Schulter. „Möge er in Frieden ruhen."

„Ach, um den geht es. Na, dem hat ja wohl irgendwer für immer die Kopfschmerzen genommen." Mitleid mit dem Schicksal des Verstorbenen klang aus dieser Antwort beim besten Willen nicht heraus.

„Ich vermute mal, Sie hatten kein gutes Verhältnis zu ihm?" Alwine wollte keine Pause aufkommen lassen.

„Man soll ja nicht schlecht über Tote reden, aber der Kerl war ein Spinner. Der kriegte nix gebacken, hatte bergeweise Schulden und andauernd stand irgendwer vor seiner Tür und verlangte Geld. Der Gerichtsvollzieher war so oft hier, dass sich der Einbau einer Drehtür gelohnt hätte."

Wilma kicherte bei dem Gedanken.

Baumann sprach ohne Aufforderung weiter. „Der hat alles angefangen und nichts zu Ende gebracht. Wenn Sie wollen, dann zeige ich Ihnen mal, wie hoch das Unkraut in seinem Garten steht. Da muss ich jeden Tag beigehen, um zu verhindern, dass es sich nicht auch noch in meinem Garten ausbreitet." Er nahm die Brille ab. „Wir hier in der Nachbarschaft waren uns alle klar darüber, dass es irgendwann mal ein schlimmes Ende mit dem nehmen würde. Tja, und nun ist es ja auch so gekommen."

Ob er was beobachtet hätte, wollte Alwine noch wissen. Baumann schüttelte den Kopf. „Nee, und ich bin froh, wenn ich meine Ruhe habe. Die Nachbarn interessieren mich nicht besonders, und der schon gar nicht." Er kratzte sich am Kopf. „Sie sind aber nicht von der Polizei, oder?" Er korrigierte sich sofort. „Nein, kann nicht sein, dafür sind sie schon zu alt."

Wieder musste Wilma kichern, und Alwine räusperte sich pikiert. Was ging den denn ihr Alter an? „Nein, wir interessieren uns nur ganz allgemein für den Fall."

Baumann nickte. „Wenn Sie mehr wissen wollen, was hier in der Nachbarschaft so los ist, dann gehen Sie mal zu Hannelore. Das ist die Nachbarin auf der anderen Seite von Mansfeld. Das alte Schrapnell speckert immerzu rum. Wenn eine was weiß, dann die. Guten Tach!" Ohne ein weiteres Wort schloss er die Tür.

Alwine und Wilma machten kehrt und begaben sich zu besagter Nachbarin. Auch hier wurde auf ihr Klingeln sogleich geöffnet. Über die Tat konnte Hannelore Fiebelkorn den beiden auch nichts berichten. Aber sie wusste so manch anderes zu erzählen. Baumann hatte recht gehabt, Hannelore Fiebelkorn kannte jeden Nachbarn in- und auswendig.

Enttäuscht kehrten die beiden zu Alwines Auto zurück. Dort stehend, blickte Alwine zurück zum Haus von Mansfeld. Eigentlich wollte sie sich ja noch den Tatort ansehen, aber irgendwie war ihr die Lust dazu vergangen.

„Wollen Sie diese Ruine etwa auch kaufen?" Die Stimme gehörte einem Mann in den besten Jahren. Alwine drehte sich um und stand vor einem fast zwei Meter großen, kahlköpfigen Riesen. Er trug eine teure Lederjacke und eine farblich dazu passende Cordhose. Seine Füße steckten in teuren Lederschuhen.

„Wieso, ist sie denn zu verkaufen?", fragte Alwine.

„So wie ich gehört habe, ja. Haus und Grundstück sollten in den letzten Jahren immer wieder mal unter den Hammer. Zwangsversteigerung, Sie verstehen? Aber anscheinend konnte der Besitzer den Verkauf noch jedes Mal verhindern."

Alwine nickte. „Gab es denn viele Interessenten für das Grundstück?"

Der Mann drehte sich um und streckte den Arm aus. „Sehen Sie sich doch mal diese Lage an, Sie können mir glauben, auf den alten Kasten hier waren viele scharf."

„Ich würde dafür kein Pfifferling ausgeben“, mischte Wilma sich ein. „Hier ist ja alles im Eimer, und sehen Sie nur, wie es hier aussieht.“

Der Mann lachte. „Da gebe ich Ihnen recht, aber das Grundstück ist einen ordentlichen Batzen wert.“ Leger steckte er die Hände in die Hosentaschen. „Waren Sie schon mal hinter dem Haus? Sie würden staunen, wie groß das Grundstück ist.“

„Und was passiert nun damit? Jetzt, wo der Besitzer tot ist.“ Alwine lehnte sich an ihren VW.

„Vermutlich kommt es jetzt wirklich unter den Hammer, und dann rücken ganz schnell die Bagger an. Es würde mich nicht wundern, wenn es sich dieser Diefental unter den Nagel reißen würde.“

Alwine blickte Wilma an, die kannte in Oeynhausen zwar sonst Hinz und Kunz, zuckte in diesem Fall jedoch ahnungslos mit den Schultern.

„Das ist dieser Immobilienhai aus Hannover, der hat sich hier in der Kurstadt schon einige Filetstücke einverleibt. Und wenn meine Informationen richtig sind, hat er sich auch hierfür interessiert. Auf jeden Fall schlich er hier oft rum.“ Dabei zeigte er auf Mansfelds Haus. „Also wenn Sie mitbieten wollen, dann machen sie sich mal auf einen ordentlichen Tanz mit dem gefasst.“

„Haben Sie den am Tattag auch gesehen?“, harkte Alwine nach.

„Nein, da war ich in Bremen. Schönen Tag noch.“ Freundlich grüßend schlenderte der Mann weiter in Richtung Loher Busch.

„Wilma, ich glaube, wir sollten uns jetzt einmal mit dem vermeintlichen Täter unterhalten.“

„Hoffentlich ist er nur vermeintlich, sonst werden wir beide noch seine nächsten Opfer.“

***

Typisches Weiberauto, dachte Auge, als Alwines VW auf den Hof des Motorradgeschäftes rollte. Aber so ein offener Käfer war immer noch besser als der Nachfolger, das Golf Cabriolet, was nie den Ruf los wurde, auszusehen wie ein Erdbeerkörbchen. Der Präsident der *Steelriders* wischte sich an einem alten Lappen die ölverschmierten Hände ab, während er auf den Wagen zuschlenderte. Was die beiden alten Schachteln hier wohl wollten? Ein Motorrad kaufen ganz sicher nicht.

Wilma blickte dem Rockerhäuptling mit gemischten Gefühlen entgegen und entschloss sich, zunächst mal im Wagen zu bleiben. Alwine hingegen, jahrzehntelang durch den Kampf gegen pubertierende Jungen gestählt, stieg ohne jegliches Angstgefühl aus. Sie schritt Auge beherzt entgegen, blieb einen Meter vor ihm stehen, stemmte selbstsicher die Hände in die Hüften und schaute zu ihm auf. „Sind Sie Bernd Schlüter?"

„Wer will das wissen?" Etwas geringschätzig blickte er auf die schlanke, ältere Dame hinunter.

„Ich! Hätte ich wohl sonst gefragt?" Wenn der Typ glaubte, er könne sie einschüchtern, dann war er schief gewickelt. Außerdem waren sie ja seinetwegen hier, oder besser gesagt wegen seiner Ex-Freundin. „Mein Name ist Alwine Bußmann, und ich bin mit meiner Freundin Helga gekommen, um Ihnen zu helfen."

Auge lachte laut auf. „Ihr beiden alten Krähen? Was wollt Ihr denn schon ausrichten?" Er machte Anstalten, sich umzudrehen.

„Wenn Sie jetzt gehen, werde ich Walli wohl sagen müssen, dass Sie kein Interesse daran haben, sich helfen zu lassen."

Bei diesem Namen war Auge hellhörig geworden. „Sagten Sie gerade Walli?"

„Ja, das ist doch wohl Ihre Ex, oder? Scheint sich immer noch Sorgen um Sie zu machen." Skeptisch musterte sie den

Chef der *Steelriders*. „Wobei ich gar nicht weiß, was sie an Ihnen Tolles findet."

Auge musste schlucken. Mut hatte diese alte Schachtel, das musste er zugeben. In seinem Club hätte sich keiner getraut, so mit ihm zu reden.

„Also, passen Sie mal schön auf!" Alwine schilderte, warum sie hier waren. Wie sich Walli an Wilmas Tochter Manuela und diese sich dann an sie gewandt hatte. Aufmerksam beobachtete sie, wie sich die Miene des Mannes langsam entspannte. So hart wie er tat, war er garantiert nicht, dachte Alwine.

„Tut mir leid, das mit den alten Krähen." Auge ging zum Wagen hinüber und öffnete Wilma die Tür. „Guten Tag, Gnädigste, darf ich Sie auf einen Kaffee ins Büro bitten?"

Wilma ergriff seine ausgestreckte Hand und ließ sich sanft von ihm aus dem Wagen ziehen. „Kaffee ist immer gut, aber ich wundere mich, dass Sie überhaupt hier sind." Sie wirkte neben dem Rocker wie ein Zwerg. „Ich habe vermutet, dass sie im Knast sitzen würden. Zumindest hat Manuela es so erzählt."

Auge blickte verlegen zu Boden. „Ich bin bis zur Verhandlung auf freiem Fuß. Der Richter meinte, es würde keine akute Fluchtgefahr bestehen. Wegen dem Laden und so." Auge deutete auf sein Geschäft und schnaufte verächtlich. „Die einzige Auflage, der ich nachkommen muss, ist, dass ich mich jeden Tag auf der Polizeiwache in der Blücherstraße melden muss."

Eingerahmt von den beiden Damen ging er hinüber zum Geschäftsgebäude. Abrupt blieb er stehen. „Verdammt! Ich war's doch nicht", schoss es aus ihm heraus. „Ja, zugegeben, ich habe ihm eine getafelt, aber das war's auch schon." Einen Moment lang schien es so, als ob dem Präsidenten Tränen der Wut in die Augen traten. Doch er riss sich zusammen. „Als ich abgehauen bin, hat er zwar auf dem Boden gelegen, aber er hat gelebt."

„Es wäre ja auch sonderbar, wenn man jemanden tötet und die Leiche dann einfach so rumliegen lässt. Egal, ob mit Vorsatz oder im Affekt.“ Alwine war stehen geblieben und blickte Auge durchdringend an. „Und Sie haben da oben in Lohe niemand anderes gesehen?“

Auge hielt ihr die Tür zum Laden auf. „Nein, das haben mich die Bullen auch schon gefragt. Ich kann mich wirklich nicht erinnern. Als ich ankam, war ich auf 180 und als ich fuhr auf 360. Ich war angepisst und wollte nur noch weg. Und zwar schnellstmöglich, bevor ich noch auf die Idee gekommen wäre, zurückzugehen und dem Typen tatsächlich den Schädel einzuschlagen.

„Ups“, entfuhr es Wilma. Sie, hielt sich die Hand vor den Mund. „Man gut, dass die Polizei das gerade nicht gehört hat.“

Auge wurde verlegen. „Ist doch nur so’n Spruch.“

„Ja“, sagte Alwine und spazierte an ihm vorbei ins Geschäft. „Aber ein gefährlicher.“

***

Alwine lief in ihrer Wohnung auf und ab. Wilma saß im Sessel und lauschte aufmerksam den Überlegungen ihrer Freundin.

„So kommen wir nicht weiter. Ich habe gestern den ganzen Abend überlegt, wer ein Motiv für den Mord an Mansfeld hatte. Es gab ja eine Menge Schuldner, aber wenn ich diese Hannelore richtig verstanden habe, waren das alles keine Riesenbeträge. Also nichts, wofür man jemanden umbringen würde. Weißt du, was mich ärgert?“ Alwine war abrupt stehen geblieben.

„Nein, wie sollte ich?“

„Mich ärgert, dass das hier ein Fall ist, in dem wir überhaupt keine Spur haben. Keine Zeugen, keine Spuren am Tatort, nicht einmal einen vagen Verdacht.“

„Was hattest du denn erwartet?“ Wilma trommelte mit beiden Händen auf den Armlehnen. „Ich habe dir doch gestern gleich gesagt, dass wir uns die nochmalige Fahrt zum Tatort sparen können. Es war doch klar, dass die Polizei jeden Zentimeter des Grundstücks abgesucht hat.“

„Ja schon, aber es ärgert mich halt, wenn ich das todsichere Gefühl habe, dass jemand unschuldig ist und ich ihm nicht helfen kann.“

„Todsicheres Gefühl, der Begriff passt prima zu einem Mord.“ Wilma verschränkte die Hände wieder vor dem Bauch und wippte zufrieden mit den Beinen.

Alwine nahm ihren Spaziergang durchs Zimmer wieder auf. „Ich glaube, in diesem außergewöhnlichen Fall sind wir gezwungen, andere Wege zu gehen.“

Ihre Freundin wurde hellhörig. „Ach, und wie sollen diese Wege deiner Meinung nach aussehen?“

Alwine machte kehrt und ging hinüber zu ihrem Schreibtisch. Aus der obersten Schublade zog sie ein Blatt weißes Papier. „Du könntest mir mal einen Gefallen tun. Hol mir doch mal bitte aus der Küche ein Paar Einweghandschuhe. Sie liegen unter der Spüle. Und bring auf dem Rückweg aus dem Flur ein paar alte Zeitungen mit.“

Wilma quälte sich ächzend aus dem Sessel und machte sich dann artig daran, die ihr übertragenen Aufgaben zu erfüllen.

Als sie wieder ins Wohnzimmer zurückkehrte, hatte ihre Freundin bereits eine Flasche mit Papierkleber bereitgestellt und eine Schere vor sich liegen.

„Hier hast du deine Sachen, kann ich sonst noch etwas tun?“ Die Einweghandschuhe flatterten auf den Schreibtisch.

„Ja, in der Tat. Blättere doch bitte mal die Zeitungen durch und suche nach diesen Wörtern, dann schneide sie aus und leg es mir hier neben das Blatt.“ Alwine reichte ihr einen Text.

„Ausgeschnittene Wörter? Das riecht mir aber verdächtig nach Erpresserbrief“, vermutete Wilma.

„Ja, und zwar nach einem der ganz besonderen Art.“

***

Vermutlich war gerade Neumond, denn es war ziemlich dunkel. So richtig gut fühlten sich die beiden Damen nicht. Dazu kam, dass es sich bei dem dunklen Wald hinter der Klinik Porta Westfalica nicht um einen anheimelnden Ort handelte. Vor allem nicht um Mitternacht. Aber er lag in der Nähe von Alwines Wohnung, ein leicht zu erreichender und trotzdem abgelegener Ort.

„Zitterst du vor Angst oder vor Kälte?“, fragte Wilma, die sich bei ihrer Freundin untergehakt hatte. Die beiden bogen von der Bahnhofstraße in den Weg ein, der sie in die Oeynhauser Schweiz führte, wie dieses Wäldchen hieß. „Ich jedenfalls vor Angst. Ich glaub, ich mach mir gleich in die Hose.“ Sie überquerten die kleine Brücke und bogen rechts ab.

Alwine zog Wilma hinter sich her. „Ich habe dir doch gesagt, in diesem Fall müssen wir besondere Wege gehen. Und in wenigen Minuten werden wir wissen, ob unser Schuss ins Blaue den Täter aufgeschreckt hat.“

„Du meinst, wenn er hier wirklich erscheint, dann gibt er dadurch seine Schuld zu?“ Wilma versuchte, die Dunkelheit mit den Augen zu durchdringen. An der nächsten Einmündung bogen sie links ab und folgten dem Therapiepfad.

„Eine Gegenfrage. Was würdest du tun, wenn du einen Erpresserbrief bekommst, in dem man dich beschuldigt, jemanden umgebracht zu haben, du es aber gar nicht warst?“

Wilma nickte. „Du hast recht. Ich würde nicht hierherkommen, sondern zur Polizei gehen und den Brief dort abliefern.“

Alwine blieb an der Station des Therapiepfades stehen, an der die 25 Steinblöcke lagen. „Siehst du, und genau darauf baue ich. Wenn er der Mörder ist, dann wird er kommen, um zu sehen, wer sein Geheimnis kennt. Ist er es nicht, dürfte der Brief vermutlich morgen bei Kellermann auf dem Schreibtisch liegen."

„Jetzt verstehe ich auch, warum du die Einweghandschuhe benutzt hast. Keine Fingerabdrücke hinterlassen, nicht wahr?"

„Na klar", Alwine lächelte. „Ich will ja nicht im Knast landen."

„Wie bist du denn auf ihn gekommen?" Wilma trat dabei von einem Bein auf das andere.

„Wie ich auf ihn gekommen bin? Es hatte mit dem Grundstück zu tun, er ist doch so scharf darauf." Sie legte Wilma die Hand auf den Oberarm. „Jetzt bleib doch mal ruhig stehen. Was ist denn los?"

„Ich bin so nervös, ich glaube, ich muss aufs Klo."

Alwine glaubte ihren Ohren nicht zu trauen. „Willst du etwa den Mörder mit runtergelassenem Schlüpfer empfangen?"

Wilma stöhnte leise. „Auf gar keinen Fall, aber ich ..."

Ihre Freundin hielt ihr den Mund zu. „Pst, da kommt wer."

Auf dem Waldweg hörte man Schritte. Langsam, aber sich eindeutig in ihre Richtung bewegend. Die beiden Frauen versuchten, das Dunkel zu durchdringen. Doch derjenige, der dort langsam auf sie zukam, war dunkel gekleidet und verbarg sein Gesicht im Schatten einer breiten Hutkrempe. Die Hände des Mannes steckten in den Taschen seines Mantels. Erst als er erkannte, wer am vereinbarten Treffpunkt auf ihn wartete, kam er näher. Zwei Meter vor ihnen blieb er stehen. Unendlich langsam zog er eine Hand aus der Tasche und hob dabei den Kopf. Als er sein Gesicht von unten kurz mit der Taschenlampe beleuchtete, wirkte es geradezu gespenstisch. Alwine bemerkte, dass Wilma zitterte wie Espenlaub.

„Da wären wir also! Irgendwie, habe ich mir schon gedacht, dass Sie beide hinter diesem Brief stecken. Lassen Sie uns nicht lange um den heißen Brei herumreden, sagen Sie mir, was Sie wollen.“ Der Mann hatte die Taschenlampe wieder ausgeschaltet. Nun standen sie sich wieder im Dunklen gegenüber.

Wilma starrte den Mann mit vor Schreck geweiterten Augen an. So also sah ein Mörder aus.

„Wir wollen eigentlich nichts anderes, als dass Sie sich stellen. Es wäre nämlich äußerst ungerecht, wenn ein Unschuldiger für Sie ins Gefängnis gehen müsste.“

Der Mann lachte hämisch. „Sie wollen mir doch nicht erzählen, dass es um diesen schmierigen Rocker schade wäre, oder? Außerdem bin ich ein wenig enttäuscht, ich habe gedacht, Sie wollten Geld. Wo Sie doch anscheinend wissen, was das Grundstück wert ist.“

„Auf jeden Fall eine ganze Menge. Sie hätten damit einen schönen Reibach gemacht. Das habe ich übrigens erfahren, als ich mich bei einigen örtlichen Immobilienhändlern erkundigt habe. Einer von ihnen sagte mir, dass auf diesem Grundstück ein Seniorenwohnheim geplant sei, doch so schön es auch liegt, der Platz hätte nicht ausgereicht.“

„Da haben Sie recht. Um eine solche Einrichtung zu bauen, wäre die doppelte Grundstücksgröße erforderlich.“

Alwine trat einen Schritt zurück und zog ihre Freundin dabei mit sich. Der Mörder folgte ihnen im gleichen Abstand. „Unterbrechen Sie mich, wenn ich mit meinen Vermutungen falsch liege“, forderte Alwine ihn auf. „Sie waren zufällig anwesend, als Bernd Schlüter bei Mansfeld auftauchte und ihn zusammenschlug. Richtig dürfte auch sein, dass Mansfeld sich dabei zwar ein Veilchen einhandelte, jedoch am Leben war, als Auge ihn verließ.“

Der Mann nickte zustimmend, seine rechte Hand hatte er dabei immer noch in der Manteltasche. „Nur weiter!“, forderte er Alwine auf.

„Sie haben erkannt, dass dies eine günstige Gelegenheit war, Mansfeld aus dem Weg zu räumen. Wäre er erst einmal tot, würde das Grundstück verkauft."

Wieder nickte der Mann. „Richtig, und ich stelle mir die Frage, ob Sie auch wissen, dass ich ein Vorkaufsrecht darauf habe?"

Wilma hatte sich ganz langsam hinter ihre Freundin geschoben. Alwine spürte, wie sie hinter ihrem Rücken herumfuchtelte. Hoffentlich machte die jetzt keinen Fehler.

„Nein, das ist mir neu, erklärt aber eine Menge. Mansfeld tot, Sie kaufen das Grundstück, packen ein weiteres dazu und bieten es dann dem Bauträger des Seniorenheims an."

„Womit es endlich die erforderliche Größe gehabt hätte", fügte der Mann im Dunklen hinzu. „Ich muss schon sagen, Sie sind ganz schön clever. Woher haben Sie das gewusst?"

Alwine beobachtete ihr Gegenüber genau. „Hannelore, die Nachbarin, war wirklich eine gute Auskunftsquelle. Ich habe zwar einiges geahnt, aber so richtig gewusst habe ich eigentlich nur, dass Sie scharf auf das Grundstück waren. Doch die Tatsache, dass Sie hier erschienen sind, ist meiner Meinung nach fast so gut wie ein Beweis."

„Das mag sein", meinte der Mann, „aber ich werde mir meine schöne Altersversorgung von Ihnen nicht kaputt machen lassen. Ich werde beide Grundstücke, meines und das von Mansfeld, an diesen Immobilienhai Diefental verkaufen und mir mit dem Geld einen schönen Lebensabend machen. Aber garantiert nicht hier in Bad Oeynhausen. Ich dachte da mehr an wärmere Gefilde." Der nette Herr Baumann zog eine alte Pistole aus der Manteltasche. „Tja, meine Damen, für Sie endet diese Geschichte leider hier in der Oeynhauser Schweiz. Ich sage ja, die Zeiten werden immer unsicherer, und ältere Damen sollten um diese Uhrzeit nicht mehr im dunklen Wald herumschleichen."

Baumann schaltete die Lampe wieder ein und hob die Pistole.

„Jetzt?“, fragte Wilma hinter Alwines Rücken.

„Ja, jetzt!“, antwortete ihre Freundin und zuckte erschrocken zusammen, obwohl sie wusste, dass Wilma hinter ihr den Knopf der Dose mit der Pressluftfanfare drückte.

Der infernalisch laute Ton ließ Baumann derart zusammenschrecken, dass er prompt die Waffe fallen ließ. Doch dieser Ton war noch gar nichts im Vergleich zu dem Geräusch, das dreißig schwere Harleys verursachten, die plötzlich von allen Seiten mit aufgeblendeten Scheinwerfern auf sie zugedonnert kamen.

„Verdammt“, fluchte Baumann, „das sind diese elenden Rocker.“

„Nein“, widersprach Alwine und zog ihre Freundin hinter dem Rücken hervor. „Das sind keine Rocker, das sind die Mitarbeiter unserer Lebensversicherung.“

Saujagd

„Mensch, Bornemann, pass doch auf!“ Kriminaloberrat Kellermann wurde im Streifenwagen herumgeschüttelt wie ein Würfel im Becher.

Der blausilberne Passat hatte bereits mehrfach auf starken Baumwurzeln aufgesetzt. Sein Fahrer Polizeioberkommissar Michael Bornemann hatte ein paar Mal verhindern können, dass sie gegen einen Baum knallten. Polizeikommissar Achim Wichert stützte sich krampfhaft im Fußraum ab und verbog fast den Haltegriff am Dach. Der Streifenwagen jagte durch den Wald und wurde dabei nicht geschont. Normalerweise ging jeder Streifenbeamte mit seinem Dienstwagen pfleglich um, bildete er doch seinen täglichen Arbeitsplatz. Außerdem waren jede Beule und jeder Kratzer mit einer Menge Papierkram verbunden.

Doch all das spielte heute keine Rolle, denn Bornemann und Wichert jagten einen Mörder. Unterstützt vom Kriminaloberrat, der auf der hinteren Sitzbank als Achslastbeschwerer fungierte. Der Earl, wie Kellermann von seinen Kollegen scherzhaft genannt wurde, war froh, dass die beiden Streifenbeamten so schnell da gewesen waren. Ansonsten wäre der Gesuchte ihnen vermutlich bereits entkommen. Der Mann, den sie jagten, hieß Hans Triesch und stand in dringendem Tatverdacht, einen Mord begangen zu haben.

Momentan war Triesch leicht im Vorteil. Er verfügte über einen Geländewagen, dessen Bodenfreiheit sichtbar größer als die des langen VW Passat war. Doch Bornemann ließ sich nicht abschütteln, ihn hatte das Jagdfieber gepackt. Lieber würde er das landeseigene Fahrzeug zu Schrott fahren, als Triesch entkommen zu lassen. Dieser hatte nur Sekunden, nachdem Kellermann zusammen mit seinem Assistenten Robert Feuerborn bei ihm zu Hause erschienen war, die Flucht ergriffen. Die beiden Kriminalbeamten hatten ihn aufgesucht, um ihm eine schwere Straftat zur Last zu legen. Als

Kellermann und Feuerborn vor der Haustür standen, schlug er sie ihnen vor der Nase zu und versuchte, sich durch den Garten abzusetzen. Während Feuerborn die Haustür eintrat und ihm ins Haus folgte, rannte Kellermann draußen herum in Richtung Hinterfront.

Da Feuerborn nicht wissen konnte, ob der Verfolgte bewaffnet war, musste er beim Betreten des Hauses äußerst vorsichtig vorgehen. Das verschaffte Triesch einen Vorsprung.

Wie der geölte Blitz erschien er plötzlich hinter dem Haus auf der höher gelegenen Terrasse, sprang hinunter in den Garten und rannte zu einem Geländewagen. Gerade als er hineinsprang, bog Kellermann um die Ecke. Triesch startete den Motor und knallte den Rückwärtsgang ins Getriebe. Mit aufheulendem Motor machte der Wagen einen Satz zurück und prallte gegen einen Baum. Kellermann hörte deutlich, wie sich Metall verbog und Glas splitterte. Triesch ließ sich davon jedoch nicht aufhalten. Er schaltete in den Vorwärtsgang und trat das Gaspedal durch.

Kellermann hatte seine Dienstwaffe gezogen und rannte auf den Wagen zu. Dreck spritzte von den Rädern des Geländewagens auf. Triesch ließ sich jedoch weder vom Anblick einer gezogenen Dienstwaffe noch von einem wild gestikulierenden Kriminalbeamten beeindrucken. Der Geländewagen schlitterte die Einfahrt hinunter, musste ein Blumenbeet durchpflügen, um an Kellermans Dienstwagen vorbeizukommen, und jagte dann mit hoher Geschwindigkeit die lange Zufahrt zwischen Hauptstraße und Bauernhaus hinunter.

Kellermann wusste, dass diese Zufahrt in einem weiten Bogen verlief, und er hoffte, dass er geradeaus zu Fuß genauso schnell an der Straße sein würde wie Triesch mit dem Wagen. Aber wie sollte er ihn dort stoppen?

Im Laufen schaffte es Kellermann, sein Handy aus der Jackentasche zu ziehen und den Notruf zu wählen. Als er sich atemlos meldete, wusste der Kollege in der Einsatzleitstelle sofort, wen er am Telefon hatte. Kellermann und Feuerborn hatten kurz vorher erst gemeldet, dass sie am Einsatzort angekommen waren. Kellermann gab das Kennzeichen von Trieschs Wagen durch, der Kollege behielt Kellermann in der Leitung und gab gleichzeitig über Funk die Fahndung raus.

Manchmal stimmen sogar die abgedroschensten Sprichworte. Hier half das Glück tatsächlich dem Tüchtigen. Als Kellermann der Leitstelle über Funk mitgeteilt hatte, dass er mit Feuerborn zum Haus von Triesch unterwegs war, hatten auch Bornemann und Wichert vorsichtshalber diese Richtung eingeschlagen.

Völlig außer Atem und gleichzeitig mit Triesch kam Kellermann an der Straße an. Rechts von ihm bog soeben der Geländewagen in seiner Richtung ab, und Sekunden später raste Triesch tief hinter das Lenkrad geduckt am Earl vorbei. Innerlich fluchend stampfte Kellermann mit dem Fuß auf. Verdammte Sauerei!

Sein Sprung über den Straßengraben brachte ihn mitten auf die Fahrbahn, und er erschrak fast zu Tode, als hinter ihm plötzlich Bremsen quietschten. Als der Earl sich umsah, blickte er in das erschrockene Gesicht von Michael Bornemann.

Kellermann rannte zur Beifahrerseite, riss die hintere Tür auf und warf sich in den Streifenwagen. „Los, los, hinterher! Der Sausack versucht abzuhauen.“ Hektisch versuchte er, den Sicherheitsgurt anzulegen. „Na warte Bürschchen, ein besseres Eingeständnis deiner Schuld hättest du uns gar nicht liefern können.“ Der Earl unternahm noch einen letzten Versuch mit dem Gurt, dann ließ er ihn genervt los. „Wir dürfen ihn nicht entkommen lassen, Bornemann! Allem Anschein nach hatten meine beiden Zeuginnen mal wieder recht, und wir sind einem Mörder dicht auf den Fersen.“

Wichert funkte mit der Leitstelle, während Bornemann wie Niki Lauda hinter dem Lenkrad hing und immer mehr zu dem Geländewagen aufschloss. Schon bald klebte er ihm förmlich an der Stoßstange. Doch weder das Signal

Stopp Polizei! noch Blaulicht und Martinshorn machten Eindruck auf den flüchtenden Triesch, sondern erschreckten lediglich das Wild.

Kellermann schüttelte unwirsch den Kopf. Triesch musste doch merken, dass er ihnen nicht mehr entkommen konnte. Warum hielt der nicht an?

Als ob Triesch diese Worte gehört hätte, trat er plötzlich auf die Bremse, riss das Steuer des Geländewagens herum und bog in einen Waldweg ab. Nur der guten Reaktion Bornemanns und dem tadellos funktionierenden ABS war es zu verdanken, dass der Streifenwagen nicht auf den Geländewagen rauschte. Reaktionsschnell zwang auch Bornemann den Polizeiwagen in den Waldweg.

Jetzt zeigte sich die Überlegenheit eines Allradfahrzeuges. Doch was ihnen Triesch an Technik voraus hatte, machte Bornemann mit fahrerischem Können und einer gehörigen Portion Wagemut wieder wett. Trotz grobstolliger Reifen und großer Bodenfreiheit schaffte es Triesch nicht, sie abzuschütteln.

Der Streifenwagen musste nach dieser wilden Hatz vermutlich generalüberholt werden, doch bei der Verfolgung eines mutmaßlichen Mörders waren eben Prioritäten zu setzen, dachte Kellermann.

Hinterher hätte keiner sagen können, wie lange die Verfolgung noch gedauert hätte, wäre da nicht dieser glückliche Zufall gewesen. Denn genau an diesem Tag waren Mitarbeiter des Forstamtes dabei, entlang des Waldweges Bäume zu fällen. Dafür hatten sie den Waldweg aus Sicherheitsgründen gesperrt. Wanderer wurden aufgefordert, einen anderen Weg zu wählen, und für sture Mountainbiker stand zusätzlich noch ein Waldarbeiter neben einem dreibeinigen Hinweisschild.

Er war es dann auch, der wild gestikulierend zur Seite springen musste, als die beiden Fahrzeuge an ihm vorbeirasten.

Triesch blieb konstant auf dem Gaspedal und fegte das mitten auf dem Waldweg stehende Schild zur Seite. Im Vorbeifahren konnte Kellermann das entgeisterte Gesicht des Waldarbeiters erkennen. Vermutlich wäre der nie im Leben darauf gekommen, dass sich hier mitten im Wald Polizei und Verbrecher eine wilde Verfolgungsjagd lieferten.

Doch diese Verfolgungsjagd war nach 500 Metern zu Ende. Im selben Moment, in dem Triesch das Schild plättete, durchtrennte Waldarbeiter Helmut Walther das letzte Stück vom Stamm einer dicken Fichte. Als er merkte, dass der Baum sich neigte, zog Walther die Motorsäge heraus und trat zurück.

Pech für Triesch, dass Walther den Fallkerb vorher so angesetzt hatte, dass die Fichte quer über den Weg fiel. Glück, dass der Baum bereits auf dem Boden aufgeschlagen war, als er dagegen donnerte. Nur eine Sekunde früher, und die mächtige Fichte wäre mitten auf seinem Wagen gelandet.

Doch die Geschwindigkeit und der Aufprall reichten aus, dass die Airbags des Geländewagens auslösten. Die knapp dahinter zum Stehen kommenden Polizisten konnten Triesch daher unverletzt aus seinem Fahrzeugwrack befreien. Noch völlig geschockt ließ er sich wehrlos aus seinem nach Nitropulver riechenden Wagen ziehen und auf den Waldboden legen.

Nachdem ihn die beiden Polizisten untersucht hatten, drehte ihn Wichert auf den Bauch, und Bornemann legte ihm Handfesseln an.

Auch Kellermann hatte sich mittlerweile aus dem Fond des Streifenwagens gequält und stand nun breitbeinig vor Triesch, den seine beiden Kollegen gerade auf den Hosenboden gesetzt hatten. „Ich verhafte Sie wegen des dringenden Verdachtes, ihren Jagdkollegen und Mitpächter Heinrich Meier ermordet zu haben."

Triesch starrte ihn mit blutunterlaufenen Augen und wirren Haaren lediglich stumm an.

Wichert ging zum Geländewagen und warf einen Blick in den Kofferraum. Kellermann hörte einen erstaunten Pfiff, und nur Sekunden später, drückte ihm Wichert ein Gewehr in die Hand.

Eines, bei dem man sowohl den Lauf, als auch den Schaft abgesägt hatte, und auf dem ein Zielfernrohr montiert war. Am hinteren Ende des Zielfernrohres war eine Taschenlampe aufgesteckt, die man mittels Klebeband so fixiert hatte, dass ihr Licht jetzt durch das Zielfernrohr schien. So war es möglich, das Fadenkreuz des Zielfernrohres als Schatten auf das Ziel zu projizieren. Noch erstaunter waren die Beamten jedoch, als sie feststellten, dass es sich dabei um eine Taschenlampe handelte, die infrarotes Licht aussandte. Damit war es möglich, das Fadenkreuz vom Wild unbemerkt auf das Ziel zu projizieren. Zu sehen war es nur für jemanden, der es durch ein Nachtsichtgerät sah. Triesch war wirklich perfekt ausgerüstet.

Das entsprechende Nachtsichtgerät entdeckten sie versteckt in der Reserveradmulde. Die Verwendung dieser Nachtsichtgeräte war zum Zwecke der Wilderlegung verboten, und wer immer das Ziel war, er hatte keine Chance.

Der Kriminaloberrat gab seinem Kollegen die Gegenstände zurück und wandte sich wieder dem Festgenommenen zu. Er begann soeben mit der vorgeschriebenen rechtlichen Belehrung, als Triesch ihn unterbrach. „Sparen Sie sich den Mist, ich habe zwei Semester Jura studiert, ich kenne mich damit aus. Dabei drehte er den Kopf, um festzustellen, ob er sich den Nacken verrenkt hatte. „Verraten Sie mir lieber, wie Sie mir auf die Schliche gekommen sind. Ich war mir sicher, dass es niemand herausfinden würde.“

Kriminaloberrat Kellermann verschränkte die Arme vor der Brust. Dann lächelte er süffisant. „Sie werden es nicht glauben, aber Sie sind über zwei Rentnerinnen und einen Nistkasten gestolpert.“

***

Ein Tag, wie man ihn sich nicht besser wünschen konnte. Kaltes, aber klares Novemberwetter. Herrlicher Sonnenschein, der durch die entlaubten Bäume auf den Kammweg des Wiehengebirges fiel. Einer dieser Tage, an denen Revieroberförster Hermann Pudlich seinen Beruf ganz besonders liebte. Hier oben im Wald, fernab vom Lärm der Stadt, allein in seinem geliebten Wald. Pudlich ließ den dienstlichen Subaru Forester langsam rollen und warf nur ab und zu einen fachmännischen Blick auf den Forstbestand. Seine Fahrt führte ihn den Kammweg entlang in Richtung der Waldgaststätte Zum wilden Schmied, die zwar vor einiger Zeit abgebrannt, aber nun wieder restauriert und in Betrieb war.

Sein Hund, eine Schwarzwildbracke, trabte im Abstand von einigen Metern hinter dem Wagen her. Doch der vierbeinige Jagdhelfer interessierte sich weniger für den Zustand der Bäume, sondern mehr für die Spuren des Wildes, welches nachts den Kammweg überquert hatte.

Pudlich war so in Gedanken, dass er die beiden älteren Frauen, die auf dem Kammweg in gleicher Richtung gingen, erst in letzter Sekunde bemerkte. Ihm fiel auf, dass die kleine, dickere Wanderin stark humpelte und ihre Freundin sich bemühte, sie zu stützen. Pudlich bremste den Wagen ab und kam neben den beiden Frauen zum Stehen. Er beugte sich zum offenen Beifahrerfenster hinüber. „Guten Tag, meine Damen. Kann ich Ihnen helfen?“

„Sie schickt der Himmel!“ Alwine Bußmann lächelte den Förster dankbar an. „Meiner Freundin ist ein kleines Missgeschick passiert. Sie ist gestolpert und hat sich den Fuß verstaucht.“

„Wenn der mal nicht gebrochen ist“, diagnostizierte Wilma Schnittenfittich jammernd.

„Ach was, wenn der gebrochen wäre, könntest du doch gar nicht mehr laufen.“

„Dann ist er vielleicht nicht ganz gebrochen, sondern nur angebrochen“, widersprach Wilma. Ächzend humpelte sie näher an das Fahrzeug heran. „Auf jeden Fall tut es saumäßig weh, und ich kann nicht mehr weiterlaufen.“ Mit Mitleid erregendem Gesichtsausdruck blickte sie Pudlich an. „Sie werden uns doch hier nicht stehen lassen, oder?“

Der Förster war bereits aus dem Wagen gestiegen und kam um ihn herum. Galant fasste er Wilma mit der einen Hand am Ellenbogen und öffnete mit der anderen die Beifahrertür. „Aber, aber, meine Damen, welcher Mann würde denn einer in Not geratenen Frau nicht sofort zur Seite stehen?“

Mir würden spontan ein Dutzend einfallen, an erster Stelle mein Exmann, dachte Alwine, hielt aber den Mund. Stattdessen sah sie zu, wie Pudlich ihre Freundin in den Wagen verfrachtete.

Mittlerweile war auch der Jagdhund erschienen und beschnüffelte neugierig die ehemalige Oberstudienrätin. „Na, was bist du denn für ein feines Kerlchen?“

Oberförster Pudlich beugte sich zu seinem Jagdhund hinunter und kraulte ihn hinterm Ohr. „Das ist Benno, mein treuester Freund.“ Pudlich schob den schmusenden Hund mit dem Oberschenkel etwas zur Seite und öffnete die hintere Tür auf der Beifahrerseite. „Ich geh mal davon aus, dass Sie nicht alleine weiterlaufen wollen?“ Fragend sah er Alwine an.

„Ich hätte zwar keine Angst so allein im Wald, aber ich nehme Ihr Angebot dankend an!“ Deutlich behänder als ihre beleibte Freundin schwang sich Alwine in den Wagen.

Pudlich öffnete die Heckklappe, und mit einem Satz saß der Jagdhund im Heck. „So, alle an Bord, dann wollen wir mal!“ Pudlich nahm wieder hinter dem Lenkrad Platz und drehte den Zündschlüssel. „Ich denke, es ist am besten, wenn ich Sie sofort nach Bad Oeynhausen ins Krankenhaus bringe. Auf jeden Fall muss ihr Fuß geröntgt werden, damit man feststellen kann, was da genau beschädigt ist.“

Wilma seufzte erleichtert. „Sie glauben gar nicht, wie froh ich bin, dass Sie gekommen sind. Ich weiß gar nicht, wie ich den Rest des Weges hätte schaffen sollen.“ Dankbar blickte sie Pudlich von der Seite her an. Ein schöner Mann, er sah ein bisschen aus wie Karl-Heinz Böhm in den Sissy-Filmen, dachte sie. Dann blickte sie nach hinten zu ihrer Freundin und zwinkerte ihr zu.

„Haben Sie denn kein Handy?“ Pudlich blickte kurz zu Wilma hinüber, konzentrierte sich dann aber wieder auf den Weg. „So was hat doch heutzutage jeder.“

„Meins habe ich vergessen und bei ihrem ist der Akku leer“, plapperte Wilma los und deutete dabei mit dem Daumen nach hinten. „Und ob Sie es glauben oder nicht, aber die ganze Zeit über ist uns hier oben keine Menschenseele begegnet.“ Wilma rutschte nervös auf ihrem Sitz hin und her. „Ich mag gar nicht dran denken, was alles hätte passieren können. Möglicherweise wären wir noch im Dunkeln hier rumgeirrt. Eine gruselige Vorstellung, nachts im dunklen Wald. Wer weiß, wer hier so alles rumschleicht.“

Alwine beugte sich zwischen den beiden Sitzen hindurch nach vorn. „Du bist und bleibst ein Angsthase.“ Sie deutet auf ihre Freundin. „Die hat schon Schiss, abends allein in den Keller zu gehen.“ Alwine schüttelte schmunzelnd den Kopf. „Wer soll denn hier nachts schon rumlaufen? Ich hätte hier im Wald weniger Angst als in einer Großstadt. Ich wette, hier ist noch nie was passiert.“

Pudlich schnaufte verächtlich durch die Nase. „Die Wette würden Sie glatt verlieren. Erst vorgestern hat es nämlich unweit von hier einen Mord gegeben.“

Seine beiden Mitfahrerinnen blickten ihn erschrocken an. „Ein Mord?“ Wilma lief es eiskalt den Rücken herunter, als sie daran dachte, dass sie beide hier oben mutterseelenalleine herumgelaufen waren.

Alwine indes hatte die Antwort des Försters natürlich sofort neugierig gemacht. „Wer ist denn umgebracht worden?“

Pudlich ließ sein Fenster herunter und legte den Arm auf die Tür. „Man hat einen Jäger erschossen. Sein Name war Heinrich Meier. Er war einer von drei Jagdpächtern, die sich hier ganz in der Nähe ein Revier teilen."

„Weiß man denn schon, wer ihn umgebracht hat?" Wilma blickte zu Pudlich hinüber. Sie hatte Angst, dass der Mörder noch frei herumlief und jeden Moment hinter dem nächsten Baum hervorspringen könnte.

„Nein, die Herren von der Polizei tappen derzeit noch völlig im Dunkeln."

„Was ist denn passiert?" Das war mal wieder eine für Alwine typische Frage, dachte Wilma. Je gruseliger es zuging, umso neugieriger wurde ihre Freundin. Und ein Mord weckte ihre größte Neugier.

„So ganz genau weiß das noch keiner", fuhr Pudlich fort. „Die drei Jäger hatten sich zu einem gemeinsamen Nachtansitz auf Sauen verabredet. Wie gesagt, das Revier ist in drei Teile aufgeteilt. Jeder sollte in seinem Revierteil über Nacht einen Hochsitz besetzen, und morgens wollte man sich wieder treffen."

„Die wollten tatsächlich die ganze Nacht in so einer Bretterbude hocken?" Wilma schüttelte ungläubig den Kopf. „Ich friere ja schon, wenn ich bloß daran denke."

„Ach, gnädige Frau, wenn man sich ordentlich angezogen hat, geht das ohne Weiteres. Außerdem haben wir ja nachts noch keine Minustemperaturen."

„Und was ist weiter passiert?", bohrte Alwine hartnäckig nach.

Pudlich überlegte kurz. „Nach Aussage der beiden anderen hatten sie sich gegen 20.00 Uhr an der Krausen Buche getroffen." Pudlich erläuterte den beiden Damen, dass es sich bei der Krausen Buche um ein Naturdenkmal handelte. Eine sogenannte Süntelbuche, eine Sonderform der Rotbuche, die wegen ihres auffallenden Wuchses diesen Namen trug. Ganz in ihrer Nähe lag ein Wanderparkplatz, den die drei Jäger als

Treffpunkt ausgemacht hatten. Von hier aus war dann jeder in seinen Revierteil gefahren.

„Kennen Sie die drei?“ Wilma drehte sich auf ihrem Sitz ein wenig um, sodass sie Pudlich besser ansehen konnte.

Der Oberförster nickte. „Wenn Sie hier im Wiehengebirge Förster sind, kennen Sie jeden Jäger. Zu zweien von denen hatte ich engeren Kontakt, der dritte, der Ermordete, war etwas seltsam. Ein Einzelgänger. Über sechzig und immer noch unverheiratet. Manche Leute nannten ihn einen sonderlichen Öhm.“ Als Pudlich Alwines fragenden Gesichtsausdruck im Rückspiegel sah, erklärte er ihr den Ausdruck. „Ein Öhm. Halt ein Sonderling, einer der sein Leben lang alleine vor sich hinpusselt. Er lebte auf einem alten Bauernhof, den er von seinen Eltern geerbt hatte. Das ganze Grundstück ist voll mit Kram und Krempel.“ Pudlich beschrieb das Anwesen des ermordeten Heinrich Meier so ausführlich, dass sich die beiden Frauen ein lebhaftes Bild machen konnten.

„Er hat mit kaum jemandem geredet, und mir war immer schleierhaft, warum die anderen beiden ihn mit in die Jagd aufgenommen haben. Er konnte nämlich auch ganz schön stänkern und wurde fuchsteufelswild, wenn jemand mal in seinem Revierteil herumlief.“

Pudlich erzählte weiter, dass Meier all seine Hochsitze selber und ohne jede Hilfe gebaut hatte. Und alle hatte er verrammelt wie Fort Knox. Er hatte Meier zwar des Öfteren im Wald gesehen, doch dabei nur ganz selten mal mit ihm gesprochen. Und wenn, dann nur, weil sich Meier über irgendetwas oder irgendwen bei ihm beschweren wollte. Pudlich vermutete, dass der sonderbare Rentner wohl jeden Tag mit seinem alten, grünen Lada Niva im Wald herumkutschiert war. Ständig hatte er seine Reviereinrichtungen kontrolliert, jedem Spaziergänger misstrauisch hinterher geschaut und in jedem Wanderer einen potentiellen Wilddieb vermutet.

Pudlich kam wieder auf besagten Morgen zu sprechen. „Auf jeden Fall sind die beiden anderen morgens nervös geworden, als Meier nicht pünktlich am Treffpunkt erschien. Sie warteten eine Viertelstunde länger als vereinbart. Am frühen Abend hatten sie einen Schuss gehört, der eindeutig aus dem Revierteil kam, den Meier bejagte. Da lag die Vermutung nah, dass er vielleicht noch ein Wild nachsuchte, das er abends beschossen hatte."

Pudlich fuhr rechts ran, um eine Gruppe entgegenkommender Mountainbiker durchzulassen. Die beiden Damen warteten gespannt auf die Fortsetzung der Geschichte. „Als Meier dann immer noch nicht erschien, entschlossen sie sich, ihn zu suchen. Und in der Nähe seines Hochsitzes machten sie dann die grausige Entdeckung."

Alwine und Wilma hielten gebannt den Atem an.

„Mitten auf der dortigen Wildwiese lag Meiers Leiche. Irgendjemand muss ihm mit einer großkalibrigen Waffe von hinten in den Rücken geschossen haben. Er lag mitten auf der Kirrung."

„Was ist denn eine Kirrung?", fragte Wilma.

„Das ist eine Stelle, an der Schwarzwild angelockt wird. Man streut dort ein wenig Mais aus und deckt ihn mit Steinen oder anderem schweren Material so ab, dass außer den Sauen kein anderes Wild drankommt. Nur sie sind in der Lage die Abdeckung wegzuschieben oder umzudrehen. Dann setzt man sich in Sichtweite auf einen Hochsitz und wartet, ob sie zur Kirrung kommen. Und wenn sie da beschäftigt sind, kann man sich das passende Stück aussuchen und schießen."

„Wie gemein!" Wilma war entrüstet. „Man stelle sich das mal vor: Da kommt man in ein Lokal, sucht sich in der Speisekarte etwas aus und wenn man was gefunden hat, wird man erschossen."

Während Pudlich nur grinste, verdrehte Alwine genervt die Augen. „Woher hast du nur immer diese Vergleiche?"

„Ist doch wahr. Sollen sie die armen Schweine doch einfach in Ruhe lassen!"

Pudlich ließ den Dienstwagen nun gemächlich rollen. „Das ist schon notwendig, Frau ...?“

„Ich heiße Wilma Schnittenfittich, und das ist meine Freundin Alwine Bußmann!“

Pudlich stellte sich ebenfalls vor und verteidigte dann diese Form der Jagd. Zum einen gebe es zu viele Sauen und es müssten etliche erlegt werden. Zum anderen kämen sie nur nachts aus dem Wald, und so dumm, wie wir Menschen manchmal glaubten, seien die Tiere nicht. „Der Ausdruck dummes Schwein ist zwar eine Beleidigung, aber bloß für ein Schwein. Die sind nämlich ganz schön clever und schwer zu bejagen. Daher muss man schon auf diese Art des Ansitzes zurückgreifen.“

„Siehste, Wilma, haste mal wieder was gelernt“, stichelte Alwine. „Und Sie sagten, Meier lag mitten auf dieser Kirrung?“

„Ja, und das ist etwas, was die ganze Sache so mysteriös macht. Was hatte er da zu suchen, er wollte doch auf den Hochsitz? Da rennt man doch vorher nicht auf der Kirrung rum und verstänkert alles mit seinem menschlichen Geruch. Außerdem war sie komplett abgeräumt.“ Pudlich bemerkte, dass die beiden Frauen nicht verstanden, was er meinte. „Meier hatte sich für seine Kirrungen etwas ganz Besonderes ausgedacht. Um den ausgestreuten Mais abzudecken, hatte er sich große, alte Waschbetonplatten besorgt, sie mit einem Griff versehen und drei Stück eng nebeneinander ausgelegt. Doch als man ihn morgens fand, lagen alle drei Platten aufeinandergestapelt – und der Mais war weg.“ Pudlich kratzte sich nachdenklich am Kinn. „Die Lage der Platten gab uns allen ein Rätsel auf.“

„Sie meinen, dass nicht Sauen die Platten bewegt haben, sondern ein Mensch.“ Alwine blickte den Förster gespannt an.

„Genau, irgendjemand hat die Platten weggeräumt, um dem Wild so den Zugang zum Mais zu erleichtern. Als Meier zu seinem Hochsitz kam, muss er gesehen haben, dass sich jemand an den Platten zu schaffen gemacht hatte. Und wie ich ihn kenne, war er vermutlich stinksauer und ist nachsehen gegangen. Die Polizei geht davon aus, dass er dann an Ort und Stelle erschossen wurde."

„Kann das der Schuss gewesen sein, den die beiden anderen gehört haben?" Wilma hielt sich angestrengt am Türgriff fest, weil der Geländewagen gerade über ein Stück unebener Wegstrecke rumpelte.

„Ja, und der Schuss fiel, nach Aussage von Triesch und Heumann, sehr früh. Denn die beiden gaben übereinstimmend an, dass sie gerade eben an ihren beiden Hochsitzen angekommen waren."

„Ist das denn nicht seltsam, dass ein Schuss so früh fällt?", wollte Alwine wissen.

Pudlich schüttelte den Kopf. „Sie glauben gar nicht, wie viele Stücke Wild ich schon beim Angehen zum Hochsitz erlegt habe. Manchmal stehen sie schon auf dem Wildacker, wenn man kommt."

„Aber wer läuft denn im Wald rum und erschießt einen Jäger? Und warum tut er das?" Die ehemalige Oberstudienrätin ließ sich zurück in die Polster sinken und dachte nach. Wer lief nachts mit einer Waffe im Wald herum? Ein Geistesblitz sorgte dafür, dass sie sich wieder nach vorne beugte.

„Hat die Polizei eigentlich die Waffen der beiden anderen Jäger kontrolliert?"

Pudlich nickte. „Aus beiden ist nachweislich kein Schuss abgefeuert worden, und außerdem waren sie beide auf ihren Hochsitzen. Triesch hat seinem Kumpel Heumann sogar noch eine SMS geschrieben, dass er seinen Platz eingenommen hat und bereits Rehwild sehen würde." Pudlich sah kurz nach hinten. „Nein, gnädige Frau, der Täter muss jemand anderes sein."

„Vielleicht hat mal eine Wildsau zurückgeschossen", kicherte Wilma und erntete dafür prompt einen bösen Blick ihrer Freundin.

Pudlich musste bei dieser Vorstellung lachen. „So was gibt es zum Glück nur auf den Witzseiten der Jagdzeitschriften.“

Eine Zeitlang rumpelte der Geländewagen mit drei schweigenden Insassen durch den Wald. Grübelnd hingen alle ihren Gedanken nach.

Es war dann Alwine, die das Schweigen brach. „Wir wissen jetzt zwar, wie Meier gestorben ist, aber warum wurde er getötet?“

Pudlich zuckte mit den Schultern. „Keine Ahnung, irgendwer muss einen Grund dafür gehabt haben. Und zwar einen triftigen. Aber auch da tappt die Polizei noch völlig im Dunkeln.“

„Was macht eigentlich dein Fuß, Wilma?“ Alwine legte ihrer Freundin die Hand auf die Schulter.

„Ach, geht schon, die Ruhe tut ihm gut. Laufen wäre überhaupt nicht mehr gegangen. Vielleicht ist ja doch nichts gebrochen.“ Wilma seufzte hoffnungsvoll.

„Wenn Sie hier rechts hinunterblicken“, Pudlich deutete dabei in einen schmalen Waldweg, „dann können Sie fast den Tatort sehen.“

Ruckartig richtete sich Alwine auf. „Wenn es Ihnen nichts ausmacht, könnten wir da mal hinfahren?“

Erschreckt sah Pudlich Alwine an.

„Wissen Sie, es ist nämlich so, dass sich meine Freundin für Sherlock Holmes hält“, erklärte Wilma.

„Und du bist mein Dr. Watson“, konterte Alwine schlagfertig.

Pudlich grinste und blickte die pummelige Wilma an. „Für mich sehen Sie eher wie Miss Marple aus.“ Dann wandte er sich wieder Alwine zu. „Wenn ich Ihnen damit eine Freude mache, dann fahre ich Sie kurz zum Tatort.“

„Oh ja, bitte!“ Alwine klatschte vor Vergnügen in die Hände.

Der Förster bog in den Waldweg ein, und mehr hüpfend als fahrend rumpelte der Geländewagen den Berg hinunter, bis sie an einer großen Wiese im Wald ankamen. Mitten auf dieser Wiese lagen die erwähnten Betonplatten. Sie waren immer noch übereinandergestapelt. Die Wiese sah sehr uneben aus. Hier mussten die Wildschweine schon häufiger nach Mais gesucht und den Boden dabei umgewühlt haben.

Pudlich hielt den Geländewagen am Rande der Lichtung an. „Da drüben", er deutete auf die Stelle neben den Platten, „da hat man ihn gefunden."

Alwine fummelte am Türgriff herum, und Wilma drehte sich erschrocken um. „Du willst doch wohl nicht aussteigen, oder?"

„Warum denn nicht? Die Polizei ist mit ihrer Spurensuche sicherlich längst fertig. Ich möchte mich nur mal kurz umsehen."

„Was glaubst du denn zu finden, die Mordwaffe?"

Alwine ignorierte den Spott ihrer Freundin, öffnete die Tür und stieg aus dem Wagen. Langsam und sich aufmerksam umsehend näherte sie sich dem Tatort. Pudlich war ebenfalls ausgestiegen und folgte ihr in gebührendem Abstand. Immer wieder blieb Alwine stehen und blickte angestrengt auf den Boden. Ihre Freundin verfolgte dieses Treiben kopfschüttelnd vom Beifahrersitz aus.

„Keine Reifenspuren", murmelte Alwine, „und keine Fußspuren." Da es in den letzten Tagen nicht geregnet hatte, war der Boden steinhart. Langsam und vorsichtig näherte sie sich den Betonplatten. Sie sahen genauso aus, wie Pudlich sie beschrieben hatte. 50 mal 50 Zentimeter große Platten mit einem selbst angebrachten Griff in der Mitte. Alwine bückte sich und versuchte, eine der Platten hochzuheben. Doch den Versuch gab sie schnell wieder auf. Die Dinger waren sauschwer.

Pudlich stand hinter ihr und grinste. „Da können Sie mal sehen, wie kräftig die Sauen sind, wenn sie die Dinger umdrehen oder zur Seite werfen können." Er machte einen Schritt hinter den Plattenstapel. „Genau dort, wo Sie jetzt stehen, hat Meier gelegen."

Erschrocken sprang Alwine einen Schritt zurück. Als sie genauer auf den Boden sah, bemerkte sie, dass einige Stellen dunkler waren. Sie tippte auf getrocknetes Blut. Ein Schauder lief ihr über den Rücken. Erst nach einigen Sekunden konnte sie sich von diesem Anblick losreißen.

Langsam, wie in Zeitlupe, ließ sie ihren Blick schweifen. Irgendwo am Rand des Waldes, der die Wiese umgab, musste Meiers Mörder gestanden haben.

Sie drehte sich zu Pudlich um. „Haben Sie die Leiche selber gesehen?"

Pudlich nickte. „Ja, leider. Ein Anblick, den ich mir gerne erspart hätte." Er deutete auf den Boden. „Er lag auf dem Bauch, der Kopf in dieser Richtung." Pudlich zeigte von ihnen weg. „Wo Sie jetzt stehen, lagen seine Füße."

Alwine ging in die Hocke. „Und Sie sagten, ihm wurde in den Rücken geschossen?"

Pudlich schob die Hände in die Hosentaschen und zog die Schultern hoch. „So sagten es zumindest die Polizeibeamten, die den Tatort aufgenommen haben."

Alwine erhob sich und drehte sich um. „Also muss der Mörder dort drüben gestanden haben." Mit ausgestrecktem Arm machte sie eine halbkreisförmige Bewegung.

„Ja, das glaubt die Polizei auch. Deshalb haben sie dort auch alles abgesucht, aber nichts gefunden. Keine Spuren, keine Patronenhülsen, nicht mal abgeknickte Zweige. Der Täter muss sehr vorsichtig gewesen sein."

Alwine verschränkte die Arme vor der Brust und legte den Kopf schief. Man konnte ihr förmlich ansehen, wie sie nachdachte. „Wissen Sie, was mich stutzig macht?" Herausfordernd sah Alwine den Oberförster an.

„Der Täter muss gewusst haben, dass Meier hierher kam. Sonst hätte er hier ja tagelang lauern müssen."

Pudlich sah sie entgeistert an. „Da haben Sie recht, daran habe ich noch gar nicht gedacht", gab er zu. Nervös begann er, auf und ab zu gehen.

„Wenn es so ist, dann käme doch wieder einer seiner Mitpächter als Täter infrage, oder?“ Alwines Spürnase hatte soeben Witterung aufgenommen.

„Nicht unbedingt.“ Pudlich blieb abrupt stehen. „Meier kann auch jemand anderem erzählt haben, dass er sich hier auf Sauen ansetzen wollte. Aber Triesch und Heumann wussten es auf jeden Fall. Wenn man sich mit mehreren zusammenansetzt, ist es üblich, dass jeder weiß, wo der andere sitzt. Allein schon für den Fall, dass jemand mal Hilfe braucht.“

Die Beifahrertür von Pudlichs Wagen öffnete sich, und Wilma kletterte etwas unbeholfen heraus. Als Pudlich ihr entgegeneilen wollte, um sie zu stützen, winkte sie ab. „Vielen Dank, mein Lieber. Es geht schon, der Fuß hat sich etwas beruhigt, aber nun habe ich ein anderes Problem.“

Der Mann in Grün sah sie verständnislos an.

„Junger Mann, je älter man wird, desto schwächer wird die Blase. Das werden sie auch noch kennen lernen. Und meine signalisiert mir gerade, dass es nur noch zwei Möglichkeiten gibt: entweder in den Wald oder in die Hose.“ Wilma drehte sich um, ließ den sprachlosen Förster stehen und humpelte in Richtung Waldrand. Im Weggehen drehte sie sich noch einmal um. „Ich gehe auf diese Seite hier, nicht da drüben, wo der Mörder gestanden hat.“ Ein paar Sekunden später war sie bereits hinter dichten, mannshohen Fichten verschwunden.

Alwine blickte derweil immer noch nachdenklich auf die Betonplatten. „Wer sie wohl so aufgestapelt hat?“ Neugierig umrundete sie den Stapel und betrachtete ihn von allen Seiten.

Pudlich wandte sich ihr wieder zu. „Meier ganz bestimmt nicht. Seine Kirrungen waren immer gut vorbereitet. Er war ja schließlich jeden Tag im Wald.“

„Warum sollte der Täter dann erst die Platten wegräumen und dann auch noch den Mais aufsammeln?“

Pudlich lachte. „Das hatte er gar nicht nötig. Die Platten wegzuräumen reichte voll und ganz. Den Rest besorgten dann Vögel und Rehe. Sie glauben gar nicht, wie schnell der Mais weggefressen wird, wenn er erst mal frei liegt. Zumal hier sicherlich auch nur sehr wenig gelegen hat. Meier war ausgesprochen geizig und hat seinen Wildschweinen nie mehr als eine Handvoll Körner gegönnt."

Nachdenklich legte Alwine den Kopf schräg. „Ich fasse nochmal zusammen. Meier bereitet tagsüber alles für die Jagd vor, streut Mais aus und deckt ihn mit den schweren Platten ab."

Der Oberförster bestätigte ihre Ausführungen mit einem Nicken.

„Abends kommt er zurück, stellt fest, dass irgendwer die Platten aufgestapelt hat, und kein Körnchen Mais mehr da ist. Nichts, um damit auch nur das kleinste Wildschwein aus dem Wald zu locken."

„Ich weiß zwar nicht, warum jemand so etwas machen sollte, aber ja, rein theoretisch könnte es so gewesen sein." Pudlich blickte die ehemalige Oberstudienrätin erwartungsvoll an. „Und weiter?"

„Ich könnte mir vorstellen, dass der Mörder wusste, dass Meier sich hier an Ort und Stelle genau umsehen würde, wenn er die Platten gut sichtbar aufeinander gestapelt vorfand. Das wäre ja sogar einem Blinden mit Krückstock aufgefallen." Alwine deutete auf den Plattenstapel. „Meier kommt also, sieht sich die Bescherung an und steht für den Mörder wie auf dem Präsentierteller. Peng – und Meier war einmal."

Mit vor Staunen offenem Mund hatte Pudlich der Theorie gelauscht. „Donnerwetter, wenn Sie das so sagen, dann passt ja plötzlich alles zusammen."

„Und dadurch werden auch zwei weitere Dinge klar. Zum einen muss der Täter Meier und seine Eigenarten gekannt haben, und zum anderen muss er gewusst haben, dass Meier an diesem Abend hier auftauchen würde." Diesen Ausführungen ließ Alwine einen großen, langen Seufzer folgen, der Pudlichs Aufmerksamkeit erregte.

„Was ist denn los?“ Besorgt blickte er Alwine an.

„Grau ist alle Theorie. Was nutzt uns die schönste Tatrekonstruktion, wenn wir dadurch nicht herausbekommen, wer der Täter ist?“ Man merkte der Hobbydetektivin deutlich an, dass sie frustriert war.

„Aber durch Ihre Theorie ist der Täterkreis doch schon gewaltig eingeschränkt worden“, widersprach Pudlich.

„Das schon, aber ich gehöre eben zu der Sorte Menschen, die ein Problem nur ungern ohne Lösung zurücklassen.“

„Waren Sie etwa bei der Polizei und haben Verbrechen bekämpft?“, wollte Pudlich amüsiert wissen.

Alwine wehrte ab. „Gott behüte, ich war Lehrerin, und das Einzige, gegen das ich gekämpft habe, war die Unwissenheit meiner Schüler.“

Zusammen kehrten die beiden zurück zum Fahrzeug. Ein paar Minuten später raschelte es am Waldrand und Wilma erschien. Sichtlich erleichtert. Als sie humpelnd am Wagen ankam, öffnete ihr Pudlich galant die Tür.

„Jetzt fühle ich mich wieder wie neu geboren.“ Wilma kletterte in den Wagen. „Und? Habt Ihr herausgefunden, wer der Mörder ist?“

„Ihre Freundin hat es geschafft, den Tathergang ziemlich genau zu rekonstruieren. Außerdem ist es ihr gelungen, den Täterkreis einzugrenzen. Entweder muss es jemand aus dem Bekanntenkreis oder, ich tue mich schwer, so etwas zu sagen, aus der Jägerschaft gewesen sein.“

Wilma zupfte ihren Rock zurecht und blickte Pudlich an. „Sie meinen einer von den anderen beiden Jägern? Aber die haben doch, wenn ich mich recht erinnere, ein Alibi.“

„Ja, und außerdem hat die Polizei ja ihre Waffen überprüft. Daraus ist nicht geschossen worden.“ Pudlich legte resigniert beide Hände auf das Lenkrad.

Alwine war ebenfalls wieder eingestiegen und wurde von Benno freudig begrüßt. Sie wehrte den Hund ab und legte ihre Ellbogen auf die beiden Vordersitze. „Außerdem ist ja auch der Schuss gehört worden. Und zwar ziemlich früh. Wobei, so ein Schuss in einem Wald in dem gejagt wird, ist ja nichts Ungewöhnliches."

„Vielleicht wird dieser Fall ja niemals gelöst", vermutete Wilma. „Und ich muss ganz ehrlich sagen, hier im Wald würde ich mich gerne mit anderen Dingen beschäftigen als mit Mord."

„Recht haben Sie, gnädige Frau", stimmte ihr der Oberförster zu und ließ den Wagen an. „Ich denke, ich bringe Sie jetzt zum Krankenhaus."

„Och nö", wehrte Wilma ab. „Ist schon viel besser mit dem Fuß. Ich würde lieber noch eine Runde durch den Wald fahren. Laufen ist ja nicht."

Pudlich musste schmunzeln. „Also wenn Sie noch Zeit haben, dann kann ich Ihnen gerne noch das eine oder andere zeigen."

Als beide Frauen zustimmend nickten, legte Pudlich den Gang ein und fuhr den Weg hinauf, auf dem sie zuvor heruntergekommen waren.

Noch vor Erreichen des Hauptweges überraschte ihn Wilma mit einer Bemerkung. „Ich bin ganz begeistert, dass hier nicht nur die Wildschweine und Rehe gefüttert werden, sondern das man auch was für die Vögel tut."

Man konnte Pudlich ansehen, dass er nicht verstand, was sie meinte.

„Aber sagen Sie mal, Herr Förster, warum hängt jemand einen Nistkasten nur einen Meter hoch über dem Boden auf?" Wilma ließ ihm keine Zeit zum Antworten. „Mein Schwager Hans-Dietrich hatte in Preußisch Oldendorf ein Haus mit einem großen Garten. Und da er ein begeisterter Heimwerker war, hing an jedem Baum mindestens ein Nistkasten für die Vögel. Und ich kann euch sagen, der hatte viele Bäume im Garten." Wilma war so richtig in Fahrt gekommen. „Elvira, das ist meine Schwester, gingen diese Nistkästen mit der Zeit ganz schön auf die Nerven. Aber eines Tages war es damit vorbei, denn Hans-Dietrich rutschte beim Aufhängen mit der Leiter weg und zog sich einen Oberschenkelhalsbruch zu."

Die beiden anderen Fahrzeuginsassen lauschten Wilmas seltsamen Ausführungen. „Ihr könnt euch gar nicht vorstellen, wie hoch Hans-Dietrich die Nistkästen immer aufhängte. Aber mein Herr Schwager bestand darauf, dass sie so hoch hängen müssten. Wegen der Katzen."

Pudlich nickte bestätigend. „Da hat er recht, Ihr Herr Schwager."

„Ja, aber warum hing dieser Nistkasten eben nur einen Meter über dem Boden?"

Alwine legte ihrer Freundin von hinten die Hand auf die Schulter. „Sag mal, von welchem Nistkasten redest du denn die ganze Zeit?"

„Von dem, den ich gesehen habe, bevor ich mich in die Büsche schlug. Er hing an einem Holzpfosten mitten in der Fichtenschonung, hinter der ich mich verdrückt habe. Und weil er so grün wie die Fichten war, hätte ich ihn fast nicht bemerkt. Ich habe mich noch gewundert, wie ihn die Vögel finden sollen. Und außerdem hatte er auch nur ein ganz kleines Einflugloch."

Oberförster Pudlich bremste den Subaru ab. „Ich gebe Ihnen recht, sowohl Höhe als auch Standort sind für einen Nistkasten vollkommen untypisch. Und ich wette, der geizige Meier hätte garantiert keinen aufgehängt."

„Wer sollte ihn aber sonst dorthin gehängt haben?", warf Alwine vom Rücksitz ein.

„Ich würde vorschlagen, wir fahren zurück und sehen uns die Sache mal genauer an", schlug Pudlich vor.

Kurze Zeit später stand der Geländewagen der Forstverwaltung wieder auf der Wiese in der Nähe des Tatortes. Wilma kletterte aus dem Wagen und humpelte langsam auf die Schonung zu. Ein paar Meter davor blieb sie plötzlich stehen und streckte den Arm aus. „Da ist er! Das grüne Plastikding da."

Alwine und Pudlich traten neben sie. Alwine benötigte einen Moment, um den grünen Kasten in den grünen Fichten auszumachen. Eine ideale Tarnung.

Pudlich hingegen warf nur einen Blick darauf, dann lächelte er. „Meine Liebe, ich muss Sie enttäuschen." Er lächelte Wilma nachsichtig an. „Was Sie da sehen, ist kein Nistkasten, sondern eine Vorrichtung zur Wildbeobachtung."

„Zur Wildbeobachtung?" Das Wort hatte sofort Alwines Neugier geweckt.

„Ja, es handelt sich dabei um eine Wildkamera, die Jäger aufhängen, um sehen zu können, was nachts an der Kirrung so los ist." Pudlich deutete auf den grünen Kasten. „Die Kamera verfügt über einen Bewegungsmelder, der sie auslöst. Man kann sie so einstellen, dass sie Bilder macht oder Bewegungsabläufe aufzeichnet." Pudlich kratzte sich kopfschüttelnd am Kinn. „Das sieht Meier ähnlich. Der hat das Ding ganz sicher installiert, um zu sehen, was hier so alles an Wild rumläuft." Pudlich blickte die beiden Damen an. „Wollen wir nun zurückfahren?"

Doch seine Frage löste keinerlei Reaktion aus. Alwine und Wilma blieben stehen und sahen sich gegenseitig an. Nach einer Weile fragte Alwine: „Denkst du auch, was ich denke?" Wilma nickte, und Alwine wandte sich an Pudlich.

„Herr Förster, ich würde vorschlagen, Sie fahren so schnell wie möglich zur Polizei und kommen mit den Beamten hierher zurück. Wir warten derweil auf Sie und passen auf, dass die hier nicht wegkommt". Dabei deutete sie auf die Wildkamera.

„Und was machen wir, wenn ich mit der Polizei wieder zurück bin?" Pudlich schien immer noch vollkommen ahnungslos.

„Das ist doch ganz einfach", klärte Wilma ihn nachsichtig lächelnd auf. „Dann sehen wir uns auf dem Film an, wer Meier erschossen hat."

Oh, du tödliche

„Kommen Sie doch herein, meine Damen!“ Direktor Liebermann rieb sich geschäftig die Hände, während er Alwine und Wilma die Tür zum Besprechungsraum aufhielt. Dieser Raum lag in der obersten Etage der Liebermann Werke, die vor allem durch ihre Nähmaschinen bekannt geworden und immer noch einer der Marktführer waren. Ein Unternehmen mit über 100 Mitarbeitern, wie Direktor Liebermann bei Gesprächen gerne immer wieder anmerkte.

Die beiden Frauen betraten den riesigen Besprechungsraum, dessen eine Seite nur aus Scheiben bestand und einen großzügigen Blick über die benachbarten Hausdächer hinweg zuließ. Auffälligstes Möbelstück des Raumes war ein Konferenztisch mit mindestens 30 Stühlen.

Wer hier wohl so alles tagte?, fragte sich Wilma.

Alwine hingegen ließ ihren Blick durch den Raum schweifen, wo er an einem Mann hängen blieb, der einsam an dem großen Tisch saß.

„Hier herüber, wenn ich bitten darf.“ Direktor Liebermann deutete auf die Stühle in der Nähe des Mannes. „Ich darf mal vorgehen.“ Er umrundete den Tisch und steuerte auf den einsamen Besucher zu. „Ich darf vorstellen, Frau Bußmann und Frau ..., wie war noch gleich Ihr Name?“ Liebermann blickte fragend zu Wilma.

„Schnittenfittich, Wilma Schnittenfittich, wenn’s recht ist.“

„Ja, genau Frau Schnittenfittich.“ Liebermann deutete eine Verbeugung in Wilmas Richtung an. „Ich darf Ihnen Herrn Oliver Bertram vorstellen. Herr Bertram ist zur Zeit noch unser Sicherheitschef.“

Der Mann erhob sich, als sie auf ihn zukamen. Freundlich lächelnd reichte er Alwine die Hand. Zumindest was er für freundlich hielt. Alwine erinnerte es eher an das Lächeln eines Krokodils. Als sie ihm die Hand schüttelte, bemerkte sie, dass er bewusst stark zudrückte. Was sollte das denn?

„Bertram“, stellte er sich auch Wilma vor, die seinen Händedruck mit einem „Aua“ kommentierte. „Mann, Sie haben ja einen Händedruck wie ein Schraubstock“, beschwerte sie sich umgehend.

„Verzeihen Sie mir, ich war gedankenlos. Ich vergesse immer, ihn bei Damen ein wenig behutsamer ausfallen zu lassen.“

Liebermann grätschte dazwischen. „Bitte nehmen Sie Platz, meine Herrschaften, wir wollen doch möglichst schnell zur Sache kommen.“ Für Wilma zog er einen Stuhl zurück und machte eine einladende Geste. Nachdem sich alle gesetzt hatten, faltete Liebermann die Hände auf der Tischplatte und senkte den Blick.

Der wollte doch jetzt nicht anfangen zu beten?, befürchtete Wilma.

„Zunächst einmal bin ich froh, dass Sie Zeit für uns haben.“ Liebermanns Gesicht verriet echte Dankbarkeit. „Aber ich weiß einfach keinen anderen Ausweg.“

Alwine und Wilma warteten schweigend auf weitere Ausführungen.

Direktor Liebermann druckste etwas herum. „Zunächst einmal möchte ich Ihnen unser Problem schildern. Es geht um eine anonyme Drohung. Herr Bertram, wenn Sie bitte so freundlich wären?“

Der Sicherheitschef klappte eine vor ihm liegende Mappe auf und entnahm ihr einen Bogen Papier, der sich in einer Klarsichthülle befand. Wortlos schob er ihn den beiden Damen zu. Alwine ahnte bereits, welchen Inhalt der Brief hatte. Und ihre Vermutung wurde nach seiner Lektüre bestätigt. Irgendwer hatte ihn mit verstellter Handschrift geschrieben. Alwine vermutete, dass ein Rechtshänder dazu die linke Hand verwendet hatte. Der oder die Verfasserin der Zeilen schien einen unbändigen Hass auf Direktor Liebermann zu haben, denn er drohte damit, ihm schweren Schaden zuzufügen. Ob geschäftlich oder persönlich ging aus dem Brief nicht eindeutig hervor. Aber die Kenntnisse dieser Person ließen darauf schließen, dass sie noch heute oder früher einmal etwas mit den Liebermann-Werken zu tun gehabt hatte. Auf jeden Fall handelte es sich um unverhohlene Drohungen, die hier gegen den Firmenbesitzer ausgesprochen wurden.

„Warum gehen Sie damit nicht zur Polizei?“ Wilma blickte Liebermann fragend an.

„Ich glaube, dass man uns da kaum helfen kann. Herr Bertram sagte mir, dass die Drohungen dafür nicht konkret genug seien.“

Bertram fühlte sich angesprochen. „So ist es. Um den Tatbestand einer Bedrohung im Strafrecht zu erfüllen, müsste man mit einem Verbrechen drohen. Also konkret mit Mord, Entführung oder anderen Delikten, die den Tatbestand eines Verbrechens erfüllen. Das ist hier aber nicht der Fall.“

„Für mich klingt das aber sehr bedrohlich“, gab Wilma zu bedenken. Sie hatte den Brief zu sich herangezogen und las ihn erneut.

„Ich möchte es auch nicht an die große Glocke hängen“, beeilte sich Liebermann hinzuzufügen. „Wenn die Polizei erst einmal davon weiß und mit Ermittlungen beginnt, dann besteht die Gefahr, dass auch die Presse Wind bekommt, und negative Schlagzeilen sind momentan das Letzte, was wir gebrauchen können.“ Er seufzte. „Der Druck aus China ist auch in unserer Branche sehr groß. Ein Konkurrenzkampf, den wir bisher nur gewinnen konnten, weil wir Qualität Made in Germany produzieren.“

„Stimmt“, behauptete Wilma. Alle Anwesenden waren überrascht, dass die kleine Oberfinanzsekretärswitwe über Kenntnisse im internationalen Wettbewerb verfügte. Doch bereits mit dem nächsten Satz revidierte sie diesen Eindruck. „Meine Cousine Elvira hat auch eine Liebermann. Die hat sie damals zur Hochzeit bekommen, und sie läuft heute noch. So eine, die auch Knopflöcher nähen kann. Mit blauen Streifen und einer Zahl an der Seite. Ich glaube 500 oder so.“

„Das dürfte die Liebermann 500 S Vario sein“, erklärte der Hersteller stolz. „Die kann auch Knopflöcher bearbeiten. Es freut mich zu hören, dass Ihre Cousine damit immer noch zufrieden ist. Meine Herrschaften, da haben Sie ein schönes Bespiel für das, was ich eben sagte.“ Liebermann beugte sich Wilma zu. „Wenn Ihre Frau Cousine mal Schwierigkeiten mit der Maschine haben sollte, wir haben dafür noch jede Menge Ersatzteile.“

„Gut zu wissen“, bedankte sich Wilma. „Aber ich hoffe, sie hält noch lange.“

Alwine blickte Bertram an, der nervös mit den Fingern auf dem Tisch trommelte. „Ich darf noch mal auf den Grund zurückkommen, warum wir hier sind?“ Alwine richtete die Frage an den Direktor.

„Oh Entschuldigung meine Damen, ich lasse mich immer schnell ablenken, wenn es um unsere Produkte geht. Ich habe im letzten Jahr Ihre Namen öfter in der Zeitung gelesen. Immer in Zusammenhang mit Kriminalfällen. Und sowohl die *Neue Westfälische* wie auch das *Westfalenblatt* haben nicht mit Lob über Ihre Hilfe bei deren Aufklärung gespart. Daher dachte ich mir, dass Sie uns vielleicht helfen könnten.“

„Sie wollen uns doch wohl nicht als Bodyguards anheuern, oder?“ Wilma blickte amüsiert zu ihrer Freundin hinüber. „Ich kann nämlich gar kein Judo und schießen schon gar nicht.“

„Nein, nein“, wehrte Liebermann ab. „Ich dachte eher daran, dass Sie sich mal diskret umsehen und umhören und vielleicht einen Hinweis auf den Verfasser des Briefes finden.“

„Oder die Verfasserin“, korrigierte Alwine ihn. „Wer sagt denn, dass es unbedingt ein Mann sein muss?“

Liebermann starrte auf die Tischplatte und nickte dann langsam. „Sie haben recht, gnädige Frau, auch das wäre möglich. Ein weiter Grund ist, dass ich unsere bevorstehende Weihnachtsfeier wegen des Briefes nicht ausfallen lassen möchte. Wir machen sie immer Anfang Dezember hier im Betrieb, und das bereits solange unser Werk besteht. Immerhin schon über 100 Jahre." Liebermann schlug mit der Faust auf den Tisch. „Ich lasse mich nicht einschüchtern, und ich werde so eine Drohung auch nicht ernst nehmen!"

Als Bertram sich räusperte, deute Liebermann auf ihn. „Mein Sicherheitschef ist da zwar ganz anderer Ansicht, aber ich denke, wir dürfen uns von solchen ...", er suchte krampfhaft nach dem passenden Wort.

„Individuen?", schlug Alwine vor.

„Genau, von solchen Individuen nicht ins Bockshorn jagen lassen. Daher möchte ich Sie bitten, sich einmal diskret mit diesem Fall zu beschäftigen. Es wird ihr Schaden nicht sein", stellte ihnen der Direktor in Aussicht.

Wilma sah sich schon inmitten von nagelneuen Nähmaschinen sitzen. „Was sollen wir denn genau machen?" fragte sie.

„Ich verlasse mich da ganz auf Ihre Intuition", lächelte Liebermann sie an.

Bertram nahm einen Aktenstapel, der neben ihm auf einem Stuhl gelegen hatte, und wuchtete ihn auf den Tisch. „Ich glaube, wir sind uns einig, dass wir nur die Chance haben, den Verfasser oder die Verfasserin in diesen Akten zu finden. Es sind die Personalakten von vier Personen. Zwei Mitarbeiter und zwei Mitarbeiterinnen, die wir in der letzten Zeit entlassen mussten. Es sind zwar noch mehr Mitarbeiter ausgeschieden, aber die sind in den Ruhestand gegangen oder haben von sich aus gekündigt."

„Ich wüsste auch nicht, wo wir sonst noch suchen sollten", gab Liebermann zu. „Ich glaube, Herr Bertram hat recht, wenn wir uns auf diese vier Personen konzentrieren." Er deutete auf den Aktenstapel.

Alwine nutzte die Pause und blickte Bertram an. „Herr Liebermann sagte vorhin, dass Sie zurzeit noch der Sicherheitschef sind, werden Sie denn die Firma verlassen?"

Bertram blickte Alwine geradewegs in die Augen, wobei sein Blick etwas Hartes hatte. Sollte sie da einen wunden Punkt getroffen haben?

„Ich scheide zum Jahresende aus persönlichen Gründen aus."

„Wir bedauern diesen Schritt", beeilte sich Liebermann hinzuzufügen. „Mit Herrn Bertram verlieren wir einen kompetenten Mitarbeiter, aber selbstverständlich akzeptieren wir seine Entscheidung." Vertrauensvoll legte der Direktor seine Hand auf Bertrams Unterarm.

Der entzog sich jedoch umgehend dieser emotionalen Geste seines Arbeitgebers. Eine Tatsache, die Alwine aufmerksam registrierte.

„Darf ich hoffen, dass Sie uns helfen werden?", fragte Liebermann und blickte leutselig von einer zur anderen.

„Sie dürfen", antwortete Alwine, als sie Wilmas zustimmendes Kopfnicken sah. Sie zog den Aktenstapel zu sich heran. „Ich denke, wir werden uns zu Hause mit den Unterlagen beschäftigen und die einzelnen Damen und Herren dann mal aufsuchen. Ich versichere Ihnen natürlich, dass wir mit diesen Akten vertraulich umgehen werden."

Liebermann reichte ihr dankbar die Hand. „Ich hoffe, Sie finden etwas heraus. Viel Zeit bleibt allerdings nicht, denn in vier Tagen soll schon die Weihnachtsfeier stattfinden."

„Wenn wir bis dahin nichts herausbekommen haben, dann rate ich Ihnen dazu, die Feier abzusagen oder Polizeischutz zu beantragen", schlug Alwine vor.

Bertram unterstütze sie in ihrer Ansicht. „Ich denke ebenso. Wir sollten die Sache nicht zu sehr auf die leichte Schulter nehmen. Was Ihre Mitarbeit angeht, dazu habe ich Herrn Direktor Liebermann meine Meinung schon gesagt."

Aha, daher wehte der Wind mit dem Händedruck. Konkurrenzkampf, dachte Alwine und zwinkerte ihrer Freundin zu.

„Ich glaube, dann sollten wir keine Zeit verlieren", schlug Wilma vor. „Es wird ja schon etwas dauern, bis wir die Akten gesichtet haben. Aber erst mal müssen wir sie nach Hause bekommen.“ Sie sah sich suchend um. „Sie haben hier nicht zufällig eine Plastiktüte, oder?“

***

Alwine warf die letzte Personalakte der Liebermann Werke auf den Esstisch, streckte die Beine aus und gähnte. Stundenlang hatte sie sich nun mit den Akten beschäftigt. Neben dem Stapel lag ein Schreibblock mit vier Namen:

Werner Neese

Karl-Heinz Diekmann

Vera Silbermann

Britta Wegener

Wenn die Vermutung richtig war, dass ein kürzlich entlassenes Mitglied der Belegschaft den Brief geschrieben hatte, dann musste sich der Name unter diesen hier zu finden sein. Alwine blickte auf ihre Notizen. Alle vier waren aus unterschiedlichen Gründen entlassen worden. Bei keinem fand sich jedoch ein Grund, der so schwerwiegend war, dass er eine solch heftige Reaktion wie diese Drohung gerechtfertigt hätte. Eine oder einer musste eine ganz besonders große Wut auf Liebermann haben.

Alwine rieb sich die müden Augen. Sie würden nicht umhinkommen, allen vier Verdächtigen einen Besuch abzustatten und ihnen auf den Zahn zu fühlen. Nur, was sollten sie als Grund für diese Befragung angeben? Sie erhob sich und streckte ihren steifen Rücken durch. Auch ihr fast tägliches Sportpensum konnte nicht verschleiern, dass sie langsam alt wurde. Nein, verbesserte sie sich, dass sie alt war. Eine Tatsache, die ihr überhaupt nicht gefiel. Schnell verdrängte sie diesen trüben Gedanken und überlegte, wie sie die Sache mit dem Drohbrief angehen könnten. Sie schaltete das Licht aus und ging hinüber ins Bad.

***

Alwine musste mehrfach hupen, bis Wilma endlich hinter dem Fenster ihrer Wohnung in der Goethestraße erschien und winkte. Einige Minuten später saßen die beiden in Alwines Käfer und rollten die Lessingstraße hinunter.

„Wohin geht die Fahrt denn als Erstes?“, wollte Wilma wissen, während sie immer noch krampfhaft mit der Schnalle ihres Sicherheitsgurtes kämpfte. Entnervt ließ sie den Gurt los.

„Zuerst besuchen wir die Frauen. Wir fangen mit Vera Silbermann an.“

„Und wie willst du vorgehen? Was willst du ihnen sagen, warum wir kommen?“ Wilma hielt sich mit einer Hand am Türgriff fest, mit der anderen sicherte sie die Handtasche auf ihren Knien.

„Ich denke, wir sagen ihnen die Wahrheit. Dass es einen Drohbrief gegeben hat, und dass wir versuchen herauszufinden, von wem er stammt, und was an der Sache wirklich dran ist.“ Alwine blickte kurz zu Wilma hinüber. „Schnall dich lieber an, wenn wir angehalten werden, kann dich das teuer zu stehen kommen.“

„Dein blöder Gurt lässt sich ja nicht schließen. Ich habe dir ja schon tausendmal gesagt, dass du dir langsam mal einen neuen Wagen kaufen sollst.“ Wilma zerrte erneut den Gurt über den Körper und mühte sich mit dem Gurtschloss ab.

„Gib mal her!“, kommandierte Alwine und nahm ihr die Schließe aus der Hand. In weniger als zwei Sekunden rastete der Gurt ein. „Siehst du, so einfach ist das“, kommentierte Alwine.

„Ja, für dich, du hast ja auch einen Führerschein.“ Wilma klang beleidigt.

„Sei froh, du hast soeben 30 Euro gespart“, sagte Alwine und deutete auf die beiden Polizisten, die am Fahrbahnrand der Kanalstraße standen und Fahrzeuge anhielten. „Dafür darfst du mich nachher zum Abendessen einladen." Sie setzte den Blinker und bog von der Mindener Straße nach links in die Dehmer Straße ein. Ihr erstes Ziel war ein Haus im Siriusweg.

Als sie einige Minuten später an der richtigen Adresse ankamen, brannte im ganzen Haus Licht. Nach dem Klingeln öffnete ihnen eine rundliche Frau Mitte vierzig, die eine total in sich verdrehte Lichterkette in der Hand hielt. Anscheinend war sie gerade dabei gewesen, die Kette zu entwirren. Alwine stellte sich und Wilma vor und erläuterte Vera Silbermann den Grund ihres Kommens.

Die Frau ließ die Lichterkette achtlos auf den Boden fallen und stemmte beide Hände in die Hüften. „Bekommt man vor dieser Scheißfirma eigentlich nie Ruhe?" Sie wirkte äußerst aufgebracht. Der Name Liebermann schien sie auf die Palme zu bringen. „Ich dachte, mit meinem Rausschmiss sei diese Angelegenheit endlich erledigt. Alles nur, weil mich diese blöde Vorarbeiterin nicht leiden konnte und gepetzt hat. Dabei waren es doch nur Kleinigkeiten."

Alwine wusste, wovon Vera Silbermann sprach. Sie war erwischt worden, als sie zum wiederholten Male Garnspulen und Nähnadeln hatte mitgehen lassen. Nicht eine oder zwei, sondern eine große Einkaufstasche voll. Hinzu kam, dass sie auch noch so dumm gewesen war, diese Sachen im Internet anzubieten. Unter ihrem richtigen Namen und mit dem Hinweis, dass es sich dabei um original Liebermann Waren handelte. Bertram war ihr nach einem Hinweis der Vorarbeiterin auf die Schliche gekommen. Die anschließende Recherche im Internet hatte ihn dabei nur zwei Minuten gekostet.

„Ich finde den alten Liebermann ja ganz nett, der hat noch ein Herz für seine Angestellten, aber dieser Bertram ist ein ausgemachtes Arschloch. Ich glaube, wenn der nicht darauf gedrungen hätte, dass ich fliege, dann würde ich noch heute jeden Morgen in die Königstraße fahren und Nähmaschinen zusammensetzen."

Vera Silbermann hatte einen hochroten Kopf bekommen, so sehr regte sie die Erinnerung an ihre Kündigung auf. „Und ich sage Ihnen, dieser Bertram, der hat auch Dreck am Stecken. Ich habe gehört, der will weg. Das sagt ja wohl eine Menge, oder?“ Sie ballte die Fäuste. „Und ich sage Ihnen noch was, der zündet alle Häuschen um sich herum an, damit keiner mitbekommt, dass sein eigenes lichterloh in Flammen steht. Ich würde zu gern wissen, was der für eine Leiche im Keller hat. Ich garantiere Ihnen, wenn ich es wüsste, nur eine Minute später, und ich wäre beim alten Liebermann, und dann würde es gewaltig rauchen!“

Ärgerlich schnaufend sah sie Alwine und Wilma an. „Sonst noch was?“, fragte sie gereizt. Als beide Frauen den Kopf schüttelten, bückte sie sich zu ihrem Lichterkettenknäuel. „Na dann auf Wiedersehen. Nee, besser nicht. Wie Sie sehen, habe ich zu tun.“ Mit ziemlichem Schwung knallte sie die Haustür zu.

„Na, was meinst du?“ Alwine drehte sich zu ihrer Freundin um.

„Ich glaube, das bekommt sie nicht mehr hin. Ich würde aufgeben.“

Alwine stutzte. „Was aufgeben?“

„Na, diese Lichterkette zu entwirren, so was bekommt man doch heute bei Aldi oder Lidl nachgeschmissen. 500 Lichter für drei Euro, oder so.“

Alwine sackte leicht in sich zusammen. Wilmas Gedankensprünge waren manchmal bemerkenswert und ausgesprochen sonderbar. „Ich dachte eher, was du von ihr als Verfasserin des Briefes hältst?“

„Wenn sie es war, dann hat sie es geschickt verborgen, aber ich glaube, die mochte Direktor Liebermann, zumindest klang es danach. Wenn du mich fragen würdest, dann würde ich dir dazu meine Meinung sagen.“

Alwine stöhnte auf. „Aber genau danach habe ich dich doch gerade gefragt“, erinnerte sie ihre Freundin.

„Ach so, also ich glaube, die hat den Brief nicht geschrieben, die hat eher Hass auf diesen Bertram, nicht auf den alten Liebermann.“

Alwine trat bereits den Rückweg zum Auto an. „Das sehe ich genauso, also auf zur nächsten Adresse. Mal sehen, ob wir da mehr Glück haben.“

***

Sonnenkamp hieß die nächste Straße, die sie aufsuchten. Auch hier trafen sie die gesuchte Person sofort an. Britta Wegener öffnete und stand zwei älteren Damen gegenüber. Was die wohl von ihr wollten?, überlegte sie noch, als die Schlankere der beiden Frauen bereits das Gespräch eröffnete. Britta Wegener hörte aufmerksam zu und ließ Alwine Bußmann ganz ausreden. Dann lächelte sie und sagte nur einen Satz. „Mit Leuten, die für die Liebermann-Werke arbeiten, will ich nichts mehr zu tun haben, das können sie ihren Kollegen von der Personalabteilung ausrichten, guten Tag.“

Prompt fiel Alwine und Wilma die Tür vor der Nase ins Schloss.

„Das hat gesessen“, kommentierte Wilma den Abgang von Britta Wegener.

„Ja, ein äußert kurzer Auftritt, aber eindrucksvoll.“

„Weißt du, warum sie gefeuert worden ist?“ Wilma hatte die Durchsicht der Personalakten ganz allein Alwine überlassen.

„Sie hat sich krank gemeldet, und ein Mitarbeiter hat sie dann auf Mallorca gesehen. Sie hatte angeblich einen Bandscheibenvorfall und konnte kaum laufen, doch auf Malle muss sie wohl quietschfidel und ziemlich betrunken auf der Tanzfläche rumgehüpft sein. In ihrer Personalakte gab es sogar Bilder davon.“

„Auf was für Ideen die Leute immer so kommen“, wunderte sich Wilma. „Mein Hartmut hat in seinem ganzen Beamtenleben nur zwei Tage gefehlt, und da lag er zu Hause im Bett, was ich bezeugen kann.“

„Auf jeden Fall hat man ihr deshalb gekündigt, und sie hat die Kündigung auch nicht angefochten. Ich denke, vor einem Arbeitsgericht hätte die Sache auch anders ausgehen können.“

„Vielleicht war es ihr zu peinlich, das auch noch vor Gericht erzählen zu müssen", spekulierte Wilma.

„Egal, auch bei ihr habe ich nicht das Gefühl, dass sie die anonyme Briefschreiberin ist. Mal sehen, was wir bei den beiden Herren der Schöpfung rausbekommen.“

„Gut, dass wir hier fertig sind, damit haben wir schon die Hälfte abgeklappert. Ich bekomme nämlich allmählich Hunger.“ Wilma leckte sich dabei über die Lippe.

„Wie wäre es mit einer schönen Gemüse-Lasagne beim Italiener?“, schlug Alwine vor.

„Nein danke. Fleisch ist mein Gemüse“, widersprach Wilma und marschierte in Richtung VW Käfer.

***

„Wo soll denn die Straße Bühnenstau sein?“ Wilma blickte irritiert auf Alwines Zettel mit den Adressen.

„Die geht von der Gohfelder Poststraße ab. Wir sind gleich da. Alwine achtete auf die Einfahrt in besagte Straße. Kurze Zeit später standen sie vor dem Haus, in dem Werner Neese wohnte. Alwine zog die Handbremse an und stieg aus. Wilma quälte sich aus dem Käfer und hoffte zum hundertsten Mal, dass ihre Freundin sich endlich mal einen Wagen anschaffte, aus dem man besser rauskam als aus dieser Kiste. Auf dem Gehweg musste sie erst mal ihren Rücken durchbiegen. Außerdem knurrte ihr Magen. Vermutlich war das alles verschwendete Zeit. Wahrscheinlich würden sie sowieso nichts rauskriegen. Etwas missmutig dackelte sie hinter Alwine her, die bereits bei ihrem nächsten Kandidaten geschellt hatte. Zusammen stiegen sie die Treppe hoch. Im ersten Stock erwartete sie ein Mann mittleren Alters. Er hatte schütteres Haar und eine blasse Gesichtsfarbe. Er sah irgendwie krank aus, fand Alwine.

„Werner Neese, was kann ich für Sie tun?" Seine leise Stimme passte zu seinem Aussehen.

Wieder sagte Alwine brav ihr Sprüchlein auf.

Neese lächelte. „So, so, da hat also einer dem Liebermann gedroht. Und Sie vermuteten nun, ich wäre das gewesen?"

Wilma schaute ihre Freundin an. „Nein, wir vermuten gar nichts, wir sind nur gebeten worden, mit einigen Leuten zu sprechen."

Neese blickte die beiden prüfend an. „Wenn Sie wirklich von Liebermann kommen, dann sollten wir das nicht hier im Treppenhaus besprechen. Kommen Sie doch bitte rein."

Wilma folgte ihrer Freundin in die Wohnung. Im Flur blieb sie stehen und bestaunte die Dekoration. Überall Aushangbilder von großen Kinofilmen, Filmplakate, alte Filmrollen, Regieklappen und in einer Ecke ein großer Scheinwerfer. „Donnerwetter, hier sieht es ja aus wie in einem Kinomuseum", bewunderte Wilma die vielen Sammlerstücke.

Werner Neese lächelte sie dankbar an. „Endlich mal jemand, der für mein Hobby Interesse zeigt. Die meisten Leute halten mich für einen Spinner."

„Das ist doch Quatsch", widersprach Alwine. „Ich kenne jemand, dessen Wohnung sieht aus wie das Innere eines U-Bootes, und er findet es toll, so zu wohnen."

„Ja und ich kannte einen, dessen ganzes Grundstück sah wie eine Müllkippe aus. Aber den hat das nicht gestört, und jetzt ist er ja auch tot." Wilma hatte sich an Mike Mansfeld erinnert.

„Mein großes Hobby sind Leinwand und Bühne, aber kommen Sie doch bitte rein." Neese führte sie in ein großes Wohnzimmer. Auch hier waren die Wände mit Requisiten und Filmplakaten geschmückt. „Bitte nehmen Sie doch

Platz.“ Er schob ihnen zwei Klappstühle mit der Aufschrift *Regie* auf der Rückenlehne zu.

„Das ist ja das reinste Museum“, staunte Wilma. Vor einem Theaterplakat war sie stehen geblieben. „Sieh mal einer an, Charleys Tante!“ Wilma beugte sich dem Plakat entgegen, das sich hinter Glas in einem Bilderrahmen befand. „Und sieh nur hier, Alwine. Herr Neese hat die Hauptrolle gespielt.“

Alwine trat zu ihrer Freundin, sah zuerst auf Neeses Namen und dann auf das Bild. Es zeigte den Wohnungsinhaber in der Hauptrolle als Frau. Alwine erinnerte sich noch gut an den alten österreichischen Film mit Peter Alexander und Gunter Philip. Mein Gott, wie lange war das nun schon wieder her?

„Das war eine Aufführung unserer Laienspieltruppe“, erklärte Neese stolz. „Wir sind durch ganz Ostwestfalen getingelt und hatten damit richtig Erfolg. Leider liegt das nun auch schon wieder über fünf Jahre zurück. Ich versuche gerade, meine Kollegen dazu zu überreden, *Der Mann, der sich nicht traut* von Curt Flatow zu spielen, aber es scheitert an den aufwendigen und oft wechselnden Bühnenbildern. Dafür müssten wir jede Menge Material transportieren, und das wäre sehr kostenintensiv. Aber die Rolle des Standesbeamten Jäger ist und bleibt nun mal meine Traumrolle.“ Neese trat zu einem Bücherregal und zog ein bereits ziemlich zerlesenes Buch heraus. Mit fast feierlicher Geste überreichte er es Alwine.

Wilma stand mit schiefgelegtem Kopf vor dem Regal und las die Buchrücken.

„Eine Menge Text, den Sie da zu lernen hätten“, gab Alwine nach einem kurzen Blick in das Buch zu bedenken.

„Glauben Sie mir, ich kann ihn komplett auswendig.“

Alwine nickte verstehend, man sah dem Buch an, dass Neese es bereits unzählige Male in der Hand gehabt haben musste. „Aber deswegen sind wir ja nicht hier. Wie ich bereits sagte, geht es um die Drohung gegenüber Direktor Liebermann.“

Neese nahm das Buch wieder entgegen, stellte es ins Regal zurück und streichelte noch einmal liebevoll über den Buchrücken. Dann riss er sich davon los und kehrte aus seiner Traumwelt in die Wirklichkeit zurück. „Ich darf Ihnen versichern, dass ich völlig grundlos gekündigt worden bin. Man hat mir zur Last gelegt, Geld unterschlagen zu haben, was aber nicht stimmte. Irgendjemand anderes hat es genommen und es dann so hingestellt, als ob ich es gewesen sei.“ Neeses Gesicht hatte sich gerötet. „Wenn Sie mich fragen, dann hat da dieser Bertram seine Finger im Spiel gehabt. Der konnte mich noch nie leiden. Der hat auch dafür gesorgt, dass ich keinen unbezahlten Urlaub bekommen habe. Ich wollte einen dreimonatigen Kurs in einer Hamburger Schauspielschule besuchen.“

Alwine sah sich noch mal im Raum um. „Den Oscar sehe ich aber hier noch nicht“, lächelte sie.

Neese winkte ab. „Dieses Projekt hat sich zerschlagen, und so stecke ich nun meine ganze Energie in unser Laientheater.“

Besser wäre es, wenn er sie mal in die Reinigung seiner Wohnung stecken würde, dachte Wilma, die heimlich mit dem Finger über die Regalböden gewischt hatte. Was blieb, war eine sichtbare Spur im dicken Staub.

Neese blieb Alwine zugewandt. „Ich habe mit der Firma Liebermann abgeschlossen, und ich weiß auch nicht, wer dem Alten den Brief geschrieben haben soll. Selbst wenn ich es wüsste, würde ich es nicht sagen. Ich dachte damals, dass wenigstens er auf meiner Seite steht, aber er hat sich von diesem Bertram einwickeln lassen.“

Alwine überlegte, ob sie noch etwas fragen sollte, doch ihr fiel nichts ein. „Auf jeden Fall vielen Dank für die Zeit, die Sie sich genommen haben“, sagte sie und wandte sich Wilma zu. „Kommst du, meine Liebe?“

Wilma trat nah vor Neese und spuckte ihm dreimal über die Schulter. „So macht man das doch im Theater, oder?"

Neese lächelte. „Vielen Dank für Ihre Glückwünsche, ja so macht man das. Aber erst unmittelbar vor dem Auftritt."

Wilma klopfte ihm auf die Schulter. „Ach was, kann nie schaden, wer weiß, vielleicht sehe ich Sie ja demnächst sogar im Fernsehen."

***

Draußen blieb Alwine auf dem Gehweg stehen. „Und?"

„Nix und, ich weiß gar nichts mehr. Glaubst du wirklich, einer von denen war es?", fragte Wilma skeptisch. „Bei aller Liebe, ich habe absolut keinen Schimmer, ob es einer von denen war und wenn ja, wer."

Alwine ging es ähnlich. „Mir ist nur eines aufgefallen. Es gibt jemanden, der kommt bei allen schlecht weg, und sein Name ist Bertram."

Wilma nickte. „Vielleicht dürfen wir den nicht außer Acht lassen."

Alwine schloss ihrer Freundin die Autotür auf. „Gute Idee, doch zuvor haben wir noch einen letzten Kandidaten, den wir uns ansehen sollten."

Etwas später parkte der Käfer vor einem Haus in der Anne-Frank-Straße. Wilma suchte gerade auf dem Klingelschild nach dem Namen Diekmann, als eine junge Frau mit Kinderwagen zur Haustür kam.

„Guten Tag, kann ich Ihnen helfen?", fragte sie freundlich.

„Wir würden gerne mit Herrn Diekmann sprechen", eröffnete Alwine ihr.

„Tja, den werden sie hier wohl kaum noch finden." Der fröhliche Gesichtsausdruck der jungen Frau hatte sich verflüchtigt. „Und sprechen können werden Sie mit ihm auch nicht mehr."

Alwine ahnte bereits, was als Nächstes kam. Wilma hingegen schien völlig ahnungslos zu sein, und bevor Alwine eingreifen konnte, stellte sie auch schon die vermeidbare Frage. „Wo finden wir ihn denn?“

„Auf dem Friedhof.“ Der jungen Frau traten die Tränen in die Augen. „Mein Schwiegervater ist vor sechs Monaten gestorben, hier wohnt nur noch seine Frau.“ Sie blickte Wilma forschend an. „Warum wollten Sie ihn denn sprechen?“

Völlig schockiert von der Antwort geriet Wilma ins Schwimmen. Sie konnte der jungen Frau ja wohl kaum sagen, dass man ihren Schwiegervater in Verdacht hatte, der Verfasser eines anonymen Briefes gewesen zu sein. Hilfesuchend blickte sie zu Alwine.

„Wir sind ehemalige Arbeitskolleginnen von ihm und wollten ihm mal einen Besuch abstatten.“ Alwine schämte sich der Notlüge.

Noch schlimmer wurde es nach der Antwort der Schwiegertochter. „Das hätte ihn sicher sehr gefreut. Er hat sehr gern bei der Firma Liebermann gearbeitet, auch wenn sie ihm zuletzt gekündigt haben, aber die Geschichte werden Sie ja sicher kennen.“

Alwine nickte. Sie wusste, warum Diekmann gekündigt worden war, aber durch seinen Tod hatte sich die Sache erledigt. „Ja, eine unschöne Sache war das damals, aber wir wollen Sie jetzt nicht länger belästigen“, entschuldigte sich Alwine. Sie zupfte Wilma am Ärmel, die die ganze Zeit über interessiert in den Kinderwagen geschaut hatte.

„Junge oder Mädchen?“, fragte sie.

„Ein Junge, er heißt Niklas Oliver. Und er ist erst fünf Monate alt. Seinen Opa hat er nicht mehr kennen gelernt.“ Die junge Frau brach in Tränen aus. Alwine legte ihr den Arm um die Schulter und tröstete sie. Dann wurde es Zeit sich zu verabschieden, bevor möglicherweise noch die Schwiegermutter erschien und sie nochmals in Erklärungsnöte gerieten.

Alwine atmete erst auf, als sie wieder im Wagen saßen. Sie rollten in Richtung Innenstadt. „Und was machen wir jetzt?“ Sie schwammen im Verkehrsfluss mit. „Die ganzen Befragungen haben uns nicht viel weitergebracht. Kein Hinweis darauf, ob einer von den dreien der Täter sein könnte. Was gäbe ich jetzt für einen guten Vorschlag.“

Wilma hatte in ihrer Handtasche gekramt, holte ihr Portemonnaie heraus und sah hinein. Dann blickte sie auf. „Ich glaube, ich hätte da eine gute Idee“, verkündete sie.

Alwine war voller Hoffnung, dass Wilma etwas Gutes eingefallen war. „Und was wäre die?“

„Lass uns was essen, ich gebe einen aus!“

***

Direktor Liebermann saß hinter seinem Schreibtisch und blickte die Damen nachdenklich an. „Schade, ich hatte so darauf gehofft, dass sie uns weiterhelfen können.“ Er machte ein trauriges Gesicht. „Ich weiß nicht, was ich tun soll. Die Weihnachtsfeier absagen und alle Mitarbeiter vor den Kopf stoßen? Und wenn ja, was sage ich ihnen? Liebermann stand auf und lief hinter seinem Schreibtisch auf und ab.

„Ich denke, es könnte gefährlich für Sie werden. Nehmen wir mal an, der oder die Täterin wollen Sie wirklich verletzen oder, noch schlimmer, umbringen, dann wäre die Weihnachtsfeier dafür der passende Rahmen“, gab Alwine zu bedenken.

„Ja, und womöglich müssten nachher alle *Oh, du tödliche* statt *Oh, du fröhliche* singen.“ Wilma ließ mal wieder den Charme eines Baggers aufblitzen. Herzloser hätte man es kaum ausdrücken können, fand Alwine, doch Liebermann lachte nur.

„Ihren Humor möchte ich haben, Frau Schnittenfittich.“ Der Direktor der Liebermann Werke war stehen geblieben und umfasste die hohe Lehne seines Chefsessels mit beiden

Händen. „Aber Sie haben recht, wenn Sie es so sehen, man darf sich nicht ins Bockshorn jagen lassen. Das würde den Täter doch nur stärken.“ Liebermann straffte die Brust und nahm das Kinn hoch. „Die Weihnachtsfeier findet statt, und ich halte meine übliche Ansprache. Und wenn es das Letzte ist, was ich mache!“, verkündete er mit forscher Stimme.

„Na, hoffentlich nicht“, unkte Wilma.

***

Der Platz an der Tür war gar nicht schlecht. Gut, dass Wilma sich hinsetzen konnte. Dieser dämliche Fehltritt! Sie war bei einem Spaziergang gestolpert und hatte sich den Knöchel verstaucht. Unter großen Schmerzen war sie nach Hause gehumpelt und hatte dann Alwine angerufen. Die hatte ihr keine Umschläge mit essigsaurer Tonerde verpasst, sondern sie sofort zum Notarzt geschleppt. Mit dem Ergebnis, dass sie jetzt einen Verband trug und auf Krücken rumhumpeln musste. Aber man hätte ihr den Fuß brechen müssen, um sie davon abzuhalten, mit zur Weihnachtsfeier der Liebermann Werke zu gehen. Wenn etwas Spannendes passierte, dann hier und heute.

Alwine hatte ihre Freundin an einem Tisch in der Nähe des Eingangs platziert und stand nun etwas abseits in ein Gespräch mit Oliver Bertram vertieft. Direktor Liebermann hatte ihnen doch erzählt, warum Bertram die Firma verließ. Dabei ging es aber nicht um dunkle Geschäfte oder andere unlautere Dinge, sondern schlicht und einfach darum, dass Oliver Bertram ein lukrativeres Angebot aus Berlin bekommen hatte. Ein Angebot, das man nicht ausschlagen durfte, wenn man beruflich weiterkommen wollte. Vera Silbermann hatte also mit ihren Mutmaßungen total danebengelegen.

Wilma winkte den Kellner der Cateringfirma heran, die den Abend organisierte. „Junger Mann, seien Sie doch so freundlich und bringen Sie einer alten Frau noch mal zwei oder drei Scheiben Lachs und etwas Weißbrot." Sie hatte zwar schon drei Scheiben gegessen, aber bei Lachs konnte sie nicht Nein sagen. Außerdem hatte Liebermann sie aufgefordert zuzugreifen. Wilma hatte ihm zugestimmt: „Ohne Mampf kein Kampf!"

Auch während der Bestellung hatte sie die ankommenden Mitarbeiter nicht aus den Augen gelassen. Sie kannte zwar niemanden, aber wenn eine der drei von ihnen besuchten Personen der Täter war, dann würde sie ihn erkennen. Der oder die Person rechnete sicherlich nicht damit, dass auch Alwine und sie hier waren. Und ob eine einzelne Person in dem Getümmel auffiel, wagte Wilma zu bezweifeln. Sie streckte den verstauchen Fuß aus und überlegte, ob sie ihn nicht besser hochlegen sollte.

Mit einer Krücke angelte sie einen leeren Stuhl und zog ihn zu sich heran. Dann lehnte sie die Krücken an den Tisch und versuchte das Bein anzuheben, um den Fuß auf den Stuhl zu bekommen. Gar nicht so einfach, wenn man schon älter und ungelenkiger war.

Wilma schnaufte, als sie diese Aufgabe bewältigt hatte. Zu allem Überfluss rutschte eine Krücke weg und fiel klappernd zu Boden. Dieses Geräusch wurde jedoch von einem Tusch der Musik übertönt, der ankündigte, dass Direktor Liebermann nun seine alljährliche Weihnachtsansprache halten würde. Wilma beugte sich vor und versuchte, die umgefallene Krücke mit der anderen zu sich heranzuziehen. Dabei blickte sie nach unten und bemerkte ein paar schlanke Frauenbeine in hellen Nylons und Heels. Darüber einen schlichten schwarzen Rock, der das Knie der Trägerin umspielte.

Später hätte Wilma nicht mehr sagen können, warum ihr ausgerechnet dieses Paar Frauenbeine aufgefallen war.

Endlich schaffte sie es, die Krücke so nah zu sich heranzuziehen, dass sie sie aufheben konnte. Mit hochrotem Kopf nahm sie eine in jede Hand und erhob sich mühsam. Auf keinen Fall wollte sie die Rede des Direktors verpassen, doch seine vor ihr stehenden Mitarbeiter verdeckten ihr die Sicht. Wilma stand noch nicht ganz, als ihr plötzlich ein Gedanke durch den Kopf schoss. Gerade hatte sie etwas gesehen, was nicht zusammenpasste, und das war im Zusammenhang mit den Frauenbeinen gewesen.

Wilma blickte erneut nach unten und suchte nach den Beinen. Männerhosen, Frauenhosen, ab und zu ein Kleid. Dort ein paar Beine in Nylons. Nein, die waren es nicht. Völlig aufgelöst humpelte Wilma in Richtung Podium und suchte krampfhaft weiter. Wo steckte denn nur Alwine? Immer wenn man sie mal brauchte war sie nicht da. Aus den Augenwinkeln bemerkte Wilma, dass Direktor Liebermann unter dem Applaus seiner Mitarbeiter auf das Podium mit dem Rednerpult stieg. Prüfend klopfte er auf das Mikrofon. „Eins, zwei, drei, Test."

In diesem Moment entdeckte Wilma die Beine. Sie marschierten gerade zügig in Richtung Podium. Wilma sah, wie die Frau in ihre umgehängte Handtasche griff, und überlegte nicht lange. So schnell es ihr verstauchter Fuß zuließ, humpelte sie auf die Frau zu, die ihren Blick unentwegt auf das Rednerpult gerichtet hielt.

Wilma erreichte sie, als die Frau eine Waffe aus der Handtasche zog. Im selben Moment war sie nah genug heran und stieß ihr eine Krücke zwischen die Beine. Die Frau stolperte, ging zu Boden und verlor dabei die Waffe. Nur Sekundenbruchteile später war Bertram da und stieß sie mit dem Fuß weg. Rechtzeitig genug, um zu verhindern, dass die Frau sie wieder in die Hand bekam.

Beherzt griff Bertram zu und zog die zierliche Frau auf die Beine. Dabei geschah etwas, was etliche Leute im Saal aufstöhnen ließ. Sie verlor ihre blonde Langhaarperücke. Man erkannte, dass es sich um einen verkleideten Mann handelte. Wilma nahm dankbar die Krücke entgegen, die ihr ein junger Mann aufgehoben hatte. Dann humpelte sie auf den Mann in Frauenkleidern zu. In diesem Moment drängten sich Alwine und Direktor Liebermann durch den Ring der Anwesenden. „Was ist denn hier passiert?," wollte Alwine wissen. „Ich war nur mal kurz auf der Toilette. Ich hoffe, ich habe nichts verpasst."

Wilma deutete auf Werner Neese, der jetzt ohne Perücke in seinen Frauenkleidern nur noch lächerlich wirkte. „Doch, du hast Herrn Neeses großen Auftritt verpasst. Er war der anonyme Briefschreiber und wäre fast auch noch zum Mörder geworden."

„Was durch Ihre Aufmerksamkeit und Ihr beherztes Eingreifen zum Glück vereitelt wurde." Bertram übergab Neese an zwei Mitarbeiter des Sicherheitsdienstes. „Wenn Sie nicht gewesen wären, dann ..."

Wilma winkte ab und wandte sich an Neese, der zwischen den beiden bulligen Sicherheitsleuten wie ein Häufchen Elend wirkte. „Was war eigentlich der Grund für Ihren Mordversuch?"

Neese hob langsam den Kopf und sah Liebermann mit irrem Blick an. „Der hat mir alles kaputt gemacht. Der hat mich gefeuert und alles nur wegen dem bisschen Geld. Ich hätte es ja nach der Tournee wieder zurückgegeben. Aber wie sollten wir denn das Flatow-Stück auf die Bühne bringen, ohne Geld für Requisiten und Leute?" Er richtete sich ruckartig auf, konnte sich aber dem Griff der Sicherheitsleute nicht entziehen. „Sie haben mir meinen Traum kaputt gemacht", schrie er Liebermann an. „Sie haben mein Leben als Künstler ruiniert."

„Bringt ihn raus und ruft die Polizei an!", ordnete Bertram an. Liebermann ging auf Wilma zu und schüttelte ihr ergriffen die Hand. „Ich muss sagen, ich hatte eine mordsmäßige Angst, als ich die Waffe sah. Ich dachte schon, mein letztes Stündlein hätte geschlagen."

Alwine klopfte ihrer Freundin anerkennend auf die Schulter. „Kompliment, meine Liebe, ich muss gestehen, ich wäre nicht darauf gekommen, das es Neese sein könnte. Ich habe gestern noch den ganzen Tag gegrübelt, bin aber zu keinem Ergebnis gekommen." Sie schaute Wilma erwartungsvoll an. „Also, spann mich nicht auf die Folter, welches Detail habe ich bei unseren Ermittlungen übersehen?"

Wilma schmunzelte und hakte sich bei Direktor Liebermann ein, der ihr seinen Arm angeboten hatte. „Tröste dich, Alwine, gestern hätte ich es auch noch nicht gewusst. Es ist mir erst vor wenigen Minuten aufgefallen, als ich Neese in der Verkleidung sah."

Liebermann tätschelte ihr den Arm. „Meine Hochachtung, Frau Schnittenfittich, ich hätte diese Maskerade nicht durchschaut. Mit der Perücke hätte ich ihn für eine Frau gehalten. Eine feminine Figur hat er ja."

Wilma lachte, weil sie daran denken müsste, dass der Herr Direktor zu vorgerückter Stunde womöglich noch mit seinem Mörder einen Walzer getanzt hätte. „Sehen Sie, Herr Liebermann, dann stimmt der Spruch wohl doch, dass Männern den Frauen zuerst auf den Busen sehen."

„Und wo hast du hingesehen?", wollte Alwine neugierig wissen.

Liebermann nahm ein Glas Sekt von einem gereichten Tablett und reichte es Wilma.

„Auf die Beine, mein Liebe, auf die Beine. Denn wenn Neese auch hundertmal Charleys Tante gespielt hat, seine haarigen Beine hätte er sich vorher auf jeden Fall rasieren müssen. Prost."

Kennen Sie die Goldichs?

Das Jahr neigte sich dem Ende zu, und Wilma Schnittenfittich und Alwine Bußmann waren sich noch nicht ganz einig, wie und wo sie ihren Jahreswechsel verbringen sollten. Auf keinen Fall bei einer von beiden zu Hause, denn keine wollte der anderen irgendwelche Umstände bereiten. So saßen die beiden Freundinnen grübelnd in Wilmas Wohnung in der Goethestraße.

Alwine blätterte lustlos in einer Illustrierten, während Wilma mal wieder ihr Strickzeug in der Hand hatte. Was die wohl mit den ganzen Schals und Socken machte?, überlegte Alwine. Das mussten ja schon Berge sein. Wenn ihre Enkel alle auf einmal trügen, würden sie aussehen wie riesige Wollknäuele. Und überhaupt, wie konnte man seine Zeit nur mit etwas so Unnützem vertrödeln?

Wenn Wilma wenigstens lesen oder sich mit anderen Sachen beschäftigten würde, aber nein, es musste ja unbedingt Stricken sein. Was ihr verstorbener Mann wohl zu diesem Hobby gesagt hatte? Alwine hatte Hartmut nie persönlich gegenübergestanden. Sie kannte ihn lediglich von Fotos, die ihn meist im dunklen Anzug vor irgendeinem Denkmal zeigten. Hartmut vor dem *Kaiser-Wilhelm-Denkmal* an der *Porta Westfalica*, Hartmut vor dem *Kaiser-Wilhelm-Denkmal* am *Deutschen Eck*, Hartmut vor dem *Kaiser-Wilhelm-Denkmal* in Hildesheim. Für den ollen Kaiser schien Hartmut eine Schwäche gehabt zu haben. Auch ein Hobby, durch Deutschland zu reisen und sich ständig vor Reiterstandbildern fotografieren zu lassen. Und Wilma hatte das alles klaglos mitgemacht. Alwine war sich sicher, dass sie selbst bei so was gestreikt hätte. Spätestens nach dem zweiten Foto wäre sie zu einem Mord fähig gewesen.

Aber früher gab es solche Ehen häufig. Er bestimmte, wo es langging, da er auch das Geld nach Hause brachte, und das Heimchen am Herd trottete hinterher wie ein treues

Hündchen. Kein Widerspruch, keine eigenen Ansprüche, alles schön dem Patriarchen untergeordnet.

Nein, mit ihr wäre so was auf keinen Fall zu machen gewesen. Mit Grausen dachte sie an ihre eigene, zum Glück nur sehr kurze Ehe zurück. Und an ihren ehemaligen Mann, Walter Knoche. Ein Jahr lang hatte sie den Namen Knoche-Bußmann tragen müssen. Dieses Jahr bestand zu 365 Tagen aus Einschränkungen, Rücksichtnahmen und Enttäuschungen. Kein Mensch konnte ermessen, mit welchem Glücksgefühl sie nach der Scheidung das Familiengericht verlassen hatte. Auf jeden Fall mit einem größeren als dem, das sie beim Verlassen des Standesamtes gehabt hatte. Als sie aus dem Gerichtsgebäude trat, wusste sie, wie sich Wildtiere fühlen mussten, wenn sie aus einem Käfig wieder in die freie Wildbahn entlassen wurden.

Ihr Mann war ein Pedant gewesen. Ein Wissenschaftler eben. Aber kein zerstreuter Professor, sondern einer, der alles akribisch aufschrieb, einsortierte, ordnete, analysierte und katalogisierte. Ihre ganze Wohnung glich einem riesigen Karteikasten. Alles hatte seinen Platz. Die Hemden, die sie in den Schrank legte, faltete er jedes Mal neu, weil bei ihm alle ein korrektes Maß haben mussten. Die Kissen auf dem Sofa richtete er fast stündlich neu aus.

Ganz besonders schlimm war es gewesen, wenn sie mal Besuch hatten. Was allerdings sehr selten vorgekommen war, denn Besuch störte Walter in seinem routinemäßigen Tagesablauf. Wenn jedoch, dann wurde es peinlich, weil Walter jedes Mal aufsprang und die Kissen richtete, wenn einer der Besucher nur kurz auf die Toilette ging.

Genauso ging er mit seinem Essen um. Es hätte nicht viel gefehlt, und in irgendeiner Mensa hätte sie einen von diesen unterteilten Tellern mitgehen lassen. Das hätte ihrem Man erspart, Fleisch, Kartoffeln und Gemüse peinlich genau voneinander zu trennen, um dadurch jegliche Berührung der Beilagen untereinander zu unterbinden. Einmal, als sie besonders wütend war, hatte sie ihm ein Lineal und einen Zirkel neben das Besteck gelegt. Aber Walter hatte diese Spitze gar nicht verstanden. Wortlos und kopfschüttelnd war er aufgestanden und hatte die Dinge wieder in die Schreibtischschublade gelegt. Natürlich genau an ihre Plätze und dort exakt ausgerichtet.

Erst sehr viel später war ihr klar geworden, dass er stark autistische Züge gehabt hatte. Damals jedoch waren in ihr regelrechte Mordpläne gereift. Ob sie sich deshalb heute so sehr für Mord und Totschlag interessierte? Noch heute fragte sie sich, in welchem Zustand geistiger Umnachtung sie ihn damals geheiratet hatte.

Ihr Bick ging wieder zu ihrer Freundin Wilma. Immer noch klapperten die Nadeln, und Wilma hatte ihre Stirn in Falten gelegt, weil sie sich so sehr auf das Strickmuster konzentrierte. Unaufhörlich bewegte sie dabei ihre Zehen, als ob sie dadurch die statische Haltung des Oberkörpers ausgleichen wollte. *Nein, Stricken war garantiert kein Hobby für sie, war sich Alwine sicher.*

Noch während sie überlegte, wie sie ihre Zeit sinnvoll verbringen konnte, läutete es an der Tür.

Wilma hörte auf zu stricken und lächelte Alwine über den Rand ihrer Brille an. „Meine Liebe, wärst du bitte mal so freundlich?“

Freudig sprang Alwine aus dem Sessel. Das Klingeln hatte etwas Befreiendes für sie. Wie ein Signal, mit dem Grübeln aufzuhören. Sie spazierte durch den Flur und betätigte den Türöffner. Einige Minuten später stand sie Kriminaloberrat Hans-Jürgen Kellermann gegenüber. Er begrüßte Alwine, die ihn hereinbat. Kellermann dankte und betrat mit einer Plastiktüte in der Hand den Wohnungsflur.

„Wer ist es denn?“, hörten sie Wilma aus dem Wohnzimmer fragen.

„Herr Kellermann“, antworte Alwine, die dem Kriminaloberrat soeben aus dem Mantel half.

„Der Bulle?“, kam prompt Wilmas nächste Frage.

Alwine wurde rot, doch bevor sie reagieren konnte, antworte Kellermann bereits. „Genau, gnädige Frau, sogar der Oberbulle, wenn Sie so wollen!“ Er lachte und Alwine fiel ein Stein vom Herzen, weil der Kriminalbeamte die Sache so humorvoll nahm.

Sie bat ihn ins Wohnzimmer. Wilma saß immer noch völlig ungerührt in ihrem blauen Ohrensessel und strahlte Kellermann an. „Muss ich jetzt wegen Beamtenbeleidigung ins Gefängnis?“, fragte sie schmunzelnd.

Kellermann winkte schmunzelnd ab. „Ich denke, Sie kommen mit einer Geldstrafe davon“, dann schüttelte er Wilmas Hand.

„Ich hätte ja auch Earl sagen können“, schlug sie vor.

Der Kriminaloberrat lachte. „Das ist ein Spitzname, der nur meinen Kollegen überlassen bleiben sollte. Aber ich hoffe doch, ich störe die Damen nicht, oder?“

Beide schüttelten unisono den Kopf. „Mitnichten, ich für meinen Teil bin sogar dankbar für Ihren Besuch. Ich muss zugegeben, dieses triste Novemberwetter hat mich ein wenig ins Grübeln gebracht“, gestand Alwine.

Kellermann griff nach der mitgebrachten Plastiktüte. „Wenn Sie gestatten?“ Mit diesen Worten zog er zwei Weinflaschen daraus hervor. „Da ich nicht wusste, was die Damen bevorzugen, habe ich mir erlaubt, einen Roten und einen Weißen mitzubringen.“ Er stellte die Flaschen auf den Wohnzimmertisch.

„Das haben Sie gut gemacht“, antwortete Wilma. „Wir sind nämlich tatsächlich unterschiedliche Weintrinker. Alwine bevorzugt Rotwein, ich hingegen genehmige mir lieber mal einen Weißen.“

„Wie kommen wir denn zu der Ehre?“, wollte Alwine wissen.

Kellermann sah sich um und nahm mit Zustimmung der Wohnungsinhaberin auf der Couch Platz. „Tja, meine Damen, ich habe gestern erfahren, dass das Innenministerium meinem Antrag auf Frühpensionierung stattgegeben hat. Damit habe ich nur noch wenige Tage Dienst. Ende Januar ist dann meine Zeit bei der Polizei des Landes Nordrhein-Westfalen zu Ende.“ Der Earl seufzte. „Ich kann ein Jahr früher aufhören, und da ich am 29. Januar einundsechzig werde, ist Ende des Monats endgültig Schluss. Wäre das Leben ein Kriminalroman, dann wären wir momentan bereits im letzten Kapitel.“

Alwine blickte Kellermann zweifelnd an. „Wird Ihnen denn die Polizeiarbeit nicht fehlen?“, fragte sie skeptisch.

Kellermann lächelte. „Am Anfang war ich selber von der Idee auch keineswegs überzeugt, aber meine Frau hat sich dann doch mit ihren Vorstellungen durchgesetzt. Und heute bin ich froh, dass ich diesen Antrag gestellt habe.“ Kellermann deutete auf die Weinflaschen. „Wenn Sie Gläser haben“, er zog einen Korkenzieher aus der Jackentasche, „würde ich darauf gerne mit Ihnen anstoßen.“

„Aber immer doch.“ Wilma legte ihr Strickzeug zur Seite und stand auf. „Dafür stelle ich sogar meine kostbaren Römer zur Verfügung.“

Aus dem großen Wohnzimmerschrank holte sie drei bunte, geschliffene Weingläser und stellte sie auf den Tisch. Kellermann hatte bereits die Weißweinflasche entkorkt und goss ein. Nachdem alle mit Getränken versorgt waren, stießen sie an.

„Auf Ihr Wohl und eine schöne Pension.“ Alwine nippte an ihrem Rotwein. „Genießen Sie die Zeit, ich weiß, wovon ich spreche.“ Sie nahm einen erneuten Schluck und hob anerkennend das Glas. „Mein Kompliment, diesen feierlichen Moment haben Sie sich aber ganz schön was kosten lassen. Ein edler Tropfen.“

„Wissen Sie, ich habe mir gedacht, wo wir doch so viele gemeinsame Abenteuer erlebt haben, da wäre es doch nur folgerichtig, dass ich mich standesgemäß von meinen beiden besten Mitarbeiterinnen verabschiede.“

Beide Damen erröteten bei diesem Kompliment. Eigentlich hatten sie immer den Eindruck gehabt, dass Kellermann ihre Einmischungen nie sonderlich gemocht hatte. Da war es umso schöner zu erfahren, dass er es ihnen nicht übelnahm.

„Und wie sehen Ihre Pläne für die Zeit danach aus?“ Wilma hatte sich wieder in ihren Sessel gesetzt, dabei das Weinglas zwischen den Fingern drehend.

Kellermann druckste etwas herum, bevor er antwortete. „Nun ja, es sieht wohl danach aus, dass meine Frau und ich uns eine Ferienwohnung auf Mallorca zulegen.“ Seine Stimme war dabei stetig leiser geworden.

„Mallorca?“, fragten beide Frauen gleichzeitig und gleichermaßen überrascht.

„Wie, nicht nach England?“, fragte Alwine erstaunt.

„Ich muss zugeben, meine Frau hat mich zwar wider Willen auf diese spanische Insel geschleppt, und ich war anfangs auch sehr skeptisch, aber dann hat sie mir Gegenden gezeigt, die wirklich wunderschön sind. Denken sie nur an *Port de Sóller* oder an *Deiá*.“

Alwine nickte zustimmend. „Stimmt, das sind besonders reizvolle Ecken. Und unter uns, auf Mallorca ist das Wetter in der Regel auch besser als in Cornwall.“

„Ich fasse es ja nicht, da wird aus dem *Earl Kellermann* auf seine alten Tage noch der *Don Kellermann*“, ulkte Wilma.

„Nicht ganz, gnädige Frau. Meine Frau und ich haben ein sogenanntes *Gentleman Agreement* getroffen. Jedes Jahr im Sommer werden wir nämlich einmal nach Cornwall fahren und auf König Arthurs Spuren wandeln.“

„Dann können wir Ihnen nur doppelt zu dieser Entscheidung gratulieren.“ Alwine hob erfreut das Glas.

„Genau, aber sagen Sie mal, als Kriminalbeamter haben Sie doch sicherlich viele Fälle in ihrem Leben bearbeitet, oder?“, wollte Wilma wissen. „Gab es da mal einen ganz Besonderen?“

Kellermann stellte sein Weinglas auf dem Wohnzimmertisch ab und überlegte einen Moment. „Abgesehen von denen, die ich mit Ihnen erlebt habe, fällt mir da nur einer ein. Ein äußerst dubioser.“

Alwine hatte sich in dem anderen Ohrensessel niedergelassen und beugte sich Kellermann interessiert entgegen. „Lassen Sie doch mal hören, oder dürfen Sie die Geschichte nicht erzählen?“

Kellermann lehnte sich bequem zurück und schmunzelte. „Ich denke, aus datenschutzrechtlichen Gründen dürfte ich es tatsächlich nicht erzählen, aber bei Ihnen bin ich mir sicher, dass Sie die Geschichte nicht weitertragen werden.“

Alwine hob die Hand. „Ich schwöre es Ihnen, auch im Namen meiner Freundin, und nun lassen Sie endlich die Katze aus dem Sack. Für eine gute Kriminalgeschichte könnte ich töten.“

„Womit wir schon beim Thema wären. Es ging damals wie so oft um Mord. In diesem Falle gingen wir anfangs sogar von einem Doppelmord aus.“ Der Kriminaloberrat sah von einer zur anderen. Beide hingen an seinen Lippen. Also los, fordert er sich in Gedanken auf. „Kennen Sie die Goldichs?“ Er blickte von der einen Dame zur anderen, erntete aber nur Kopfschütteln. „Na, dann kann ich Ihnen die Geschichte ja noch problemloser erzählen. Aber ich habe schon vermutet, dass Sie die beiden nicht kennen.“ Kellermann grinste und nahm einen Schluck Rotwein, dann begann er zu erzählen.

Damals war er noch ein junger Kriminalbeamter gewesen und einer der Ersten, die zum Tatort kamen. Es sah nicht sehr appetitlich aus. Da sich das Ehepaar Goldich seit einiger Zeit nicht mehr gemeldet hatte und auch nicht gesehen worden war, hatte ein Nachbar die Polizei informiert. Die Streifenwagenbesatzung fand ein piekfeines Häuschen in einer hübschen Wohnsiedlung vor. Ein überaus gepflegter Vorgarten, perfekt zurecht geharkter Kies in der Einfahrt, neu gestrichene Fensterläden an den Fenstern und ein doppelflügeliges, hölzernes Garagentor in der gleichen Farbe. Ebenfalls frisch gestrichen.

Nachdem auch die Kollegen kein Lebenszeichen finden konnten, ließen sie einen Schlüsseldienst kommen. Als sie das Haus betraten, fanden sie Goldich tot auf dem Wohnzimmerfußboden und die Leiche seiner Frau im Keller.

„Sofort wurde die Kriminalpolizei verständigt und so kam ich ins Spiel. Wir haben dann im Haus und in der Nachbarschaft ermittelt, und wenn ich darüber eine Geschichte schreiben sollte, würde sie sich folgendermaßen anhören ..."

***

Gottlieb Goldich stand, gestützt auf den Stiel seiner Harke, in seinem Vorgarten. Mit scharfem Auge fixierte er die Hecke, die das Grundstück zur Straße abgrenzte. Wieder mal äußerst akkurat geschnitten, lobte er sich selber. Kein leichtes Stück Arbeit, aber die Hecke war sein ganzer Stolz. So gerade, dass man mit einem Gewehr dran entlang schießen könnte, hatte ein Nachbar mal scherzhaft gesagt. Doch in Sachen Hecke verstand Gottlieb wenig Spaß.

Noch ganz in sein botanisches Meisterwerk versunken, hörte er nicht, wie sich seine Frau über den Weg aus Waschbetonplatten näherte. Platten, die in zwei exakt parallelen Reihen in Kies gebettet waren und die Auffahrt zur Garage bildeten. Kies in allen Schattierungen, ohne eine einzigen Halm Gras dazwischen. Einfach makellos.

Hedwig Goldich trug ihre Lieblingsschürze mit den großen Rosen. Die so gut zum Sonntagsgeschirr passte.

Am Ende der Hecke blieb sie stehen. Ihr Mann bemerkte sie erst jetzt und wandte den Kopf leicht zur Seite.

„Bist du endlich fertig mit Hecke schneiden?", maulte sie. „Das dauert ja mal wieder ewig." Dabei beugte sie sich leicht vor und schielte an dem Kunstwerk entlang. „Na, da-

für, dass du da stundenlang dran rumgeschnippelt hast, sieht sie aber noch ganz schon schief aus." Sie richtete sich auf und sah ihren Mann spöttisch an. „Wenn du schon so lange dafür gebraucht hast, hättest du sie ja auch gerade schneiden können." Hedwig Goldich stemmte die Hände in ihre breiten Hüften und schüttelte den Kopf.

Gottlieb umfasste den Stiel der Harke mit beiden Händen so fest, dass seine Fingerknöchel weiß hervortraten. Hätte Hedwig nur nah genug neben ihm gestanden, hätte sie auch das Knirschen seiner dritten Zähnen gehört und das langsame Anschwellen der Halsschlagader bemerkt.

„Wenn ich eine Pistole hätte, könnte ich an der Hecke entlang schießen, ohne dass auch nur ein Blatt getroffen würde, hat Hubert gesagt!", konterte der Hobbygartenbauer.

Die schnippische Antwort kam postwendend. „Ja, wenn du eine Pistole hättest, aber du hast keine!" Dabei reckte Hedwig Goldich den Kopf seitlich nach oben und spitzte die Lippen.

„Und wenn ich eine hätte, würde ich damit garantiert nicht an der Hecke entlang schießen, sondern die Welt von dir Aas befreien", flüsterte Gottlieb so leise, dass seine Frau es nicht hören konnte. In diesem Moment musste er daran denken, wie oft er schon versucht hatte, seine verhasste, schlechtere Hälfte ins Jenseits zu befördern und wie oft seine Versuche bereits fehlgeschlagen waren. Da war zum Beispiel die Sache mit dem abisolierten Kabel am Fön gewesen.

Wie schön hatte er alles vorbereitet. Aber als das ewig lästernde Weib endlich in der Wanne saß und er den Fön hineinfallen ließ, da hatten die Trottel von den Stadtwerken genau eine Sekunde vorher einen Kurzschluss produziert. Der halbe Stadtteil hatte stundenlang im Dunklen gesessen.

Oder die Sache mit dem Bohnerwachs auf der Kellertreppe. Anstatt, dass sie ausrutschte und sich auf der glatten Treppe das Genick brach, kam ihr der Schornsteinfeger zuvor. Schornsteinfeger gehören auf das Dach, nicht auf die

Treppe, dachte Gottlieb Goldich mit finsterer Miene. Nur weil der Glücksbringer im Keller den Ruß aus dem Kamin kehren wollte. Gott sei Dank, dass er sich bei dem Sturz nur ein Bein gebrochen hatte. Der arme Mann hätte sich ja sonst was tun können.

***

Der Kriminaloberrat musste bei seiner Erzählung selber schmunzeln und genoss die geradezu greifbare Neugier seiner beiden Zuhörerinnen. „Als wir alle diese Dinge im Nachhinein herausfanden, waren wir erstaunt, dass Gottlieb Goldichs Gewissen anscheinend in keinster Weise getrübt war. Er schien das alles überhaupt nicht zu bereuen. Kellermann griff nach der Weinflasche, dann erzählte er weiter.

***

Gottlieb hatte 1954 auf dem Standesamt Ja und in der Kirche nach dem Ja noch Amen gesagt. Noch heute hörte er die Worte des Pfarrers, der davon sprach, dass der Mensch nicht trennen solle, was Gott verbunden habe. Und da Gottlieb Goldich nun mal ein konsequenter Katholik und ein äußerst gründlicher Mensch war, kam in seinem Sprachschatz das Wort Scheidung nicht vor.

Was würden denn die Nachbarn sagen, hatte Gottlieb überlegt und sich als sparsamer Mensch auch darüber Gedanken gemacht, was so eine Scheidung wohl kosten würde. Aber er hatte zusätzlich noch den Satz des Pfarrers, bis dass der Tod euch scheidet *im Ohr. Doch damals hatten sich ihm die Möglichkeiten, die dieser Satz eröffnete, noch nicht völlig erschlossen. Das war nach vielen Jahren einer freudlosen Ehe nun ganz anders.*

Aber da der Tod anscheinend anderweitig beschäftigt war, hatte Gottlieb angefangen, allerhand Pläne auszuhe-

cken, wie er seine Gattin um die Ecke bringen konnte. Und zwar ohne dass man ihm dafür an die Karre fahren konnte. Lautete sein Wahlspruch in Sachen Ehe nicht schon seit Langem: „Wenn mal einer von uns stirbt, dann mache ich mir ein schönes Leben auf Mallorca."

Nun ja, mittlerweile hatte er das altersbedingt auch schon eingeschränkt, und es würde wohl nur noch auf den täglichen Frühschoppen ohne anschließendes Meckern hinauslaufen. Für Mallorca war er mittlerweile schon zu alt. Da hätte er den Sensenmann schon bedeutend früher arbeitslos machen müssen. Wehmütig dachte er an lange Fernsehabende mit vielen Sportübertragungen, bei denen niemand störte. Zwei Gedanken gingen ihm durch den Kopf. Zum einen gab es doch diesen neuen Sportsender und zum anderen stand dem Kauf eines dafür benötigen Receivers nur noch Hedwig im Wege.

Doch leider hatte sich die gnädige Frau nicht nur zu einem Monster erster Güte entwickelt, sondern besaß auch ein außergewöhnliches Talent dafür, all seine sorgfältig arrangierten Unfälle zu überleben. Oder sie war sogar so gehässig, dass sie erst gar nicht in eine der Fallen tappte.

Langsam aber sicher gingen Gottlieb die Ideen aus, und für einen todsicheren Tipp hätte er sogar seine Lieblingscordhose gegeben. Er war wirklich erstaunlich, dass die alte Hexe immer noch lebte. Nicht mal einen Kratzer hatte sie bei all den Anschlägen abbekommen.

Sein Leidensweg mit dieser Hexe zog sich nun schon über 50 Jahre hin. Bereits nach drei Jahren hatte er festgestellt, dass er am Hochzeitstag zur falschen Zeit am falschen Ort gewesen war.

Gottlieb Goldich schüttelte sich und riss sich so aus seinen Tagträumen. Er stand immer noch im Garten und seiner Frau gegenüber. Ganz langsam ließ er Luft ab, um nicht zu explodieren und versuchte, sich dabei zu entspannen. Auch seine Fingerknöchel bekamen langsam wieder eine rosigere

Farbe und der Harkenstiel entging der Gefahr, zerquetscht zu werden. „Was willst du hier draußen noch, außer mich zu ärgern?“, wollte er unwirsch wissen.

Hedwig wischte mit dem Schürzenzipfel über das schmiedeeiserne und bereits mindestens dreißig Mal überstrichene Gartentor. Es hatte fast bei jedem Streit einen neuen Anstrich bekommen.

„Entschuldigen Sie bitte, Herr Goldich, wir wollten heute nach Minden. Und da du ja nie fertig wirst, und wir deinetwegen ständig zu spät kommen, wollte ich dir nur rechtzeitig Bescheid sagen.“ Dabei drehte sie sich auf dem nicht vorhandenen Absatz ihrer ausgetretenen Schlappen um und marschierte in Richtung Haustür.

Gottlieb ließ einen letzten Blick über den Vorgarten schweifen und überlegte, wo er sie am besten verbuddeln könnte. Besser wohl hinter dem Haus und nachts, beschloss er zähneknirschend und trottete mit hängenden Schultern Richtung Garage, um die Harke und Heckenschere wegzubringen.

Als er den hohen, schweren Türflügel aus massivem Eichenholz öffnen wollte, kippte ihm der ganze Flügel entgegen. Im letzten Moment konnte er zur Seite springen, und das eisenbeschlagene Tor verfehlte ihn nur um Haaresbreite. Mit lautem Krachen schlug der Flügel auf den Waschbetonplatten auf. Gottlieb blieb fast das Herz stehen.

Angelockt von diesem außergewöhnlichen Lärm stand einen Augenblick später sein Nachbar am Zaun. „Mensch Gottlieb, was machste denn für Sachen?“

Gottlieb lehnte die Harke an den Zaun und besah sich mit kreideweißem Gesicht die Angeln des Türflügels. Komplett durchgerostet.

Die hatte er doch erst vor zwei Jahren neu eingebaut, und nun waren sie schon wieder kaputt? Mit tatkräftiger Hilfe seines Nachbarn hob er den Türflügel an und stellte ihn wieder auf.

„Verdammt schwer“, schnaufte sein Nachbar, „soll ich dir beim Reparieren helfen?“

„Nein, das mache ich morgen“, lehnte Gottlieb dankend ab. „Wir wollen gleich noch nach Minden.“

An der Haustür drehte er sich nochmals um und trottete dann kopfschüttelnd ins Haus. Das Ding hatte ihn fast erschlagen, dachte er, als er ins Badezimmer schlurfte, um sich noch zu rasieren.

***

„Mein Gott, da hat der Mann aber Glück gehabt, das wäre ja ein schrecklicher Unfall geworden“, kommentierte Wilma das Geschehen. Ihre Freundin Alwine hatte leicht vorgebeugt Kellermanns Erzählung zugehört. „Ich weiß nicht, ob das tatsächlich ein Unfall war, meine Nase sagt mir etwas anderes.“

„Und auf Ihre Nase konnten Sie sich ja bis jetzt immer verlassen“, schmunzelte Kellermann und fuhr fort.

***

Der Torflügel hätte ihn erschlagen müssen, dachte Hedwig. Hinter der Wohnzimmergardine versteckt hatte sie den ganzen Vorfall beobachtet. Was hatte dieser Kerl doch nur für einen Schutzengel. Mühsam hatte sie gestern, als ihr Göttergatte beim Frühschoppen war, die neuen Stifte aus den Türangeln geschlagen. Ersetzt hatte sie sie gegen die fast durchgerosteten, die er ausgebaut und weggeworfen hatte. Aufgrund einer Eingebung hatte sie die alten Teile damals wieder aus dem Müll gefischt.

Mit sturer Boshaftigkeit widersetzte sich dieses Ekel, mit dem sie nun über 50 Jahre verheiratet war, jedem ihrer Versuche, ihn endlich in die ewigen Jagdgründe zu befördern. Kein Glatteis, bei dem sie nicht das Streusalz für das sowieso schon glatte Podest vor der Haustür gegen Zucker ausgetauscht hatte. Natürlich nicht ohne vorher das Podest mit der Sprühflasche für die Bügelwäsche anzufeuchten, während der gnädige Herr noch selig im Bett schlummerte.

Aber entweder gab es dann jedes Mal einen abrupten Temperaturanstieg oder ausgerechnet an diesem Morgen kam ausnahmsweise mal die Zeitung nicht. Die Zeitung, die er regelmäßig für seine lang andauernden und ihr verhassten Sitzungen auf dem stillen Örtchen hereinholte.

Die Zeitung, in der sie gerne seine Todesanzeige veröffentlichen würde. Wobei sie alles dafür täte, ihn genau am Mittwoch beerdigen zu lassen, dem Tag an dem er regelmäßig zum Skatspielen ging. Zusammen mit dem Zusatz Statt Karten in der Anzeige, wäre das doch ein echter Witz.

Beim Thema Todesanzeigen dachte sie voller Wehmut an ihre Katze Minka. Warum hatte das arme Ding auch ausgerechnet an jenem Tag naschen müssen, an dem sie diese herrliche Pilzpfanne zubereitet hatte. An der Pfanne, die auf dem Herd stand und zu der der Zettel auf dem Tisch gehörte: Bin bei Herta, Essen steht auf dem Herd. *Wobei der Zettel überflüssig gewesen wäre, denn dieser Fresssack hätte die Pfanne auch so gefunden und alles aufgegessen.*

Aber die arme Minka, dieser Ausbund an Sauberkeit und Manieren, sprang ausgerechnet an diesem Tag auf den Ofen und verputzte eine für Katzen kleine, aber tödliche Menge des herrlichen Pilzgerichtes. Ein Gericht, welches sie mit viel Herzblut und aus selbst gesammelten Pilzen hergestellt hatte. Extra hatte sie Pilze gewählt, die im Pilzbestimmungsbuch mit mindestens drei Totenköpfen versehen waren.

Und ausgerechnet an diesem Abend vergaß die dumme, kleine Katze ihre Manieren und verlor alle sieben Leben auf einen Schlag. Kein Wunder, bei drei Totenköpfen! Über den Verlust ihres Stubentigers weinte Hedwig so manche Nacht, ebenso wie über die verpasste Chance.

Oh, wie hasste sie diesen Kerl! Er schnarchte. Ihm wuchsen Haare aus den Ohren und der Nase, und seine pedantische Erbsenzählerei ging ihr ebenso auf die Nerven, wie die übergründlich ausgedrückten Zahncremetuben oder seine stinkenden Socken. Was gäbe sie dafür, wenn ihn eines Tages der Blitz treffen würde. Am besten bei einer seiner langen Sitzungen auf dem Klo.

Sie streifte die Schürze ab und kontrollierte im Garderobenspiegel noch einmal den Sitz ihrer Frisur. Für dreiundsiebzig sah sie noch recht flott aus, und sie war sich sicher, dass sie als Witwe beim Tanztee immer noch einen Kerl abkriegen würde. Vielleicht sogar den graumelierten, ehemaligen Professor, der sie beim Einkaufen immer so freundlich grüßte. Der bekam sicher auch eine nette Pension.

In Gedanken noch im siebten Himmel des vierten Frühlings nahm sie ihre Jacke von der Garderobe und griff nach der Handtasche. Im selben Moment trat Gottlieb in den Flur. Bekleidet mit seinem braunen Anzug kontrollierte er im Spiegel noch einmal die Lage seiner wenigen verbliebenen Haare und angelte sich dann den Autoschlüssel vom Haken.

Als das Ehepaar vor die Haustür trat, bemühte sie sich, möglichst nicht zum wieder aufgestellten Garagentorflügel hinüberzusehen.

„Nach so kurzer Zeit durchgerostet." Gottlieb durchlebte soeben noch einmal die Schrecksituation.

„Musst dich halt besser um die Sachen kümmern und nicht immer nur die blöde Hecke schneiden", lästerte Hedwig und rauschte in Richtung Straße davon.

Immer noch kopfschüttelnd trottete der Besitzer eines goldenen Eherings hinterher. „Durchgerostet, nicht zu glauben."

Hedwig wartete bereits am Wagen. Wenn man nun die Verriegelung der Fahrertür entfernen würde?, fragte sie sich. In ihr reifte soeben ein neuer Plan heran, den sie aber sofort wieder verwarf. Das würde die Polizei bestimmt feststellen, dessen war sie sich sicher.

Hedwig öffnete die Beifahrertür. Und wenn man einen Schlauch vom Wagen, der mit laufendem Motor in der Garage stand, durch das Klofenster führte? Auch diesen Plan verwarf sie wieder. Garantiert würde irgendein Nachbar den Schlauch sehen und angerannt kommen.

***

In der Goethestraße war es mucksmäuschenstill. „Sie sehen, meine Damen, so eine Ehe kann zur Hölle werden“, sagte Kellermann.

„Da haben Sie recht, ich weiß es aus eigener Erfahrung.“ Alwine prostete dem Kriminalbeamten zu.

„Ich weiß nicht“, widersprach Wilma, „Hartmut und ich waren zeitlebens sehr glücklich verheiratet.“

„Vermutlich warst du glücklich, und Hartmut verheiratet“, erwiderte Alwine zynisch und erntete dafür einen vernichtenden Blick.

„Fahren Sie doch bitte fort“, versuchte Wilma vom Thema abzulenken.

„Nun wo waren wir?“, überlegte der Earl. „Ach ja, Sie wollten gerade nach Minden fahren.“

***

Gottlieb startete und fuhr los. Mit Grausen dachte er daran, dass er in kurzer Zeit mit seiner Ehefrau, Gott wie er dieses Wort hasste, stundenlang durch die Mindener Innenstadt würde trotten müssen.

Ein Wäschegeschäft hier, ein Handarbeitsladen dort, und weit und breit keine Aussicht auf ein Bier. Mit jedem Kilometer, mit dem sie Minden näher kamen, wurde sein Gesichtsausdruck saurer.

Ausgerechnet heute bekamen sie sofort einen Parkplatz in der Innenstadt. Sie trotteten gemeinsam los, doch Gottlieb blieb zwei Schritte hinter seiner Frau. So brauchte er kein freundliches Gesicht zu machen und musste gleichzeitig auch ihres nicht ertragen.

Vor einer Gaststätte blieb Hedwig so abrupt stehen, dass er sie fast umgerannt hätte. „Ich habe Durst," verkündete sie, und Gottlieb traute seinen Ohren nicht. Das hatte es in all den Jahren noch nie gegeben. Ganz selten mal Kaffee und Kuchen in einem Café, aber mit seiner Alten in eine Kneipe? Noch nie!

Ohne zu fragen, stiefelte Hedwig in das Lokal und ließ sich an einem Ecktisch nieder. Und um dem Fass den Boden auszuschlagen, wollte sie tatsächlich ein Bier. Gottlieb ließ den Kellner kommen, nutzte die Gunst der Stunde und bestellte sofort zwei Große. Und dann noch zwei. Zusätzlich zwei Wacholder. Was war nur in sie gefahren?, überlegte er. Als sie gingen, zahlte er zum ersten Mal nach über 50 Jahren wieder mal freudig eine Rechnung. Was so ein paar Bierchen doch ausmachten.

Hedwig, sonst nur an Kaffee und Likör gewöhnt, hatte die kühlen Blonden genossen und spürte einen leichten Schwips. Welcher Teufel sie geritten hatte, in die Kneipe zu gehen, wusste sie nicht. Sie schlenderte die Straße entlang und war guter Dinge. Als sie sich umsah, bemerkte sie, dass Gottlieb vor einem Radio- und Fernsehgeschäft stehen geblieben war. „Suchst du was Bestimmtes?", wollte sie wissen und blickte in die Auslagen. Gottlieb zeigte auf einen schwarzen, nichtssagenden Kasten.

„Das ist das neue Teil für diesen Sportsender im Fernsehen!"

Hedwig musste leicht aufstoßen.

Gottliebs Augen strahlten. „Damit kann man jederzeit die neusten Spielfilme und Serien gucken. Und natürlich Fußball."

Ob es am Alkohol oder der weinseligen Stimmung lag, wusste keiner.

„Wenn es dich glücklich macht, dann kauf dir doch so einen!“, hörte Gottlieb die Stimme seiner Frau und glaubte seinen Ohren nicht zu trauen. Was war nur plötzlich mit der los?

Mit dem neuen Receiver unter dem Arm schlenderten sie wenig später weiter durch die Innenstadt. Als Hedwig vor einem Wäschegeschäft stehen blieb, lächelte Gottlieb sie an. „Lass uns mal reingehen. Mal sehen, was die Schönes haben!“

Nun war es an Hedwig, Bauklötze zu staunen. Ihr Mann betrat freiwillig ein Wäschegeschäft?

Zum ersten Mal seit vielen Jahren genoss sie einen Einkaufsbummel mit ihrem Mann, auch wenn sie sich nicht erklären konnte, woran es lag.

Und Gottlieb hielt es sogar fast zwanzig Minuten im Wäschegeschäft aus, ohne zu nörgeln.

Der weitere Nachmittag verlief erstaunlicherweise ebenso harmonisch und bepackt mit Taschen und Tüten kehrten sie zum Wagen zurück. Dort konnten sie über das Knöllchen wegen Überschreitung der Parkzeit nur gemeinsam herzhaft lachen. Und auf der Rückfahrt lief seit langer Zeit endlich mal wieder das Radio, eingestellt auf WDR 4.

***

„Na seht ihr, Ende gut alles gut“, kommentierte Wilma das Happy End.

„Seien Sie nicht zu voreilig“, riet ihr Kellermann.

***

Zu Hause angekommen blieb Gottlieb einen Moment lang vor der frisch geschnittenen Hecke stehen und spürte plötzlich, wie ihm seine Frau anerkennend auf die Schulter klopfte. Eine erstaunliche Wandlung, fand er. Aber eine angenehme.

Ganz Gentleman alter Schule trug er ihr die Tüten ins Haus und nickte zustimmend, als sie fragte, ob er noch ein Bierchen haben wolle. Sicher, das würde ihm gut tun, während er das neue Empfangsteil anschloss.

Hedwig packte ihre Einkäufe aus und überlegte kurz, ob sie die Kittelschürze anziehen sollte, entschied sich aber dagegen. Zur Feier des Tages konnte sie ja mal das neue Kleid anziehen, das sie am Nachmittag gemeinsam gekauft hatten. Voll seltener Glückseligkeit erinnerte sie sich noch daran, wie die Verkäuferin ihnen das Kompliment gemacht hatte, selten ein glücklicheres, älteres Ehepaar als sie gesehen zu haben.

Sie stellte zwei Biergläser auf das Tablett und legte den Flaschenöffner dazu. Dann öffnete sie die Tür zum Keller und wunderte sich, warum das Licht über der steilen Treppe nicht brannte.

Die ungewohnte Dunkelheit sorgte dafür, dass sie das hauchdünne Stahlseil nicht sah. Gottlieb hatte es kurz vor Verlassen des Hauses noch schnell über die dritte Stufe gespannt und dann die Birne in der Fassung gelockert.

Der einzige Trost war, dass der Tod durch Genickbruch fast augenblicklich eintrat und Hedwig keine großen Schmerzen erleiden musste.

Ihr überglücklicher Ehemann und stolzer Besitzer eines neuen Receivers, bekam von all dem nichts mit und hatte auch längst das Stahlseil auf der Treppe vergessen. Was bei einem Alter von über siebzig Jahren auch mal vorkommen durfte.

Was ihn wunderte, war, dass der Parkettboden in der Ecke am Fernseher ganz nass war und seine Socken langsam durchweichten. Ob da ein Rohr geplatzt war? Aber dafür war es zu wenig Wasser. Er würde nur noch kurz den Stecker einstecken und dann mal die Leitungen kontrollieren.

Gottlieb Goldichs letzte Handlung auf feuchten Füssen war, mit dem Stecker in der Hand nach der von seiner Frau liebevoll abisolierten Stromleitung zu tasten. Und mit einem letzten Schlag musste er zur Kenntnis nehmen, dass der Mensch ein Halbleiter ist.

***

Aufmerksam hatten die beiden Damen dem Kriminaloberrat zugehört. Wilma schluckte, und Alwine sah in mit großen Augen entgeistert an.

„So kann es kommen. Da pendelt sich nach so vielen Jahren plötzlich wieder alles ein, und dann überrumpeln einen die Sünden der Vergangenheit." Kellermann schenkte den beiden immer noch sprachlosen Damen nach. Bis jetzt war die Sache sehr gut gelaufen, nun galt es zum alles entscheidenden Schlag ausholen. „Zusammen mit diesen Ermittlungsergebnissen und der von innen verschossenen Haustür war dann auch klar, dass es sich um einen Doppelmord handelte, bei dem der Täter auch jeweils das Opfer des anderen geworden war." Kellermann holte noch einmal tief Luft. „Aber es gab doch etwas sehr Merkwürdiges, das wir nie klären konnten."

Alwine schien vor Spannung zu platzen und auch Wilma war gänzlich in der Geschichte gefangen.

„Na los, erzählen sie schon", drängte die ehemalige Oberstudienrätin.

„Im Flur stand ein Koffer, der nicht den Goldichs gehörte. Er war auch bereits den beiden Streifenpolizisten aufgefallen. Sehr groß und aus Aluminium. Irgendwie passte er nicht in die Wohnung und da er den Kollegen verdächtig vorkam, rührten sie ihn bis zu unserem Eintreffen nicht an." Die Spannung im Raum war nun mit Händen greifbar. „Wir haben ihn in die Küche gebracht und auf dem Küchentisch vorsichtig geöffnet.“ Erwartungsvoll blickte er Wilma und Alwine an. „Was glauben Sie, was darin war?“

Wilma hatte eine Hand vor den Mund gepresst. „Hoffentlich doch wohl nichts Gruseliges, oder?“, befürchtete sie.

Alwines Stirn lag in Falten. Man sah ihr an, dass sie krampfhaft überlegte, was es gewesen sein konnte. Doch schweren Herzens musste sie aufgeben. „Nun los, spannen Sie uns nicht so auf die Folter“, forderte sie.

Kellermann kostete diesen lang ersehnten Augenblick schamlos aus. Demonstrativ langsam trank er noch einmal von seinem Wein. „In der Tasche befand sich ... der Bär, den ich Ihnen gerade aufgebunden habe.“

Kellermann musste laut loslachen, als er die verdutzten Gesichter der beiden Frauen sah. Der Kriminalbeamte genoss den Anblick „Verzeihen Sie mir bitte. Nach all den vielen Gelegenheiten, in denen Sie mich sprachlos gemacht haben, konnte ich zum Abschluss der Versuchung, mich mit dieser erfundenen Geschichte zu rächen, nicht widerstehen.“

Nach einer Sekunde prusteten auch Wilma und Alwine los und stießen vergnügt mit Kellermann an.

„Touché“„ gratulierte Alwine, „ diese Revanche ist Ihnen gelungen.“

Wilma zwinkerte Kellermann schelmisch zu. „Stimmt auffallend, und wenn Sie und Ihre Frau mal nicht wissen, was Sie machen sollen, dann kommen Sie doch einfach mittwochs mit uns zum Wasserballett. Prost!“

Nachwort

Wenn Sie sich vorstellen können, wie viel Spaß es macht, einen solchen Krimi zu schreiben, dann fällt es Ihnen sicher noch leichter, sich vorzustellen, wie viel Spaß die Recherchen dafür in Bad Oeynhausen gemacht haben. Wie in jedem meiner Romane auch sind die handelnden Personen und die Fälle alle der Fantasie des Autors entsprungen. Ähnlichkeiten mit lebenden oder toten Personen sind daher nicht beabsichtigt und reiner Zufall. Sehen Sie bitte auch über die eine oder andere Ungereimtheit hinweg, z.B. darüber, dass es in Bad Oeynhausen keine Stelle für einen Kriminaloberrat gibt, auch wenn die Kurstadt einen wie Kellermann sicherlich verdient hätte.

Bedanken möchte ich mich wie immer bei den Leuten, die mir geholfen haben, die Stories zu Papier zu bringen. Stellvertretend für viele geht mein Dank an meinen Kollegen Tim Lukowski, der mich in Sachen „Mopeds" beraten hat und an Frau Theel vom GOP, die mir einen Blick hinter die Kulissen des Varietés ermöglicht hat.

Wie immer dabei war meine gute und treue Freundin Inge aus dem „Rotstiftmilieu" die sich als Erste an mein jeweils neues Werk traut. Nach ihr kommen dann noch ganz wichtige Personen, die Testleser. Danke Bettina, Melanie, Fikkus und Jochen.

Man sagt, dass hinter jedem erfolgreichen Mann eine Frau steht. Das stimmt, in meinem Fall ist es meine Frau Petra, die mir, wie immer, den nötigen Freiraum verschafft hat, damit ich mit Wilma und Alwine losziehen konnte.

Zuletzt wie immer mein Dank an die Mitarbeiter meines Verlages topp+möller in Detmold, der sich immer wieder auf meine neuen Ideen einlässt.

Joachim H. Peters
Detmold, im Mai 2013

Lippe-Krimi®

Joachim H. Peters

Geboren? Ja, und zwar im Jahre 1958, im soeben noch westfälischen Gladbeck. Nach aktiver Kindergartenverweigerung und Absolvieren diverser Grundschulen folgte der Besuch der einstmals städtischen Realschule für Jungen mit abschließender mittlerer Reife und einem folgerichtigen Wechsel in die mittlere Beamtenlaufbahn.
Seit 1975 arbeitet er als Polizeibeamter u.a. in Oberhausen, im Kreis Recklinghausen und mittlerweile in Lippe.
Nach dem Verfassen von Kurzgeschichten und Kinderbüchern erschien im Jahre 2009 mit „Koslowski und der Schattenmann" sein Debütkrimi in der Reihe der Lippe-Krimis.
Joachim H. Peters lebt in Detmold und arbeitet in Lage.
Wenn er in seiner Freizeit gerade mal keine Krimis schreibt, aus seinen Büchern liest oder aus irgendeinem anderen Grund auf einer Bühne steht, geht er seinen Hobbys Jagd und Hund nach.

www.koslowski-krimis.de

topp+möller
Medien optimal genutzt!

Lippe-Krimi®

Bereits erschienener Lippe-Krimi von Joachim H. Peters

Ruhe sanft, Koslowski
288 Seiten, ISBN 978-3-936867-40-4, Detmold, 2012

Erhältlich im Buchhandel!

topp+möller
Medien optimal genutzt!